Sten Johansson

La nepo de Marina

La nepo de Marina estas la tria romano, en kiu rolas Marina kaj ŝiaj parencoj kaj amikoj. Antaŭe aperis ĉe Mondial:

Marina (2013)
Marina ĉe la limo (2018)

Mi ŝatus esprimi grandajn dankojn al la eldonisto Ulrich Becker pro la eblo prezenti ĉi tiun romanon al legantoj, kaj al la prov-legantoj Edmund Grimley Evans kaj Per Aarne Fritzon pro utilaj kritiko kaj proponoj pri la teksto.

La aŭtoro

SERIO ORIGINALA LITERATURO

STEN JOHANSSON

La nepo de Marina

Romano

MONDIAL

Mondial
Novjorko

Sten Johansson:

La nepo de Marina

Originala romano en Esperanto

Kovrilo: Mondial

ISBN 9781595694591

www.esperantoliteraturo.com

Enhavo

Unua ĉapitro

Tagon post tago la suno brilas de blua ĉielo, sur kiu pigre krozas nur manpleno da blankaj nubetoj, kaj la saleta akvo de la Balta maro agrable varmas. Sed ĉu ŝi rajtas ĝui tion? Letti ne certas. De monatoj falis apenaŭ guto da pluvo. La familio pasigas parton de la ferioj sur la insulo, kie iam loĝis ŝia avino, kaj antaŭ tiu la prageavoj, kiujn ŝi neniam renkontis. Estas nur la fino de julio, tamen betuloj kaj tremoloj jam tute flavas kiel en normala oktobro, kaj la erikoj diseriĝas en polvon, kiam oni surtretas ilin.

En tiu ekstreme seka kaj varma somero furiozas amaso da grandaj bruloj diversloke en la vastaj koniferaj arbaroj de Svedio. Oni devis eĉ peti helpon el aliaj landoj de la Eŭropa Unio por estingi ilin. Sur la baltmaraj insuloj oriente de Stokholmo necesas ŝparemi pri la trinkakvo. Ĉu ĉio ĉi aŭguras la komencon de nova klimato en norda Eŭropo? Letti ne scias kion pensi, dum ŝi tretas la varmajn rokplatojn kaj jetas sin en la ondojn.

Iufoje ŝi eĉ kredas flari malfortan fumodoron portatan de la vento el okcidento. Ĉu ĝi povas veni de la grandaj arbarbruloj? Aŭ eble iu posedanto de somerdomo sur najbara insulo bruligas sekajn branĉetojn, kvankam la regionaj aŭtoritatoj malpermesis ĉiajn eksterdomajn fajrojn, eĉ de rostiloj sur privataj parceloj. Plej ofte tamen flareblas nur la kutimaj odoroj de fuko kaj ŝlimo el la strandoj, de timiano el la herbejoj kaj de junipero el la sekaj arbustoj iom pli alte sur la insulo.

Jen kaj jen timigita leporo eksaltas antaŭ ŝi kaj zigzagas for inter la arbustojn. Mevoj kriĉas, ĉasante tien-reen super la akvo, sed la birdetoj jam pli-malpli ĉesis kanti. Verŝajne ili estas okupataj doni fluglecionojn al siaj idoj, por ke tiuj estu pretaj akompani la gepatrojn, kiam tempos migri suden.

Letti ĉiam tre ŝatas la somerajn restadojn sur la insulo. "Ĉe Avino" ŝi daŭre diradas, kvankam Avino Birgitta mem ne plu povas veni ĉi tien de sia maljunulejo por demenculoj. Sed estus pli amuze, se ĉeestus samaĝulo. Bedaŭrinde ĉi tio estas tro mal-proksima loko por ŝiaj amikinoj en Malmö. Nur unufoje antaŭ kelkaj jaroj ŝia samklasanino Alice pasigis semajnon ĉi tie kun ŝi. Fakte ŝi plej ŝatis, kiam venis ĉi tien Moa, kvankam ŝi aĝas plurajn jarojn pli ol Letti. Moa estas la dua filino de Tomas, la amiko el la junaĝo de Panjo Marina, sed iel ŝi ŝajnas iaspeca kuzino. Verajn gekuzojn Letti ne havas, nur duagradajn, kaj tiujn ŝi apenaŭ konas.

Ĉi-jare Sofia, la kuzino de Marina, lanĉas surprizan ideon. Temas pri plano la venontan someron aranĝi subĉielan teatraĵon, kiu temos pri kelkaj dramaj eventoj antaŭ tricent jaroj. Tio estis epoko, kiam Svedio komencis perdi siajn transmarajn provincojn.

En 1709 la sveda armeo estis neniigita de Petro la Granda ĉe Poltavo en Ukrainio, kaj en 1718 la reĝo Karlo la dekdua estis mortpafita dum vana provo konkeri Norvegion por kompensi la perdojn en oriento. En la sekva jaro la rusa militfloto navigis laŭ la svedaj marbordoj, kie oni prirabis kaj bruligis bienojn, preĝejojn, vilaĝojn kaj eĉ kelkajn urbojn. La sveda armeo estis malgranda kaj en mizera stato post la longaj militoj, kaj la popolo sopiris pacon je ĉiu kosto. Jen la temo, pri kiu oni kreos spektaklon okaze de la tricentjara jubileo venontjare.

Pri tiu ideo de Sofia interparolas la du kuzinoj, kiuj infanaĝe pasigis somerojn kune en ĉi tiu domo, kie tiam loĝis iliaj geavoj. Letti ne tre interesiĝas pri antikva milita historio, tamen ŝi aliĝas al la diskuto per grava propono.

"Sofia, verŝajne vi ne scias ke Moa ĵus ekloĝis en Stokholmo kaj fondis teatrokompanion. Eble ŝia trupo povus partopreni en via prezentado!"

Sofia jam foje renkontis Moan, kiam tiu gastis ĉi tie iusomere, sed ŝi ne tuj akceptas la proponon de Letti.

"Komprenu ke temos pri amatora afero. Ni eble ne povos pagi honorariojn."

"Tamen mi povus demandi ŝin, ĉu ne?"

Do oni decidas ke Letti kontaktu Moan por esplori, ĉu eblus iel kunlabori pri la projekto, kaj la interparolo pluiras al la ĉiam aktuala temo de vetero kaj klimato. Poste ŝi paŝetas nudpiede sur la sekaj rokplatoj, naĝas en la varmeta akvo aŭ ripozas en ombro sub maljuna kverko, dum marpigo ĉe la akvorando ŝajnas heziti, ĉu jam ekmigri suden aŭ resti ankoraŭ iom sur la insulo. Letti cerbumas pri la zorgoplenaj babiloj de la plenkreskuloj, kiuj maltrankviligas ŝin kaj donas al ŝi senton de kulpo aŭ honto pro tio ke ŝi ĝuas la sunon kaj varmon. Sed kion do fari? Ŝi ne scias, kiel eblus konduti alie. Se la tutmonda varmiĝo alportas naturkatastrofojn aliloke sed plaĉe varman banakvon ĉi tie, pri tio ja ne kulpas ŝi. Eble ŝi tutsimple havas tro da tempo por pensadi. Kaj ĉiuokaze baldaŭ finiĝos ne nur la ferioj kaj la restado sur la insulo, sed ankaŭ la somero.

Efektive ili ja finiĝas, do Letti kaj ŝia familio devas reiri suden, kvazaŭ ankaŭ ili estus migrobirdoj. Komenciĝas la aŭtuna semestro de ĉiuj elementaj lernejoj. Laŭ ĵurnaloj kaj televido, nekonata dekkvinjara knabino nomata Greta komencis unupersonan ĉiuvendredan strikon de la lernado por anstataŭe sidi ekster la parlamentejo en Stokholmo, postulante decidojn por savi la klimaton de la planedo. Samtempe en la sudsveda Malmö la dektrijara Letti preparas sin por komenci la sepan klason en nova lernejo.

"Letti", diras Panjo Marina. "Ĉu vi vere intencas aperi tiel en la unua tago?"

"Kiel?"

"En tiaj senformaj svetero kaj pantalono. Ĉu ne indus vesti vin iomete pli bele por ĉi tiu okazo? Kaj ĉu tiu svetero ne fariĝos ŝvitejo? La termometro montras jam dudek du gradojn, kaj ankoraŭ estas nur mateno."

"Mi preferas ĉi tion. Mi ne volas ŝajnigi min alia ol mi estas."

"Lasu ŝin", intervenas Panjo Helle. "Ĉiu rajtas vesti sin tiel, kiel oni volas, ĉu ne?"

"Kompreneble, tamen..." murmuras Marina, sed jam estas tempo ke ŝi iru al sia laborejo, do ŝi rezignas pluan argumentadon. "Atentu la trafikon, irante al la lernejo", ŝi tamen aldonas fine.

"Panjo, mi ne estas infaneto."

Tio ja estas vera, kvankam al Marina ŝi eble ĉiam restos la gaja, fidema knabineto el brazila orfejo, kiu antaŭ jardeko alvenis ĉi tien kun sia pli aĝa frato. Al la patrinoj ne facilas teni en la konscio ke ŝi jam adoleskas kaj eĉ sufiĉe maturas, almenaŭ en kelkaj rilatoj kaj okazoj.

Komencante la sepan klason, Letti do devas ŝanĝi lernejon. Ankaŭ la nova situas en komforta piedira distanco de la hejmo, kvankam trans granda strato, sed por dektrijarulo tio ne estas problemo. Ŝiaj amikinoj Alice kaj Julia daŭre restos samklasanoj. Dum la lasta jaro ŝi ne plu renkontadis ilin same ofte kiel iam sed preferis amikumi kun Parisa. Sed nun tiu amikino – aŭ eble ŝiaj gepatroj – elektis privatan lernejon kun instruado parte en la angla, kaj ĝi situas en alia kvartalo. Do Letti revenas al la malnova duopo, kiu alportos ion konatan kaj sekuran en la novan medion.

De temp' al tempo ŝi akompanas Julian hejmen, oficiale por kunlabori pri hejmtaskoj sed reale por aŭskulti muzikon, rigardi mojosajn fotojn en Instagram kaj Snapchat kaj alŝuti proprajn memfotojn kun filtriloj, kaj por babili pri la stultaj kaj ridindaj knaboj de la klaso.

Julia ofte plendas pri siaj haroj kaj admiras tiujn de Letti.

"Fek! Eblas fari nenion el ĉi tiuj rektaj rat-brunaj pajleroj! Vi povus fari feltharojn el la viaj. Tio estus mojosa!"

"Ne, mi ne ŝatus tion. Ili kresku laŭplaĉe, mi fajfas pri ili. Estu feliĉa ke vi havas rektajn."

Julia paŭte suspiras kaj senespere plu brosas sian hararon.

"Ni devus fondi propran bandon", Julia sugestas unu vesperon, plukante la kordojn de sia gitaro. "Sed devus esti kun elektra gitaro, kompreneble."

"Mi scias ludi nur fluton, kaj tiu ne konvenus."

"En la junulara domo eblas prunte uzi instrumentojn."

"Mi scias, sed ĉiam nur knaboj uzas ilin."

"Necesas rezervi ilin dum horo. Vi povus provi la drumon kaj Alice basgitaron."

Letti pripensas. Fakte ŝi jam ŝatus ĉesi pri la kverfluto. Batadi tamburojn eble ja estus pli amuze.

"Bone. Ni proponu tion al Alice."

La afero tamen iom prokrastiĝas, ĉar la gepatroj de Alice lasta-tempe iĝis ege severaj, premante ŝin al plenumado de lernejaj hejmtaskoj kaj zorgado pri horoj. Laŭ ili la nova lerneja stadio ne estos ludejo.

Ekde ĉi tiu sepa klaso la lecionojn gvidas aro da instruistoj, plimalpli po unu en ĉiu studfako. Krome aperas kelkaj novaj fakoj. Kaj nun ripetiĝas la sama afero, kiu antaŭ kvar jaroj okazis al ŝia pli aĝa frato Anton: vidante en la dokumentoj ke Letti naskiĝis en Brazilo, la lernejestro lokas ŝin en grupon, kiu studos 'la svedan kiel duan lingvon'. En la kazo de Anton sufiĉis telefoni al la lerneja oficejo por atentigi pri la eraro. Sed intertempe venis nova lernejestro kun pli striktaj rutinoj.

"Tute ne temas pri malpli bona instruado", ŝi didaktikas al Marina, kiam tiu post kelkaj provoj finfine sukcesas atingi ŝin telefone. "Eĉ male, mi dirus. Por lernantoj kun alia gepatra lingvo, 'la sveda kiel dua' prezentas pli bonan instruadon kaj ŝancon evoluigi kaj pliriĉigi la lingvon."

"Mi scias. Sed Letti ne havas alian gepatran lingvon. Ŝi estas svedlingva."

"Oho. Tamen vi estas brazilanoj, ĉu ne?"

"Tute ne. Ni estas svedoj svedlingvaj."

"En mia listo tamen aperas Letícia Aubert, naskita en Brazilo. Kaj vi estas Marina Aubert, la patrino, ĉu ne? Ĉu eble ŝia patro estas svedo?"

Marina suspiras.

"Mi estas svedino. La familian nomon ni cetere prononcas ober', ne aŭbert. Ĝi devenas de mia patro, kiu estis franco. La dua patrino, mia edzino, estas danino, sed Letti parolas nur svede. Ŝi venis al Svedio en la aĝo de du jaroj, kiam ni adoptis ŝin. La iomo da portugala, kiun ŝi tiam paroletis, baldaŭ forvaporiĝis, bedaŭrinde. Do, ŝi scias nur la svedan. Kial ne paroli kun ŝia instruisto de la sesa klaso, kiu bone konas ŝin?"

"Ne, tion ni ne faros. Ni preferas fari proprajn decidojn sen antaŭjuĝoj. Do la instruisto pri 'la sveda kiel dua lingvo' kompreneble plenumos kontinuan prijuĝadon de la lernantoj, kaj se Letícia ne bezonos 'la svedan kiel duan', ni translokos ŝin en la alian grupon. Ni ĉiam zorgas doni la plej individue adaptitajn kondiĉojn al ĉiu unuopa lernanto."

Marina rezignas kaj finas la interparolon. Kiam ŝi poste raportas pri ĝi ĉe la hejma vespermanĝo, Panjo Helle eksplodas. "El ĉiuj svedaj burokratoj, tiu lernejestro devas esti ia ĉampiono. Sen antaŭjuĝoj, ĉu? Ha, kia blago! Eble mi faru viziton tie por iom disputi kun ŝi."

"Ne, Panjo Helle!" timigite ekkrias Letti. "Tion vi ne rajtas. Mi mortus pro embarasiĝo!"

"Sed mi povus paroli al ŝi svede."

"Absolute ne! Via sveda estas eĉ pli terura ol la dana."

"Fakte tio ne estas bona ideo", konsentas Marina. "Sed eble mi telefonu ankaŭ al la instruisto, se mi trovos la numeron."

"Ne gravas", diras Letti. "Unua aŭ dua, mi fajfas pri tio. Eble mi eĉ havos pli altan noton pri la dua."

"Certe ja gravas", diras Marina. "Se oni dediĉos tempon al aferoj, kiujn vi ne bezonas, ĉar vi jam delonge regas ilin, tio signifos malpli da tempo al aferoj, kiujn vi ja bezonas. Sed ni atendu iom. Espereble la instruisto baldaŭ konstatos ke vi pli ĝuste apartenas al la alia grupo."

Kaj tiel efektive okazas. Post monato Letti sciigas ke oni translokos ŝin.

"Finfine", diras Helle. "Kiel vi atingis tion?"

"La instruistino taskis al ni verki ion pri nia impreso de la nova lernejo. Do mi verkis repaĵon. Unue ŝi reagis sufiĉe ironie. Ŝi demandis, ĉu mi glutis rimvortaron. Sed poste ŝi volis devigi min prezenti ĝin antaŭ la tuta studgrupo. Kiam mi rifuzis, ŝi mem laŭtlegis ĝin. Komprenble ŝi ne sciis kiel akcenti la ritmon, do ĝi sonis sufiĉe ridinde."

Panjo Helle ridas.

"Mi tre ŝatus aŭskulti vin repi ĝin kun la ĝusta ritmo", ŝi diras.

Al tio Letti nur paŭtas, sed post du semajnoj da insista petado fare de Helle, ŝi finfine alportas la tekston hejmen kaj eĉ prezentas ĝin al la patrinoj kaj frato en vendreda vespero post la manĝo.

Kial la lernejo ŝajnas teda kaj enua,
kaj ĝia fasado estas blanka kaj ne blua?
Kial mia lingvo estu sveda kiel dua,

kaj la instruado sonas tute kakatua?
Tohuvabohua,
sveda kiel dua!
Kiam do aperos io grava kaj instrua,
tute ne detrua,
sveda kiel dua?
Sen hezito sonos mia kanto kontinua,
frua aŭ malfrua,
sveda kiel dua!
Ĉu vi vere pensis ke mi estas timbuktua?
Eble katmandua,
sveda kiel dua?
Kial la unua estas tute ne tabua,
brua kaj polua,
sveda kiel dua?
Jen ideo ĉua eĉ en kapo tre vakua.
Sonu tamen plua
repo rivolua
flua kaj influa
sveda kiel dua!
Glua kaj dilua
sveda kiel dua,
sed neniel ĝua,
sveda kiel dua,
plene perpetua,
sveda kiel dua!

La reagoj de ŝiaj familianoj post tiu prezentado varias. Panjo Helle jubilas kaj longe aplaŭdas. Anton iom paŭtas kaj murmuras duonlaŭte:

"Kion diable signifas perpetua? Mi vetas ke eĉ vi mem ne scias tion."

Tio tamen estas nekutime milda kritiko de lia flanko. Kaj Panjo Marina, kiu mem junaĝe verkis tute alispecajn poemojn, gaje ridetas kun fiera mieno al la talenta filino.

"Ĉu la instruisto tamen ne koleris pro tiuj vortoj? 'Kakatua' kaj 'kapo vakua' kaj mi ne memoras kion!"

Letti levas la ŝultrojn.

"Ŝi eble ne komprenis ke tio celas ŝin."

"Sendube ŝi ja komprenis", supozas Helle. "Sed ŝi ŝajnigas ke ne, por ne perdi la vizaĝon antaŭ la lernantoj."

Pro tiu verko – aŭ pro alia kialo – Letti do estas translokita al la studgrupo de denaskaj svedlingvanoj. Sed la onidiro pri ŝia repaĵo baldaŭ disvastiĝas en la tuta klaso, kaj dum la plua aŭtuna semestro ŝiaj novaj samklasanoj mokete nomadas ŝin 'Timbuktua', aldonante afektan imiton de ŝia rekantaĵo 'sveda kiel dua'. Ŝi rimarkas ke en tiu mokado estas ankaŭ iom da kontraŭvola admiro; tamen ĝis la jarfinaj ferioj ŝi sufiĉe grave tediĝas de tiuj ĉiamaj moketoj.

Antaŭe, ekde la restado en infanvartejo ĝis la translokiĝo al nova lernejo kun parte novaj samklasanoj, Letti alkutimiĝis plej ofte esti tre ŝatata. Eble plej multe de instruistoj kaj aliaj plenkreskuloj, sed ofte ankaŭ de aliaj infanoj. Kompreneble trafis ŝin moketoj de temp' al tempo, interalie aludoj pri ŝia bruna haŭto kaj bukleta nigrebruna hararo, sed pli ofte oni kondutis al ŝi amike. Vere proksimajn amikojn ŝi ne havis multajn, kaj lastatempe eĉ la duopo Alice kaj Julia ekŝajnis al ŝi iom infanecaj. Nun ŝi konstatas ke inter la novaj knabinoj de la klaso pluraj jam aspektas ege pli aĝaj ol ŝi. Ili ĉiuj ja adoleskas, sed tiu vivofazo evoluas laŭ varia rapideco kaj montriĝas en diversaj formoj. Kelkaj knabinoj jam aperas kiel modaj manekenoj, tre zorge ŝminkitaj kaj en striktaj ĵerzoj super remburitaj mamzonoj, aŭ en etaj korsaĵoj, kiuj lasas la ventrojn nudaj. Letti estas inter la plej malaltaj en la klaso, kaj la modestajn inajn formojn, kiuj ĵus komencis aperi, ŝi preferas kaŝi en loza vesto. Krom du somalaj knabinoj, kiuj eĉ dum sportaj lecionoj vestas sin per kaptukoj kaj roboj preskaŭ ĝismaleolaj, ŝi estas la sola knabino kun relative malhela haŭto. Antaŭe ŝi malofte pensis pri tio en la lernejo, kaj ŝajne la plej multaj aliaj same ne atentis tion, sed nun la klaso komencas aranĝi sin en diversajn rondojn, kaj la gefiloj de enmigrintoj estas unu el tiuj. Pro sia aspekto kaj la intereso pri repo kaj hiphopo, ŝi povus ŝajni ano de tiu rondo, sed ŝi ne sentus tion natura. Aliflanke ankaŭ la aliaj rondoj tute ne logas ŝin. Modo, popmuziko, knaboj, ŝminko, hararanĝoj – ŝi emas vomi, aŭdante la afektan babiladon de kelkaj samklasaninoj. Ŝajnas al ŝi ke ili aktoras, kaj eĉ ne tre lerte. Ili estas infanoj, kiuj ludas rolojn de virinoj. Eble ia simila konfuzo trafis ŝian pli aĝan fraton antaŭ kelkaj jaroj, kaj tio havis katastrofan sekvon. Anton havas multe pli helan haŭton ol ŝi, kaj pro tio li ekhavis la ideon aliĝi al rasisma bando el novnazioj, kiuj logis lin en krimajn agojn. Nun li ŝajne ĉesis pri tia aktivado kaj ankaŭ pri la senĉesa insultado al ŝi, kvankam li ankoraŭ ne konfesis ke li faris stultaĵojn. Por Letti li tiam ĉesis esti admirata granda frato por anstataŭe fariĝi nefidinda idioto, kio estis tre doloriga sperto. Ŝi daŭre konsideras lin idioto, kvankam bonŝance jam malpli timiga. Liaj samideanoj, eksaj aŭ pluaj, de temp' al tempo daŭre kontaktas lin, sed li laŭeble evitas renkonti ilin.

Samtempe kiam Letti komencis la sepan klason en la nova lernejo, Anton komencis la gimnazion en studprogramo de artoj. Li ŝatas desegni kaj pentri, do li esperas multe lerni kaj evolui en tiu kampo. Pri tio tre entuziasme subtenas lin Panjo Helle, kiu mem estas amatora pentroartisto, sed ĝis nun li ŝajnas pli embarasata ol stimulata de ŝia subteno.

Iam Letti partoprenis en kurso de knabina hiphopa dancado kune kun sia amikino Alice. Bedaŭrinde Alice baldaŭ tediĝis de ĝi, ŝanĝis al alispeca dancado kaj poste tute ĉesis pri tio. Letti tamen daŭrigis pri la hiphopo kaj komencis verki kaj prezenti repaĵojn kun du pli aĝaj knabinoj, Vilma kaj Nadine. Ŝi ankoraŭ pli multe amikas kun tiuj deksesjarulinoj ol kun la samaĝaj knabinoj de la klaso. Eble pro tio ŝi sentas sin pli matura, kvankam de temp' al tempo ŝi eksuspektas ke ŝi rolas ĉefe kiel iaspeca maskoto de la pli aĝaj knabinoj.

Jam trifoje ŝi havis okazon elpaŝi antaŭ publikon kun la amikinoj, prezentante hiphopan dancadon kaj repante siajn proprajn tekstojn. Unuafoje tio okazis en tute publika loko en granda endoma butikaro, kaj poste ili dufoje aperis en la junulara domo de Lindängen, kiu estas granda kvartalo en la suda parto de la urbo. Ankaŭ en ŝia nova lernejo ekzistas tia junulara domo por adoleskuloj, kaj Panjo Helle sugestas ke ŝi petu permeson fari prezentadon ankaŭ tie. Sed tiun ideon Letti tute ne ŝatas. "Tion mi neniam farus", ŝi diras. "Oni sendube mokus min ĉiutage sur la lerneja korto kaj en la klaso, se mi elpaŝus tie. Jam sen tio oni tro ripetas tiun 'sveda kiel dua' ĝistede." "Tio estas nur kaŝita admiro", klarigas Helle. "Ĉu vere? Sufiĉe bone kaŝita, laŭ mi." Fakte ŝi pli-malpli supozas ke Panjo Helle pravas, sed ŝi preferas ne rekoni tion. Estus embarase eldiri tion laŭte.

Post la elektoj en septembro la sveda parlamento havas konsiston, kiu donas neniun evidentan bazon de nova registaro. Dum la tuta aŭtuno okazas provoj elekti ĉefministron, sed la parlamenta plimulto malakceptas ilin. Por Svedio tio estas tute nova situacio, ĉar antaŭe ĉio ĉiam okazis glate kaj senprokraste.

Dume el aliaj landoj venas maltrankviligaj novaĵoj. En oktobro UN prezentas timigan raporton pri la tutmonda klimato, laŭ kiu la situacio jam estas akuta. En Francio amaso da homoj kun flavaj veŝtoj semajnon post semajno baras ŝoseojn, protestante kontraŭ la ekonomia politiko de la registaro. En Brazilo oni elektas novan prezidenton, kiu laŭdire estas agresa dekstrulo simila al Trump. Kaj en novembro furiozas vastegaj arbarbruloj en Kalifornio. Ĉion ĉi aŭdas Letti, kiam la panjoj kaj aliaj homoj diskutas la novaĵojn, kaj ŝi komencas pensi ke ŝia estonteco tute ne estos hela. Ĉio tamen ŝajnas tre konfuza, kaj evidente neniu pretas fari ion por pliheligi ĝin.

La epizodo pri 'la sveda kiel dua' kaŭzis ke Letti ĉi-aŭtune pli ofte ol antaŭe pensas pri si mem kaj sia deveno, kaj pri tio ke neniu en la familio vere similas ŝin – eĉ ne Anton, kiu estas nur ŝia biologia duonfrato. Ŝia familio ja konsistas el tiu frato kaj la du patrinoj. Tia ĝi estadis tiel longe, kiel ŝi povas memori, kaj tio neniam ŝajnis al ŝi problemo. Kiam la frato antaŭ kelkaj jaroj komencis nei la fakton ke Marina kaj Helle estas liaj patrinoj, ŝi trovis tion ankoraŭ unu pruvo ke li idiotiĝis. Kompreneble de temp' al tempo alia infano en la infanvartejo aŭ lernejo asertis, ke ne eblas havi du panjojn. Plej ofte ŝi tamen ne tro miris pri tio sed simple kaj trankvile klarigis al tiuj stultuloj ke tio ja eblas. Nur du- aŭ trifoje okazis veraj kvereloj kaj eĉ batalo pro tia malakordo.

Hodiaŭ ŝi kompreneble jam delonge scias pli-malpli ĉion pri la familiaj misteroj, kaj do ankaŭ tion ke origine ŝi havis eĉ trian, aŭ pli ĝuste unuan patrinon. Ŝi do konscias ke iam, antaŭ pli-malpli dek kvar jaroj, iu viro koitis kun tiu virino, ŝpruciĝante sian spermon en ŝin. El tiu spermo evidente unu semo naĝis obstine plu supren-enen kaj hazarde renkontis ovolon, kiu samtempe survojis suben per sinua ovodukto, kaj kiam unuiĝis tiu duopo, estiĝis embrio, kiu post naŭ monatoj naskiĝis kiel ŝi. Certe ŝi neniam neus tiun evidentaĵon.

Sed laŭ tio, kion rakontis Panjo Marina, tiu viro malaperis senspure, kredeble jam ekvidante la ventron de la virino ŝveli. Kaj la virino, kiu jam havis alian infanon, dum kelka tempo strebadis por vivteni sin mem, la kvinjaran filon Antônio kaj la ĵus naskitan filinon Letícia. Fine ŝi tamen malsaniĝis kaj mortis, kaj ambaŭ infanoj venis en orfejon. Do la unua panjo malaperis el ilia vivo jam antaŭ ol lasi iajn memorojn en la filino. Ŝi scias praktike nenion pri ŝi krom la nomo Luíza Neto Pereira. Nek foto, nek alia memoraĵo konserviĝis de tiu unua patrino. Letti nur malofte sendas al ŝi penson, kaj neniam kun forta emocio. La du efektive ĉeestantaj panjoj ja plene sufiĉas, kaj iufoje, en okazoj de malkonsentoj, ili eĉ pli ol sufiĉas. Tamen, ĉu ili akordas aŭ ne, ŝi ne povas eviti la konstaton ke nek Marina nek Helle vere similas al ŝi, almenaŭ fizike.

Dua ĉapitro

El la sociaj studfakoj Letti plej ŝatas geografion. Antaŭ kelkaj jaroj ŝi revis precipe pri sia naskiĝlando Brazilo, sed nun ĉiuj foraj landoj interesas ŝin; ju pli fore, des pli bone. Historion ŝi trovas tro polva, kaj religion fabeleca. La kvara socia fako estas la civitana eduko, kaj en tiu la instruisto dum la pasinta aŭtuno vane klopodis interesigi siajn lernantojn pri la aktualaj parlamentismaj problemoj de Svedio. En januaro la parlamento finfine elektis ĉefministron, kiu do povas formi novan registaron de la reĝlando. Sed la tuta kaĉo delonge tedas Lettin. Ŝi esperas ke nun la instruado jam povos enfokusigi ian aferon, kiu gravos en ŝia vivo. Ŝi ne scias precize, kio ĝi povus esti, sed ŝi certas ke ŝi rekonus ĝin, se ĝi finfine aperus.

Ŝi almenaŭ ŝatus scii, ĉu ŝi entute havos estontecon, aŭ ĉu la nunaj kaj antaŭaj generacioj de plenkreskuloj tute ruinigos la mondon jam antaŭ ol ŝi mem plenkreskos. Sed pri tio ne okupiĝas la lerneja civitana eduko. Fakte ŝi kaj la aliaj lernantoj devus protesti, ribeli, postuli alian edukon por alia mondo, ŝi pensas.

Nenio tia tamen okazas. Male plu daŭras la tedaĵoj. La parlamento ne aprobis la ŝtatbuĝeton de la socialdemokrata ĉefministro, kiu anstataŭe devos regi per la buĝeto proponita de la konservativuloj. Tion la socifaka instruisto de Letti prenas kiel pretekston por instrui pri la nacia ekonomio. Laŭ li necesas scii, kiujn aferojn oni financas per la ŝtata buĝeto, kaj kiuj estas regiona aŭ loka respondeco, aŭ eĉ tute ne publikaj taskoj.

Letti sincere fajfas pri tiaj bagateloj. Ŝi enuas. La nova lernejo ne plu novas, la plej multaj instruistoj estas teduloj, kaj inter la novaj samklasanoj ŝi ne ekhavas proksiman amikinon. En okazoj de malgaja humoro ŝi nomas ilin burĝaj blondulinoj, kvankam ŝi ne vere certas, kion tio signifas. Fakte nur duono inter ili estas efektive blondaj, sed ankaŭ la brunharaj estas plejparte malinteresaj. La du somalinoj – Bilan kaj Faduma – ŝajnas al ŝi tro fremdaj. Kaj pri la infanecaj knaboj de la klaso eĉ ne indas pensi.

La printempa semestro proponas nenion pli stimulan ol la pasinta aŭtuna. Kaj eĉ la vetero estas deprima kombino de vento kaj nebulo. Entute la vintro kaj printempo pasas malrapidege kaj sen lumoj en la grizo. En la fino de marto ŝi iĝas dekkvarjara, sed ankaŭ tio estas ridinda aĝo, kiu vekas nur mokon ĉe pliaĝuloj. Verŝajne la sola pozitiva okazaĵo ĉi-printempe estas pli ĝuste ne-okazaĵo. Temas pri tio ke ŝia frato Anton pli-malpli ĉesas pri la malamika sinteno al ŝi, kiun li aplikis de kelkaj jaroj. Ne tiel ke li efektive amikumas, sed li aperas esence indiferenta aŭ neŭtrala. Li sufiĉe zorgas siajn gimnaziajn studojn, en kiuj li pli kaj pli okupiĝas pri desegnado. Lastatempe li kreas precipe bildstriajn rakontojn sed ne volonte montras ilin al la familianoj. Amikojn li malofte renkontas, almenaŭ ekster la lernejo. Kaj almenaŭ laŭ la scio de Letti li ankoraŭ neniam en sia vivo havis koramikinon. Tio cetere tute ne surprizas ŝin. Kiu ino do povus enamiĝi al tia ĝenulo?

Fojfoje ŝi eĉ demandis sin, ĉu li eble estas geja, sed tio ja estus tro stranga. Kiam li aktivis en la rasista rondo, li esprimis saman malamon al gejoj kiel al brunhaŭtuloj, islamanoj kaj entute ĉiuj, kiuj ne identis kun lia nazia idealo. Ĉu tio estis nur klopodo nei la proprajn sentojn? Jen interesa penso, sed ŝi ne povas vere kredi tion.

De temp' al tempo Helle montras al Anton pentradon per olefarboj en la parto de la salono, kiun ŝi foje uzas kiel atelieron. Tiam Letti kelkfoje gvatas ilin kaj miras pri ia mistera kontakto inter ili, kiun ne kundividas Marina kaj ŝi. Tiu kontakto cetere renaskiĝis relative ĵuse, ĉar dum longa tempo li rifuzis ĉiujn ŝiajn provojn veki lian intereson pri ŝia pentrado, kaj ŝi siaflanke forte kondamnis liajn desegnojn, kiujn ŝi trovis ofendaj karikaturoj. Nun ili murmuras inter si, komparante siajn provojn, dum Letti iomete ĵaluze flaras la odoron de oleo, kiu disvastiĝas en la salono kaj de tie pluen tra la apartamento.

Post longa enua printempo tamen alproksimiĝas la somero. Kelkaj knabinoj en la klaso aranĝas feston, pri kiu oni antaŭvidas ke ĝi estos miranda, sed Letti kaj Alice ne estas invititaj. Do ĝi verŝajne estos ridinda stultaĵo, dum kiu oni babilos pri knaboj kaj aliaj malinteresaj vantaĵoj. Anstataŭe Alice kaj ŝi vagas sur la urbocentraj stratoj, gvatas la knabojn pasantajn kaj eksplodas en subridoj pri ilia stulta aspekto. Fakte ŝajnas ke knaboj estas absurde ridinda specio.

Kiel kutime la familio iros pasigi la finon de junio kaj komencon de julio sur la insulo Gällnö en la insularo oriente de Stokholmo. Kaj tie nun realiĝos la teatroprojekto de Sofia. Al ĝi efektive aliĝis Moa, kiu jam de jaro estas profesia aktorino de privata teatra kompanio en Stokholmo. Ŝia trupo estos la kerno, ĉirkaŭ kiu oni ligis al si ankaŭ amatorojn. Spektantojn oni allogos el inter la loĝantoj kaj somerumantoj de la insularo. La premiero okazos ĝuste je la Somermeza festo.

Letti tre antaŭĝojas revidi Moan.

"Komprenu ke ŝi certe estos ege okupata", avertas Panjo Marina. "La spektaklo sendube rabos ŝian tutan tempon."

"Ne gravas. Estos amuze rigardi ŝin aktori. Kaj post la prezentadoj ŝi eble havos tempon renkonti min."

"Bone, sed ne forgesu ke ŝi jam estas plenkreskulo. Ŝi kredeble preferas societumi kun siaj kolegoj kaj eble ne havas multe da tempo por dekkvarjarulino."

Letti paŭtas senresponde. Jen denove tiaj ĉiamaj mokaj vortoj pri ŝiaj dek kvar jaroj. Se ŝi almenaŭ estus dekkvinjara! Tiam oni devus preni ŝin pli serioze. Kial la jaroj treniĝas tiel pigre kaj senevente? Ŝi ne scias kiel plu elteni, se nenio iam ajn okazos en ŝia vivo!

Majo estis pluvriĉa kaj ne tre varma, sed en junio estas eĉ pli varme ol lastjare. Kiam la familio alvenas sur la insulon, tiu tamen estas belege verda kaj flora, dank' al la malseka majo. Ĉi tie la ĉirkaŭa maro iom prokrastas la alvenon de somero, almenaŭ kompare kun Skanio, kaj ĉe la domo de Avino la floroj de la siringo ankoraŭ ne tute velkis.

Letti kutimas je tio ke la du kuzinoj, la brunhara Marina kaj la blonda Sofia, babilas pri diversaj floroj, diskutante, ĉu ili fruas aŭ malfruas. Do ŝi preskaŭ aŭtomate konstatas ke en la arbaretoj floras primoloj, melampiroj kaj pluraj diversaj orkideoj, kaj ĉe la strandoj videblas latiroj kaj armerioj. Dumtage amaso da diversaj birdetoj kvivitas senĉese, kaj vespere aŭdeblas trila duelo de najtingaloj aŭ solflutado de kantoturdo. Kiam kukuas kukolo, oni pro malnova superstiĉo provas konstati el kiu direkto ĝi aŭdiĝas; plej favora laŭdire estas kukolo el okcidento. Kial tio gravus, tamen restas tute mistera.

La gastodomo plenplenas de la gaja kaj bunta teatrotrupo de Moa, dum Sofia kaj ŝiaj du filoj dormos en la ĉefdomo. Do la familio de Marina devas tranokti ĉiuj kvar kune en ties salono, sur la sofolito kaj surplankaj matracoj. Anton ja grumbletas pro tio sed ne protestas laŭte. Antaŭ du-tri jaroj li farus grandan bruon pro tia ĝeno. Sofia, Moa kaj ĉiuj aliaj en la teatroprojekto estas ege nervozaj kaj okupataj de la preparoj. Baldaŭ Marina kaj Helle trovas sian taskon kuiri kaj ĝenerale priservi la aktorojn. Dume Letti iras al la strando por rapide bani sin en la maro, kvankam ĝi ankoraŭ restas malvarmeta. Je ŝia surprizo Anton akompanas ŝin tien. Li tamen ne enakviĝas sed sidas sur apuda roko kun skizbloko kaj krajono enmane, desegnante sian fratinon. Kaj li eĉ ne faras malican karikaturon sed sufiĉe belan bildon, kiun li iom malvoleme montras al ŝi post la bano. Kompreneble ŝi ja aspektas iom infaneca en tiu desegno, sed tio sendube estas neevitebla. En la okuloj de sia granda frato ŝi evidente restas infano kaj tute ne tia junulino, kia ŝi mem sentas sin.

En la Somermeza tago okazas la premiero de la subĉiela dramo sur la korto de iama vilaĝa lernejo, kiu jam de kvindek jaroj ne plu funkcias pro manko de infanoj en la insularo. La trupo de Moa ludas ian klezmersimilan muzikan uverturon per gitaro, tamburo, saksofono kaj akordiono, dum la publiko kolektiĝas kaj okupas siajn lokojn. Alvenis kvindeko da spektantoj, supozeble plejparte posedantoj de somerdomoj sur la insulo Gällnö kaj eble sur apudaj insuloj. Kelkaj tamen venas de pli fore, interalie Tomas, la patro de Moa. Li alvojaĝis de la urbo Norrköping, kie li loĝas. Ĉeestas ankaŭ tri aŭ kvar maljunuloj el la tutjaraj loĝantoj.

"Bedaŭrinde ke restas tiel malmulte da aŭtentaj insulanoj", diras Marina. "Kiam mi estis infano, ili ankoraŭ estis sufiĉe multaj. Precipe fiŝistoj."

"Supozeble la idoj de la insulanoj transloĝiĝas urben", diras Tomas. "Dume pli riĉaj urbanoj aĉetas la domojn kaj rekonstruas ilin pli luksaj, kvankam ili eble loĝas tie nur somere."

"Krome ne plu facilas vivteni sin per etskala fiŝado laŭ la bordoj de la Balta maro", aldonas Helle. "La industri-fiŝaj ŝipoj kvazaŭ polvosuĉas la maron je ĉia vivo kaj muelas la predon en fiŝfarunon por la norvegaj fiŝbredejoj kaj la dana produktado de vizonpeltoj. Do, ĉiufoje kiam ni manĝas salmaĵon, ni fakte manĝas la baltmarajn haringetojn."

"Ĉu tiu fiŝado ne estas regulata de EU por garantii vivan maron?" diras Marina zorgeme.

Sed ŝi ne ricevas respondon. Helle nur levas la ŝultrojn kaj gestas por veki atenton al la komenciĝanta spektaklo.

La rigardo de Letti saltas de la tri plenkreskuloj apud ŝi al la aktoroj sur la sceneja spaco antaŭ la malhelruĝa ligna ekslernejo. Ne tre facilas sekvi la intrigon de la teatraĵo, kies scenaron ĉefaŭtoris kuzino Sofia. Ŝajne la insulanoj hezitas, ĉu subteni la svedojn aŭ la rusojn. Kiu flanko finfine estos plej forta? Kiu povos garantii la vivojn de la insulanoj kaj protekti iliajn domojn de bruligo? Ŝajne la dramo ne donas definitivan respondon. Nur la estonteco respondos. Kaj la estonteco de 1719 jam delonge estas historio, kiun tamen detale konas nek Letti nek la plej multaj aliaj spektantoj. Oni scias nur ke dum Rusio iom post iom konkeris la transmarajn provincojn inkluzive de Finnlando, la nuna Svedio ĉiam restis sendependa.

Unu spektanto, kiu vere konas tiujn okazaĵojn, estas Tomas. Historio ja estas lia scienca fako.

"Mi iomete dubas, ĉu la rusoj fakte aspiris penetri en Stokholmon", li komentas dum paŭzo meze de la prezentado. "Ili ja rabis kaj bruligis laŭ la marbordo de sudo al nordo, sed ili estis singardemaj kaj ne riskus eniĝi en kaptilon. Dum mallonga tempo ili eĉ okupis la urbon Norrköping kaj ties manufakturojn, sed ili ne gajnis multon tie, ĉar la svedoj bruligis la urbon antaŭ ol cedi ĝin."

"Ĉu la svedoj?" konsterniĝas Marina. "Dum mia junaĝo tie mi ĉiam aŭdis pri kiam la rusoj bruligis la urbon. Ĉu tio ne estas vera?"

"Nu, ankaŭ ili bruligis iom, precipe poste, forlasante la urbon. Sed la sveda armeo unue ekbruligis ĝin inkluzive de la manufakturoj. Tio estis normala milita taktiko. Ducent jarojn pli frue la svedoj bruligis ankaŭ la najbaran Linköping antaŭ ol cedi ĝin al dana armeo, kiu tiam rabadis en la provinco. Oni bruligis tion, kion oni ne povis plu regi, por ke la malamiko ne gajnu ian utilon de sia konkero."

La ludo rekomenciĝas postpaŭze. Kvankam Letti ja trovas la historian fakon sufiĉe malinteresa, ŝi tamen entuziasmiĝas pri la aktorado. Moa kaj la aliaj junaj aktoroj tre imponas al ŝi.

"Ankaŭ mi ŝatus provi tion", ŝi komentas post la lasta sceno. "Aktori ŝajnas mojose."

"Diru al Sofia ke vi ŝatus partopreni", proponas Panjo Helle. "Eble ŝi povas aldoni statistan rolon por vi en la du restantaj prezentadoj."

"Ne, tion mi ne kuraĝas. Kaj cetere mi ŝatus havi rolon kun diraĵoj. Eble oni prezentos la spektaklon ankaŭ en la venonta somero."

Vespere ŝi demandas Moan pri tio.

"Jes, ni ŝatus tion", respondas tiu. "Sed espereble ni logos pli grandan publikon jam ĉi-jare al la dua kaj tria prezentadoj."

Post la tria prezentado Moa efektive havas tempon pasigi du tagojn kun Letti, Anton kaj iliaj du patrinoj. Tiam ŝia patro Tomas jam forlasis la insulon kaj reiris al sia hejmurbo.

"Mi tre ŝatis la teatraĵon", diras Letti, sidante apud Moa sur roko post bano, dum Anton sidas dek metrojn for, desegnante ilin.

Estus bone, se li uzus kolorojn, ŝi pensas. Ŝia flava bikino bone kontrastus kontraŭ la blua de Moa, kaj same ŝiaj malhelaj duonlongaj haroj kontraŭ la falsrufaj stoploj, kiujn Moa dum la aktorado kaŝis per kaptuko. Sed li supozeble nur krajonas.

"Ĉu vi ne trovas ke mankas klara ĉefa konflikto?" diras Moa. "Laŭ mi Sofia havas tendencon tro kompliki la fadenon."

"Eble. Sed temas plej multe pri la elekto de flanko, ĉu ne? Ke oni devas elekti unu el la du."

"Precize! Ke ne eblas esti neŭtrala. Jen la ĉefa dilemo. Sed indus emfazi ĝin pli multe, laŭ mi. Jen la hoko en la ezoko! Ĉu mi pravas aŭ ĉu mi pravas?"

Letti ridas. Moa facile tre entuziasmiĝas kaj volas konsenton de aliaj.

"Ĉe Sofia estas tro da ambivalenco unuflanke-aliflanke", insistas Moa. "Kaj ŝi ne volis muzikon dum la scenoj, do ni povis ludi nur enkonduke kaj dum la paŭzo. Cetere, kion vi opinias pri miaj kolegoj? Ĉu talentaj?"

"Jes, vere! Mi fakte ŝatus mem provi aktoradon."

"Bonege! Do la venontan someron vi kunaktoros, ĉu ne? Sed mi jam delonge tro varmas. Ĉu ni resaltu enen?"

Dum ili naĝas en la maro, plaŭdante kaj ŝprucigante akvon unu sur la alian, Anton malaperas sen montri sian desegnaĵon. Poste ili jen kaj jen daŭrigas la diskuton pri la subĉiela dramo. Sed jam en la tria tago Moa devas reiri hejmen al Stokholmo por provludi muzik-teatraĵon kun siaj kolegoj. Post tio la restado surinsule ne plu same plaĉas al Letti. Ŝi pasigas la tagojn naĝante en la maro kaj moketante sian fraton.

"Domaĝe por vi ke ankaŭ ĉi-jare ŝi ne atentis vin. Ĉu ŝi entute vidis ke vi ĉeestas?"

Anton rigardas ŝin oblikve kaj paŭtas.

"Pri kio vi balbutas, bebo?"

"Pri via amata Moa", klarigas Letti.

"Fek! Prefere diru via. Vi ja tute adoras ŝin."

"Ha ha! Mi almenaŭ ne seksardas pri ŝi, kiel vi."

"Vi eĉ ne scias, kion signifas tiu vorto, bebeto. Vi ankoraŭ bezonas vindaĵojn."

Reveninte hejmen al Malmö, Letti serĉas distraĵojn kaj amikojn. Alice plu ferias kun sia familio ie en la mondo, Julia forestas en rajdo-tendaro, sed Parisa estas hejme kaj ŝajne same enuas kiel Letti, do ili revivigas sian amikecon. La vetero plu varmas, tiel ke eblas naĝi, sunumi sin kaj promeni laŭ la urba strando. Kaj en la urba festivalo okazanta meze de aŭgusto ili kune vagas tra la homamaso en la urbocentro, aŭskultas diversajn muzikaĵojn de provizoraj scenejoj sur la placoj kaj manĝas rapidvoraĵojn el ĉiuj anguloj de la mondo. Vespere la gepatroj de Parisa tamen strikte limigas ŝian liberecon, sed anstataŭe ili invitas Lettin al familia festeto en sia apartamento, kaj tio almenaŭ signifas etan varion kompare kun la propraj familianoj.

Finiĝas la somero, kaj komenciĝas la aŭtuna semestro de la oka klaso. La lernejo restas sama, la samklasanoj ne ŝanĝiĝis, kaj plimalpli samas ankaŭ la instruistoj kaj la lernofakoj. Sed preskaŭ tuj oni denove ekaŭdas novaĵojn pri Greta Thunberg. En unu jaro ŝi transformiĝis de soleca protestanto idealisma antaŭ la parlamentejo de Stokholmo en mondfaman gravulon deksesjaran, kiu estas korifeo de preskaŭ tutmonda movado el gejunuloj por savi la klimaton de la terglobo. Nun ŝi vojaĝis al Novjorko por paroli en la ĝenerala asembleo de la Unuiĝintaj Nacioj, kaj ŝi iris tien per velbarko, ĉar ŝi volas nek flugi nek dependi de fosilia fuelo. Parolante en la asembleo, ŝi senkompate kritikas la diverslandajn politikistojn, post kio ili ĝentile kaj hipokrite aplaŭdas.

Letti entuziasmiĝas. Jen knabino, kiu scias kion ŝi volas kaj ne lasas sin fleksi de tio, kion la plenkreskuloj nomas normala. Ŝi havas la bezonatajn sciojn, ŝi ne kompromisas pri tio, kion ŝi trovas necesa, kaj ŝi ne timas draste skoldi la gvidantojn de la mondo. Letti trovis sian idolon!

Evidente ankaŭ aliaj gejunuloj fariĝis idolanoj de Greta kaj fondis internacian movadon por postuli konkretajn agojn kontraŭ la klimatkrizo. 'Vendredoj por Estonteco' oni nomas ĝin, kaj Letti plenkore aliĝas al ĝi. La intenco estas sekvi la ekzemplon de Greta per ĉiuvendreda lerneja striko kaj manifestacio por la klimato.

Bedaŭrinde ne facilas konvinki la samklasanojn aliĝi al tio. De aliaj klasoj kaj lernejoj tamen venas gejunuloj, kaj ankaŭ pliaĝuloj aliĝas al la anoncitaj mitingoj sur la ŝtuparo de la Nova Urbodomo de Malmö. Okaze de la dua vendreda aranĝo ŝi atingas ke Julia el la klaso akompanas ŝin tien, sed la amikino ne estas tre entuziasma.

"Mi ne komprenas, kian utilon faras tiaj paroladoj kaj sving-ado de afiŝoj", diras Julia, kiam ili kune repaŝas hejmen de la Urbodomo. "Krome estos problemoj, se ni forestos de la lernejo ĉiuvendrede."

Letti ne povas bone argumenti, kial tiuj manifestacioj tiel gravas, sed ŝi forte sentas ke necesas fari ion.

"Laŭ mi pli gravas ĉeesti ĉi tie ol en la tedaj lecionoj."

Julia tamen pravas pri la lernejaj problemoj. La instruistoj kaj la lernejestro baldaŭ perdas la paciencon. Komence oni sufiĉe indulgis la forestantojn, ĉar oni komprenis ke temas pri inda celo, ne pri amuziĝo. Sed post kelkaj semajnoj la lernejestro sciigas ke ili devas ĉesigi sian forestadon. Se ne, ĝi estos rimarkebla en la jarfinaj atestoj.

Ankaŭ la panjoj klopodas konvinki Lettin ke gravas ĉeesti en la vendredaj lecionoj.

"Se vi sisteme maltrafos la instruadon de unu tago ĉiusemajne, vi havos mankojn, kiuj certe montriĝos gravaj ankaŭ venontjare", diras Marina. "Kaj tio povus esti obstaklo por elekti studpro-gramon en la gimnazio."

"Kiom gravas la gimnazio, se la tuta Malmö estos subakvigita?" kontraŭas Letti. "Ni ne ĉiuj povus loĝi en la Turniĝanta Torso."

Tiun ŝercon ŝi pruntis de unu el la parolantoj sur la Urbodoma ŝtuparo, kaj ĝi temas pri la fama plej alta loĝdomego de Skandi-navio staranta en havena kvartalo de Malmö, kie ĝi altiĝas pres-kaŭ ducent metrojn super la markolo.

"Ne troigu, Letti. Ni certe ne subakviĝos."

"Mi tute ne troigas. La glacio de Gronlando jam degelas, kaj se ĝi tute malaperos, la maro altiĝos sep metrojn. Tiam la akvo atingos nian straton. Sed se ankaŭ Antarkto degelos, temos pri sesdek kvin metroj. Tiam la tuta Malmö jam delonge estos sub la maro. Kaj same la plej multaj urbegoj de la mondo, ĉar ili situas ĉe la marbordoj."

Tio denove estas faktoj, kiujn ŝi lernis en vendredoj antaŭ la Urbodomo. Do evidente estas pli utile kaj instrue ĉeesti tie ol en la teda lernejo, kie oni traktas nur malgravaĵojn pri la parlamento kaj registaro, kiuj tute neglektas la gravajn defiojn.

"Mi tamen dubas, ĉu tio povos okazi dum niaj vivoj", diras Marina.

"Sed Panjo, ni devas pensi ne nur pri ni mem sed ankaŭ pri niaj infanoj kaj nepoj!"

Marina ridetas.

"Jes, tre bone. Sed eble vi unue pensu iomete pri la lernejo antaŭ ol havi infanojn."

Letti faras malkontentan mienon kaj turnas la dorson al Panjo Marina. Ŝi delonge laciĝis de tio ke neniu plenkreskulo prenas ŝin serioze. Ili ne komprenas la seriozecon kaj gravecon de la minaco, sed ĉiuj nur reagas per stultaj ŝercoj. Ŝajnas ke ili jam estas perdita generacio, ŝi pensas.

Ĉar Julia ne volas iri al nova vendreda mitingo, kaj Alice entute ne kuraĝas senpermese manki de la lernado, ankaŭ Letti dum du semajnoj rezignas tion. Kiam ŝi poste revenas al la Urbodomo, ŝi renkontas tie sian pli aĝan amikinon Vilma, kun kiu ŝi kutimas danci knabinan hiphopon. Ili tamen ne vidis unu la alian post la somero. Kiam Vilma nun salutas ŝin, pasas kelkaj sekundoj en konfuzo, ĉar la amikino tondis siajn longajn blondajn harojn kaj farbis ilin glaŭkaj.

"Ha, kiel mojose!" diras Letti, montrante al la haroj de Vilma. "Bonege ke ankaŭ vi venis ĉi tien. Eble nia grupo povus fari ion kun hiphopo por la klimato, ĉu ne?"

Vilma ridas. Ŝi venis ĉi tien kun deko da knabinoj el sia gimnazia klaso, kaj Letti iom timeme salutas ilin. Ŝi sentas sin tro juna kaj sen memfido antaŭ tia aro da maturaj deksepjarulinoj. Unu el ili staras brakumante junulon, kiu aspektas pli-malpli dudekjara.

"Eble", diras Vilma. "Sed mi ne scias, ĉu la aliaj en nia hiphopa rondo trovus tion grava. Mi timas ke ili ne interesiĝas pri tiaj aferoj kiel savi la planedon. Sed post semajno ni ja dancos en la Monda Muzikfestivalo en Kopenhago. Ĉu vi partoprenos?"

Letti konsterniĝas. Ŝi memoras ke oni somere menciis tiun planon sed ne vere prenis ĝin serioze. Ĉu nun tio reale okazos?

"Mi ne ekzercis min kun vi lastatempe. Ĉu tamen eblus?"

"Certe. Vi jam regas ĉion. Simple venu!"

Do efektive ŝi ekiras trajne kun la knabina hiphopa grupo kaj elpaŝas kun ili en kela koncertejo de centra Kopenhago. Fine ŝi eĉ prezentas malnovan repaĵon kun Vilma kaj Nadine. Poste ŝi spektas kun ili aliajn prezentadojn kun muziko el diversaj landoj ludata per strangaj instrumentoj kaj revenas hejmen nur nokte, iom vaporkapa pro monda muziko kaj dana biero.

La panjoj kompreneble furiozas, kiam ŝi enpaŝas en la apartamenton, disiĝinte de Vilma. Panjo Helle riproĉas kaj minacas, Marina admonas kaj maltrankvilas, sed Letti mem ŝvebas en tre plaĉa sento ke tio tute ne gravas. La voĉoj de la panjoj fariĝas ia kroma monda muzikaĵo.

"Vi ankoraŭ estas infano!"

"Imagu, kio povus okazi!"

La riproĉoj sonas al ŝi kiel senrima repado, kaj ŝi nur milde ridetas. Jen la sono de panjoj, kiu akompanos ŝin ankoraŭ kelkajn jarojn. Nenio stranga, nenio atentinda.

Poste, kuŝante en sia lito, ŝi memoras proponon de Vilma en la trajno survoje reen.

"Eble vi povus verki klimatan repaĵon por prezenti vendrede antaŭ la Urbodomo."

"Ne, tion mi ne kuraĝus", tuj respondis Letti.

Nun ŝi tamen ne povas ĉesi revi pri tiu ideo, kiu akompanas ŝin en la sonĝojn. Dum la sekva semajno ŝi efektive elprovas rimojn enkape. Ne facilas trovi bonan formon por tia klimata repaĵo. Post sufiĉe da cerbumado ŝi klavas unuan skizon en sia telefono:

> Vi fuŝas la klimaton
> por favori vian ŝtaton,
> vi inundas mian straton
> kaj min pelos en boaton.
> Ni savu nin
> de la ruin'!
> Kaj en la fin'
> ni eksigos vin!
> Min tedas leciono

pri dolaro kaj pri krono,
ĉar varmiĝas la sezono
pro poluo de karbono.
Ni savu nin
de la ruin'!
Kaj en la fin'
ni eksigos vin!

Ŝi tamen tute ne kontentas pri tiu provo kaj baldaŭ rezignas la ideon. Bonŝance Vilma en la sekva vendredo ne ripetas sian proponon. Anstataŭe ŝi ekparolas pri amatora grupo de teatraj aktoroj en ŝia lernejo, kaj Letti rekomencas pensi pri la somera liberaera teatraĵo, en kiu ŝi revis kunaktori. Ŝi ŝatus demandi Vilman, ĉu ŝi povus aliĝi al tiu lerneja grupo, sed iel ŝi komprenas ke ŝi estas tro juna. En la hiphopa dancado ŝi sentas sin preskaŭ samnivela kun Vilma kaj Nadine, sed ĉi tie, kie Vilma estas kun siaj samklasanoj, la aĝodiferenco ŝajnas nesuperebla.

Kiam Vilma malgraŭ tio invitas ŝin spekti provludadon de la teatrogrupo, ŝi tre ĝojas. Ili renkontiĝas vespere en la lernejo, kie okazos la premiero tuj antaŭ Kristnasko. La teatraĵo temas pri seksaj roloj, sed oni interŝanĝis la tradiciajn kondutojn de knaboj kaj knabinoj por elstarigi la ridindecon de tiuj roloj. Al Letti la intrigo tamen aperas iom konfuza, ĉar la grupo konsistas nur el inoj, el kiuj kelkaj do aktoras kiel knaboj, kiuj kondutas knabine, dum aliaj estas knabinoj, kiuj kondutas knabe. Malfacilas eĉ al la aktoroj eviti rideksplodojn. Letti tamen tre ĝuas spekti la provludadon kaj deziras al ili sukceson en la vera premiero.

Piedirante hejmen tra la novembrofina vespera mallumo ŝi restas en tia bona etoso ke ŝi eĉ ne rimarkas la vipan venton kaj malvarman pluveton, kiu duŝas ŝin defronte. Kaj hejme ŝi tiel entuziasme parolas pri la aktorado de Vilma kaj ŝiaj amikinoj, ke Panjo Helle komencas interrete serĉi okazojn, kie Letti mem povos aktori. Ŝi konstatas ke pli facilas trovi aranĝojn por pli junaj infanoj, sed almenaŭ somere okazos teatra tendaro por adoleskuloj. Al tiu tamen restas duonjaro, ĉar nun alproksimiĝas la jarfinaj festoj kaj tre bezonata ripozo dum la lernejaj ferioj.

Tria ĉapitro

Komenciĝas nova jardeko, kaj en la televido oni parolas pri nova speco de pulminflamo en Ĉinio. Evidente pluraj homoj jam mortis, eĉ la kuracisto, kiu unue malkovris la novan malsanon. Letti ne multe atentas la aferon, ĉar malsano en Ĉinio ja ne povas infekti ŝin. Sed Panjo Marina kiel kutime maltrankviliĝas kaj babilas pri antaŭaj malsanoj kiel la birda gripo kaj la porka gripo, pri kiuj Letti neniam antaŭe aŭdis.

Baldaŭ oni ekscias ke ĉi-foje temas ne pri gripo sed pri alia viruso, kiun oni nomas nova koronviruso, ĉar ĝi havas ian eksteraĵon, kiu similas la koronon de la suno. Ankaŭ tio ŝajnas al ŝi negrava afero, precipe ĉar komprenrble tiu viruso kun sia eksteraĵo videblas nur per mikroskopo, kaj la suna korono nur ĉe suneklipso. Sed post komenca pasiveco la ĉinaj aŭtoritatoj subite ekagas per timiga drasto kaj izolas milionojn da homoj en iliaj hejmoj. Bonŝance tiaj aferoj ne povas okazi ĉi tie, pensas Letti.

Tiam oni sciigas ke la sama malsano iel aperis en norda Italio, kie ĝi kaŭzas krizon en la hospitaloj. Tio jam estas pli timiga. De Italio ĝi ja facile povus salti al Svedio, des pli ĉar jam centoj da svedoj ĵus revenis hejmen post skiado en la italaj alpoj, kaj oni ne kontrolis ilian sanstaton ĉe la alveno. Kaj jen preskaŭ ĉiutage venas novaĵoj pri la malsano el lando post lando, ĝis unu tagon la unua kazo estas konstatita ankaŭ en Svedio. Post ankoraŭ kelkaj kazoj la aŭtoritatoj deklaras ke regas pandemio. Jen nova termino, kiun ĉiuj nun devas rapide lerni, same kiel la langorompan vorton epidemiologio.

Ŝajnas ke en aliaj landoj oni volas malhelpi amasan disvastiĝon de la viruso per deviga uzo de masko antaŭ la buŝo kaj nazo, kaj per fermo de preskaŭ la tuta socio. La svedaj aŭtoritatoj male asertas ke nur distanco alportas sekuran protekton, kaj ke gravaj partoj de la socio, kiel infanvartejoj kaj elementaj lernejoj, devas plu funkcii normale. Se iuj homoj povas labori hejme per komputilo anstataŭ fizike iri al la laborejo, tio tamen ja povus esti utila. En la familio de Letti ĉiuj tamen plu iradas al siaj ĉiutagaj okupoj: Marina al la kvartalcentra biblioteko kaj Helle al la muzeo en Kopenhago, kvankam ambaŭ lokoj ne plu estas malfermitaj al vizitantoj. Ankaŭ Anton plu iras ĉiutage al sia gimnazio kaj Letti mem al sia lerneja klaso.

Baldaŭ oni ekraportas pri malsaniĝoj kaj eĉ mortoj de la plej fragilaj personoj en svedaj maljunulejoj. Montriĝas ke en tiaj lokoj oni ofte tute ne disponas pri protektiloj por limigi la disvastiĝon de la infekto. Avino Birgitta, la patrino de Marina, loĝas en maljunulejo por demenculoj en Vaxholm apud Stokholmo, sed nun ne eblas vojaĝi tien por renkonti ŝin, ĉar oni malpermesis vizitojn. Dume la maljunaj loĝantoj devas akcepti longan vicon da sinsekvaj flegistoj, kiuj riskas infekti ilin, se iu deĵoranto portas la viruson ne sciante tion.

La sveda registaro decidis pri kelkaj ekonomiaj ŝanĝoj por faciligi al dungitoj resti hejme de la laboro en okazo de malsano. Tio tamen ne koncernas la multajn personojn, kiuj flegas maljunulojn per okaza po-hora dungo. Ili tute ne ricevas monkompenson, se ili rezignas laborhorojn. Kaj en multaj lokoj tiuj po-horaj flegistoj, kiuj deĵoras ne laŭ fiksa horaro sed en okazo de bezono, estas granda parto de la laboristaro.

Letti festas sian dekkvinan naskiĝtagon meze de ĉi tiu maltrankviliga tempo. La aŭtoritatoj rekomendas eviti grandajn festojn, kvankam tio eble ne koncernas infanojn kaj adoleskulojn, kiuj laŭdire apenaŭ malsaniĝas pro la nova koronviruso. Sed ĉiuokaze ŝi ne plu interesiĝas pri naskiĝtaga festo. Tio estus infanaĵo. Ŝi preferas iri al junulara domo, kiu plu funkcias kiel antaŭe, kun siaj amikinoj Alice kaj Julia por ludi muzikon. Pli frue ŝi vizitadis alian junularan domon por ekzerci sin pri hiphopa dancado, sed ŝi ne plu trovas kundancantojn tie kaj krome iom perdis la emon al ĝi.

Iam Letti lernis ludi kverfluton, sed ŝi tediĝis de tio kaj jam tute ĉesis. Anstataŭe ŝi aliĝis al la ideo de Julia pri propra muzikbando. En la junulara domo ekzistas instrumentoj por uzo de la gejunuloj, kaj nun ŝi entuziasme ekludas drumon, dum la amikinoj ludas elektrajn gitaron kaj basgitaron. Jen bona maniero festi la dekkvinjariĝon. Do Letti furioze batadas la diversajn frapinstrumentojn, dum Julia gitaras per siaj morditaj ungoj nigre farbitaj, skuante sian ĵus nigrigitan hararon tien-reen, kaj Alice pene serĉas taŭgajn basakordojn tiel ke la tuta ejo vibras.

En paŭzo kelkaj knaboj proponas ke oni ludu kune.

"Mi povas montri al vi pli mojosajn akordojn", diras unu el ili al Julia.

Ŝi trovas tion bona ideo, sed Letti kaj Alice ne konsentas.

"Ni ne ludu kun la knaboj!" diras Letti. "Ili simple volas mem uzi la instrumentojn, dum ni admiros ilin. Ne eblas kunludi kun ili."

"Sed estus bone, se iu knabo drumus", diras Julia. "Tiam vi povus repi."

"Mi ne plu emas repi. Almenaŭ ne ĉi tie. Mi preferas drumi."

Letti iam lernis muziknotojn, kiam ŝi ludis fluton, sed Alice ne scias legi notojn. Do ili ludas sennote, improvize laŭ propra ideo de Julia, aŭ laŭ memoro pri iu ŝatata muzikaĵo, ekzemple de Avicii aŭ Post Malone, kaj ĉiu kunludado fariĝas unika kaj neripetebla. Kelkfoje Julia provas kanti la vortojn de populara kanto, sed tio ĝenas ŝian gitarludadon, do plej ofte ili kontentiĝas pri nurinstrumenta koncerto dum la rezervita horo. Kaj kompreneble mankas aŭskultantoj, krom kelkaj mokemaj knaboj, kiuj atendas sian vicon uzi la instrumentojn. Iufoje eĉ dungito de la domo devas interveni por forigi iun, kiu provas transpreni ilin tro frue.

"Sed tiuj inoj ja ne scias ludi", protestas knabo, kiu antaŭe proponis kunludadon. "Ili nur ŝajnigas."

"Vi scias ke ĉiuj vizitantoj egalas", kontraŭas la dungito. "Necesas respekti unu la alian. Se vi ne akceptas tion, vi ne rajtos veni ĉi tien."

Letti tamen sekrete konsentas kun tiu knabo. Ili fakte ne scias ludi. Bedaŭrinde ne facilas imagi, kiel ili povus lerni pli bone, kaj eble ŝi eĉ ne havus la necesan paciencon fari tion. Ŝi ja ŝatus lerni aktoradon, sed tia grupo ne ekzistas ĉi tie, kaj cetere nek Alice nek Julia interesiĝas pri teatro. Ili trovas ĝin afektado. Lastatempe Julia babilas preskaŭ nur pri knaboj. Ŝi efektive fariĝis tedulo.

La pandemio daŭras kaj eĉ plifortiĝas. En aprilo la estrino de la maljunulejo de Avino Birgitta telefone sciigas al Marina, ke ŝia patrino efektive malsaniĝis pro la viruso. Vizitoj de familianoj tamen plu restas malpermesataj. Kaj post du semajnoj venas la informo, kiun antaŭtimis Marina: Birgitta Aubert mortis en sia lito. Estas dubinde, ĉu ŝi ricevis veran medicinan flegadon kontraŭ la malsano. Al la maljunulejo venas kuracisto nur de temp' al tempo, kaj laŭ la avaraj informoj donataj de la estrino, ŝi estis tro malforta por toleri transporton al hospitalo aŭ maŝinan spirhelpon.

Panjo Marina delonge ne havis tre bonan aŭ intiman rilaton al sia patrino. Nun post la morto-mesaĝo de la maljunulejo ŝi fermas sin en sin mem, dirante malmulte sed montrante per la tuta korpo, kiom ŝi bedaŭras ke ŝi ne povis kunesti kun sia patrino, kiam tiu agoniis kaj forpasis. Letti vane klopodas konsoli ŝin.

"Panjo, vi mem diris ke lastfoje Avino ne rekonis vin, kiam vi vizitis ŝin."

"Tamen ŝi ja sentus ke ŝi ne estas sola, se mi ĉeestus. Kaj tio gravus ne nur al ŝi, sed eble eĉ pli al mi mem."

Helle en sia kutima drasta maniero esprimas tion, kion Marina ne kapablas diri.

"Estas damna skandalo! Oni malpermesis al familianoj viziti, laŭdire por protekti la maljunulojn. Sed dume la flegistoj faris nenion por eviti infekti ilin. Eĉ ne maskojn oni havis en sufiĉa kvanto! Kaj kial malpermesi viziton, kiam la bopatrino jam estas mortanta? La sveda hipokritado atingas rekordon!"

Ŝia propra patrino Inge plu estas sana kaj vigla. Ŝi loĝas en Kopenhago, sed pro la pandemio oni lastatempe ne povas renkonti ŝin krom virtuale per telefona ekrano. Cetere, ankaŭ la patro de Helle vivas, sed li loĝas pli malproksime en Jutlando.

Por bremsi la disvastiĝadon de la viruso oni malrekomendas fari longajn vojaĝojn en la lando. Pro tio la entombigo de Avino Birgitta estas prokrastita, sed en la komenco de junio ĝi finfine okazas. Tamen veturas al ĝi nur Marina.

"Estis bela ceremonio", ŝi rakontas reveninte hejmen, "sed sufiĉe strange ke ĉeestis tiel malmultaj. Onklino Marianne ne povis partopreni pro la infektorisko, do ni estis nur triopo, miaj gekuzoj kaj mi, krom la pastrino kaj la orgenistino."

"Ĉu venis neniu el la maljunulejo?" demandas Letti.

"Ne. Mi pensas ke oni ne kutimas fari tion."

"Kaj ĉu via vojaĝado pasis bone?" scivolas Helle.

"Nu, jes. Sed ankaŭ ĝi estis stranga. Preskaŭ senhomaj trajnoj. Kaj neniu biletkontrolisto kuraĝis montri sin."

Fine de la studjaro Letti estas invitita al festo en la hejmo de Felicia, unu el la plej popularaj knabinoj de la klaso. Ordinare ili apenaŭ amikumas, sed nun Julia, kiu bone rilatas al ili ambaŭ, peris la inviton. Por ne devi reiri hejmen tro frue ŝi anoncas ke ŝi tranoktos ĉe Julia. Pro la pandemio la aŭtoritatoj ja malrekomendas festojn, sed tio verŝajne celas ĉefe plenkreskulojn, kaj ĉi-okaze Letti preferas ne maltrankviligi la panjojn. Kion ili ne scias, tio ne ĝenos ilin.

Unuafoje ŝi sekrete petas ke Anton aĉetu por ŝi ion en la ŝtata alkoholvendejo, por ke ŝi povu kunporti tion al la festo.

"Mi ne rajtas. Restas tri semajnoj ĝis mi estos dudekjara."

"Sed mi scias ke vi jam sukcesis aĉeti ion tie. Almenaŭ provu! Aŭ petu iun dudekjarulon, kiun vi konas!"

"Infanoj devas ne trinki alkoholon."

Do ŝi ŝtelas du botelojn da biero el la provizo de Panjo Helle kaj ekiras al la unufamilia domo, kie la gepatroj kaj pli juna fratino de Felicia oportune forestos dum la tuta semajnfino. Ĉeestas kelkaj samklasaninoj kaj tri pli aĝaj knaboj, kiujn Letti ne konas. Oni ludas muzikon, kiu ne tre interesas ŝin. Do ŝi rigardas paran dancadon de kelkaj el la gejunuloj, dividas la bierojn kun Julia kaj ricevas ian neidentigeblan drinkaĵon de alia knabino, kiu ŝajne havas pli komplezeman parencon ol ŝi.

Oni iras iom enen-elen inter la domo kaj la ĝardeno. Iu junulo proponas sinbanadon en la naĝbaseneto, sed ŝajne neniu volas senvestiĝi. Anstataŭe Letti vomas en rozarbuston kaj poste eniras por sidiĝi kaj atendi ke la domo ĉesos rondiri.

Tiam aperas pli aĝaj junuloj, unue duopo, poste plia triopo. Ne estas klare, ĉu ili konas iun en la festo aŭ estas absolutaj fremduloj. Ili komencas traserĉi la domon por trovi trinkaĵon aŭ ion alian uzeblan, dume ili renversas meblojn, frakasas aferojn, mokas kaj minacas la pli junajn knabojn kaj proponas al la knabinoj akompani ilin en la dormoĉambrojn "por ripozi". Letti ne ricevas tian inviton – verŝajne ŝi aspektas tro infaneca – sed Julia jes. "Fiku vin mem!" ŝi respondas, levante la mezan fingron antaŭ la vizaĝon de la junulo, kiu tamen nur ridas pri ŝi. Felicia evidente ne scias, kiel agi. Ŝi petas ilin foriri, sed vane. Ili simple rikanas kaj enbuŝigas la restantajn nuksojn kaj ĉipsojn. En la ĝardeno iu falas aŭ estas puŝita en la basenon. Letti rigardas la kaoson kun malŝato, dum Julia gaje ridas. Dume Felicia nervoze rondiras por provi protekti aferojn de frakaso.

Fine alveturas policaŭto surstrate; supozeble iu najbaro alvokis ĝin. La neinvititoj transsaltas la barilon al apuda ĝardeno kaj malaperas inter la domoj de la kvartalo, dum Felicia devas respondi demandojn de la policistoj kaj fine eĉ telefoni al siaj gepatroj. Tiam Letti sukcesas igi Julian akompani ŝin for de tie, kaj ili rifuĝas en la hejmon de Julia.

Kvankam la nombro de novaj infektitoj ege malkreskas, kiam komenciĝas la varma sezono, ne eblas denove aranĝi teatran prezentadon sur la insulo Gällnö, kiel oni planis post la lastjara sperto. Nun la familio diskutas, ĉu eblos entute vojaĝi ien ajn. Al Danio certe ne, des malpli al vera eksterlando. Marina havas libertempon en julio, kaj Helle laboras nur duontempe, ĉar ŝia kopenhaga muzeo estas fermita. Facilus por ŝi preni feriojn kiam ajn.

Fine oni decidas tamen vojaĝi al la domo de Avino. Ankaŭ Sofia estos tie, sed ekzistas du domoj, kaj eblos societumi eksterdome, kiel oni plej ofte faras ankaŭ en normala somero, krom kiam pluvas.

La panjoj diskutas, ĉu esceptokaze iri aŭte al Stokholmo. Sed pro la problemo parkumi la aŭton dum longa tempo en la ĉefurbo – ĉar ne eblas porti aŭton al la insulo – oni fine decidas trajni kiel kutime. Laŭ Marina la nombro de pasaĝeroj kreskis en unu monato, kvankam ankoraŭ restas sufiĉe da libera spaco en la vagono. Sed la insulara ŝipeto de la ĉefurbo fakte estas preskaŭ same homplena kiel kutime. Do ili pasigas la marvojaĝon ekstersalone, sur la prua ferdeko. "Ĉi tie estas plej bone", diras Panjo Helle. "La vento forblovos ĉiun viruson al Finnlando."

La maro estas sama kiel ĉiam, la suno kaj vento samas, la rokoj, vojetoj kaj strandoj de la insulo ne ŝanĝiĝis. Tamen Letti trovas ke ĉio estas alia. Ŝi ne povas difini, kio kaŭzas tiun senton. Ĉu la pandemio? Aŭ ĉu ŝi mem? Ŝi jam estas dekkvinjara kaj ne plu infano. Ĉu ŝi neniam plu povos ĝui la someran paradizon same kiel antaŭe?

Post kelkaj tagoj ŝi tamen retrovas la kutiman senton, kaj ŝi ĝuas paŝadi nudpiede sur la seka tero, plonĝi kapantaŭe de la granitaj rokoj en la saletan akvon, naĝadi ĝis ŝia haŭto malvarmas kaj samtempe brulas pro la suno, gvati knabojn, kiuj akrobate aŭ afekte saltas de la rokoj, kaj esti gvatata de ili, kiam ŝi neglekte preterpaŝas ilin en sia flava bikino, svingante siajn varme brunajn krurojn.

Vendrede alvenas Tomas, la malnova amiko de Marina. Jam de jaroj estas tradicio inviti lin ĉi tien, kaj oni ne volis ĉesigi tiun kutimon nur pro la pandemio.

"Ne timu", li diras jam salutante ilin kubut-ĉe-kubute, kaj skuante sian kapon kun la grizigânta hararo. "Mi kunportis tendeton, en kiu mi dormos."

"Vi estas freneza", diras Marina. "Tendoj estas por junuloj, ne por maturaj sinjoroj kun rigidaj artikoj. Vi ricevos la ĉambreton apud la kuirejo. Letti povas dormi ĉe ni."

Li tamen insistas kaj muntas sian minimuman loĝejon sur la herbo apud la puto. Do Letti povas plu dormi en propra ĉambro, same kiel Anton. Li dormas en la subtegmento, en ĉambro kun klina plafono, kiun Panjo Marina kaj Sofia nomas "la suprejo". Laŭdire ili alterne dormis tie kiel infanoj, kiam ili vizitis siajn geavojn sur la insulo.

Vespere oni fritas kaj manĝas haringojn, kiujn Tomas aĉetis en Stokholmo. Jen renversita mondo. Sur la insulo, kie fiŝado iam estis la ĉefa bazo de la vivo, ne plu restas profesia fiŝisto, kaj la amatoraj nuntempe kaptas apenaŭ tiom da haringoj, kiom ili mem manĝas. Do ĉi tie plej ofte eblas aĉeti nek haringojn nek aliajn fiŝojn.

"Ĉiuokaze oni rekomendas manĝi baltmarajn haringojn nur unufoje jare pro la poluaĵoj", diras Helle. "Precipe virinoj, kiuj intencas iam naski idon, devus atenti tion."

"Nu, espereble neniu el vi havas tiajn planojn por la proksima tempo", diras Tomas en ironia tono. "Aŭ ĉu vi planas tion, Letti?"

Ŝi ne trovas inde doni voĉan respondon al tia stulta ŝerco. Sufiĉas fari grimacon.

La plua interparolo ĉi-jare neeviteble trafas la temon de la pandemio.

"Historie pandemioj estis ĉiam ripetiĝanta parto de la vivo", diras Tomas.

"Bonvolu ne mencii la Nigran Morton", petas Helle. "Ĝi jam delonge staras al mi en la gorĝo."

"Ne necesas. Pesto ja revenadis de temp' al tempo, sed ankaŭ aliaj malsanoj. Ĥolero. Tre verŝajne diversaj gripoj. Tuberkulozo, kompreneble. Lepro. Malario. En la urboj tute normala stato longe estis ke pli da homoj mortas ol naskiĝas. Sed jen kaj jen ia epidemio falĉis duonon de la loĝantaro. La riĉuloj fuĝis en siajn kamparajn bienojn por savi sin, sed la malriĉuloj estis senhelpaj viktimoj. La lasta – ni pensis – estis la gripo de 1918, kiun oni nomis hispana. Fakte ĝi tute ne estis hispana. Ĝi komence disvastiĝis inter soldatoj, sed en la militantaj regnoj la cenzuroj malpermesis skribi pri ĝi. Nur en Hispanio la ĵurnaloj rajtis publikigi informojn pri la nova malsano. Jen kial oni eknomis ĝin hispana. Fakte estas granda escepto ke pasis plena jarcento de tiu ĝis la nuna pandemio."

Al Letti mankas la ĉeesto de Moa, kiu kutimas suspiri kaj plendi pri tio, kion ŝi nomas prelegoj, predikoj aŭ virklarigado de ŝia patro. Malgraŭ tio Letti trovas lian rakonton timiga. Ĉu li celas ke duono de la loĝantaro mortos ankaŭ nun? Ŝi ne volas demandi. Oni trovus ŝin naiva, sendube.

Cetere la interparolo ĉirkaŭ la ĝardena tablo plu vagas de la pandemio al la lastjara teatraĵo, kaj de tiu al Moa.

"Ŝi estas tute senlabora", diras Tomas. "Neniu volas inviti teatrotrupon por io ajn. Kaj ankaŭ aliaj laboretoj mankas. Fakte ŝi malbonfartas. Temas ne nur pri la mono, sed krome ŝi suferas pro la malaktiveco."

"Kial ŝi ne venis ĉi tien, se ŝi ĉiuokaze ne havas laboron?" demandas Letti.

"Mi pensas ke iom deprimus ŝin esti surloke sen eblo aktori."

Letti ne komprenas, kial Moa meze de julio fartus pli bone en la polva Stokholmo ol ĉi tie, kie eblas pasigi la tagojn en la maro. Sed eble troviĝas alia kialo, kiun Tomas ne konas. Ŝi supozas ke patroj ne ĉiam scias ĉion pri siaj filinoj, kvankam ŝi mem ne havas sperton pri tio. Antaŭ kelkaj jaroj Moa ja havis koramikon, sed tiu rilato ne plu daŭras. En la antaŭa somero ŝi diris ke mankas al ŝi tempo por tia afero. Nu, eble ŝi nun trovis novan ulon, kiam jam abundas tempo por amo. Se jes, tio estus iom bedaŭrinda, ĉar tio sendube signifus ke ŝi havus malpli da tempo por Letti.

Eĉ se la restado sur la insulo ja estis agrabla, tamen plaĉas al ŝi reveni hejmen kaj denove renkonti la amikinojn. Ankaŭ en Malmö ja eblas naĝi en la maro kaj sunumi sin, promenante sur la urba strando en bikino, brako en brako kun Alice. Ili povas almenaŭ pretendi ke oni admiras iliajn figurojn, kvankam ili inter si plendas pri ĝenaj knaboj kaj eĉ pli naŭze gapantaj maljunulaĉoj, kiuj senvestigas ilin perokule.

Jam printempe panjo Helle sukcesis trovi someran teatrotendaron por ŝi. Ne estis certe ke ĝi vere realiĝos, sed nun somere la pandemio ŝajne ĉesas, aŭ almenaŭ paŭzas, ĉar la nombro de novaj infektitoj reduktiĝas preskaŭ al nulo. Kaj inter gejunuloj ĉiuokaze ne necesas timi disvastiĝon de la viruso, do oni efektive okazigas la tendaron dum la lasta semajno de julio en ia eklezia kursejo apud la urbeto Skurup oriente de Malmö. Tie Letti pasigas kelkajn tagojn kun aro da aliaj adoleskuloj el diversaj lokoj en la regiono, lernante aktori, amuziĝante, naĝante en apuda lageto, kiu estas eksa kalkorompejo, kaj dormante en granda komuna dormejo kun aliaj knabinoj. Entute ili estas dek sep knabinoj kaj ses knaboj en aĝoj de dek du ĝis dek ses jaroj.

La gvidantoj de la tendaro estas du junulinoj aktivaj en la sveda eklezio. En la salono, kie okazas la aktorado, videblas bildoj de Jesuo kaj anĝeloj, kaj krome granda kruco sur unu muro. Verŝajne oni kutime aranĝas diservojn tie, sed nun oni ne miksas religiajn aferojn en la agadon. Letti ege ĝuas la kunestadon kaj la aktorajn ekzercojn. Ŝi ŝatas la gvidantojn kaj rapide amikiĝas kun du el la plej aĝaj knabinoj kaj unu el la knaboj. Baldaŭ ŝi sentas ke kun tiu knabo temas pri io pli ol amikeco. Li loĝas en Svedala, proksimume duonvoje inter la kursejo kaj Malmö. "Aŭtune ni povos facile renkontiĝadi", li diras, "ĉar mi iros ĉiutage al mia urba gimnazio."

'La unua amo dolĉas kiel mielo', laŭ ia stulta kanto, kiun Panjo Marina kutimas kanteti, dum ŝi faras ian mastruman taskon kune kun Panjo Helle en la hejmo. Letti ĉiam trovas tion embarasa. Kiel do mezaĝa virino, ŝia patrino, povas konduti kiel naiva junulino? Kaj ĉu ŝia unua amo estis Helle aŭ unu el la viroj, kun kiuj ŝi umis en sia junaĝo? Letti ne scias, kiom ili estis, sed laŭ la fojfojaj moketoj de Panjo Helle ili kredeble estis sennombraj.

Eble tiu naiva kanto tamen pravas. Kiam ŝi renkontas la knabon el Svedala en la somera teatro-tendaro, ŝi eksentas ion similan al bobelanta gastrinkaĵo en la stomako, brusto kaj subventro. Eĉ la brakoj iomete tremas, aŭ tiel ŝi almenaŭ imagas. Plej bone estas ke ne necesas afekti aŭ ŝajnigi ion. Ŝi povas esti sia normala memo kun li, kaj tio estas surpriza kaj nova sento rilate al knabo. Oliver estas lia nomo. Oliver! Eĉ tiu nomo tremigas ŝin. Kaj krome liaj mirindaj okuloj, brunaj kun strietoj de flavo. Li estas ne tre alta, kvankam kompreneb
le pli alta ol ŝi, kaj havas ondetan helbrunan hararon kaj iom da aknoj envizaĝe, kiel vera junulo. Dum la semajno en Skurup ili iĝas geamantoj kvazaŭ sen hezito aŭ eldirita interkonsento. Du-metran distancon ili certe ne povas teni, eĉ male. Temas pri kisoj, brakumoj kaj fermentanta atendo de io kroma. En la lasta vespero ili palpas sin reciproke eĉ sub la vesto. Fosante en lia kalsono ŝi konstatas ke pravas tio, kion ŝi supozis: la fotoj en Interreto estas ekstreme troigitaj kaj verŝajne

manipulitaj. Bonŝance, ĉar kiel do ia giganta ilego povus iam ajn eniri ŝin, sen krevigi ŝin ĉe la mezo? La kaco de Oliver havas ege pli moderan grandecon, kvankam ĝi ekscite kreskas en ŝia mano. Letti ja estas dekkvinjara. Tio gravas. Tio signifas ke ŝi jam rajtus. Pli ĝuste, li rajtus kun ŝi. Li estos deksepjara en novembro. Post la teatra tendaro ili renkontiĝadas tiel ofte, kiel ili povas. En malpli ol dudek minutoj la trajno portas ilin inter la du loĝlokoj. Kaj ekde la fino de aŭgusto li cetere iras ĉiutage al Malmö, ĉar lia gimnazio situas tie. Kiam la pandemio reprenas impeton aŭtune, la plej multaj gimnazioj transiras al distanca instruado per la reto, sed Oliver lernas en la dua jaro de faka studprogramo por fariĝi elektromuntisto, kaj ne eblas lerni la praktikan metion per virtuala instruado, do li devas alvojaĝi almenaŭ du tagojn ĉiusemajne. Kaj Letti komencas la naŭan kaj lastan jaron de la elementa lernejo, kiu daŭre funkcias plene per ĉeesto, krom escepte, se en iu klaso okazas subita disvastiĝo de la virusa infekto.

Ilia plej urĝa problemo estas trovi lokon, kie eblas kunesti gesole. Komence ili renkontiĝas eksterdome, en la urbocentro, sur la urba strando, en parko. Poste, kiam la aŭtuna vetero jam pli ĝenas ilin, en kafejoj aŭ rapidvorejoj, kiuj ankoraŭ estas malfermitaj. Laŭ ŝtata decido oni ja maldensigis la tablojn en tiaj lokoj, sed por ilia duopo tio estas eĉ avantaĝo.

"Mi volas ke ni faru la aferon antaŭ mia naskiĝtago", li diras unu oktobran vesperon, antaŭ ol ili disiĝos sur la fervojstacia kajo.

"Ankaŭ mi, sed kie ni faru tion?"

"Ne eblas ĉe mi, ĉar Paĉjo nun laboras en la hejmo pro la damna pandemio. Sed ni povus manki de la lernejoj dum kelkaj horoj kaj renkontiĝi ĉe vi. Dumtage neniu ja ĉeestas hejme, ĉu ne?"

"Bone. Mi eble povos malsaniĝi", ŝi diras. "Sed ne forgesu kunporti kondomon."

Do la afero estas zorge planita, sed tio malmulte helpas. La unua provo malgraŭ ĉiuj preparoj fariĝas fiasko. Kiam li elvolvas la kondomon sur sian penison, ĉio ŝajnas en ordo. Sed tuj poste la realo eĉ pli ol antaŭe diferencas de la Interretaj bildoj. Evidente lia peniso ektimas antaŭ la nekonata tereno. Ju pli li puŝas, des malpli ĝi povas eniri ŝin. Ĉu kulpas li aŭ ŝi? Ne eblas scii.

"Ne gravas", ŝi hipokritas, kiam li paŭte rezignas la klopodojn. "Mi aŭdis ke tio povas okazi la unuan fojon. Ni provu en alia tago. Nun palpu ĉi tie permane, mi petas. Ne tie, sed iom pli alte!"

Ili interkonsentas pri dua provo post semajno, kvankam tio signifas ke ŝi devas remalsaniĝi. Kaj tiufoje li iel magie englitas ŝin senprobleme. Bedaŭrinde la afero daŭras tiel mallonge ke ŝi apenaŭ havas tempon senti ion ajn, nek doloron nek ĝuon. Poste necesas denove kapti lian manon kaj konduki ĝin al la ĝusta loko.

En la komenco de novembro la pandemia paniko atingas maksimumon en Danio. Fakte la viruso rikoltis multe malpli da viktimoj tie ol en la najbaraj Svedio kaj Germanio. Ekde la somero oni tamen konstatis ke ĝi disvastiĝas ne nur inter homoj, sed krome per aparta varianto, kiu eble pli danĝeras, inter la vizonoj de la peltindustrio. Danio estas la plej granda produktanto de vizonpeltoj en la mondo kun po du vizonoj por ĉiu loĝanto, kaj oni jam buĉis kelkajn infektitajn vizonarojn. Sed nun la registaro ordonas mortigi kaj enterigi ĉiujn dek tri milionojn da vizonoj en Danio. Preskaŭ tuj post tiu amasbuĉado oni tamen konstatas ke mankis leĝa bazo de tia ordono, sed tiam oni igas la parlamenton akcepti leĝon, kiu kreas tian bazon retroaktive post la decido.

Letti tre ŝokiĝas, eksciante pri tiu drasta ago.

"Kiaj fiuloj! Laŭ mi kulpas ne tiuj bestoj sed la homoj, kiuj vestas sin per iliaj feloj!"

"Ĉu vi do preferus ke oni buĉu la vizonpeltajn sinjorinojn?" demandas Helle ironie.

Sed tiu demando laŭ Letti ne meritas respondon.

Panjo Helle ankoraŭ vojaĝas ĉiun duan aŭ trian tagon al sia laboro en Kopenhago. Nun ŝi pli-malpli ĉiusemajne rakontas al la familianoj pri novaj turniĝoj en la disvolviĝanta vizonskandalo. Samtempe ŝi mokas la svedan malagemon kontraŭ la pandemio. Ĵus la svedaj aŭtoritatoj malpermesis vendadon de alkoholo en restoracioj post la deka horo vespere.

"Skorzonero!" ŝi ekkrias. "Ĉu tiuj stultuloj pensas ke la viruso malpli danĝeras tage ol nokte? En Danio oni jam en marto fermis ĉiujn restoraciojn."

"Nu", diras Marina, "verŝajne temas pri la konduto de la restoraciaj gastoj, ne pri tiu de la viruso. Laŭ mia sperto, post la deka vespere homoj estas pli ebriaj kaj pli emaj je proksimaj kontaktoj. Almenaŭ tiel estis en mia junaĝo. Hodiaŭ mi ne havas tre multe da spertoj."

Samtempe kun tiuj skandinavaj incidentoj la usonanoj elektas prezidenton. Post la kutima voĉkalkula kaoso montriĝas ke oni maldungis Trumpon kaj anstataŭe elektis Biden. Trump tamen ne akceptas tion, sed deklaras sin mem la vera venkinto. Li ordonas al la balotaj instancoj trovi kelkajn milojn da balotiloj favoraj al lia prezidanteco kaj rekalkuli la voĉojn. La federacio, kiu nomas sin la ĉefa demokratio de la mondo, elmontras timigajn fendojn.

Monaton post la deksepa naskiĝtago de Oliver, Letti kaj li seksumas la duan fojon, aŭ la trian, se kalkuli ankaŭ la malsukcesan debutan provon. Ĉi-foje tio okazas en la aŭtejo de lia hejmo en Svedala, sur malkomforta stablo kun diversaj laboriloj. Nun ŝi sentas sin spertulo pri amo. Sed tiu loko kaj la tuta situacio ŝajnas al ŝi tro malagrabla, kaj la bobela sento jam malaperis el ŝiaj brakoj kaj brusto. Nur en la subventro ŝi plu sentas ian sopiradon, kiam ŝi pensas pri li. Tio tamen ne sufiĉas. Pri dolĉa amo kaj mielo ne plu eblas fantazii. Ŝi kelkfoje prokrastas telefoni aŭ mesaĝi al li. Kaj ankaŭ lia pasio ŝajne malvarmiĝis, ĉar li ne proponas novan kunestadon kaj baldaŭ eĉ ne plu telefonas al ŝi. Je Kristnasko do jam ĉesis tiu unua amo, kaj ĝi apenaŭ eĉ mankas al ŝi. Ŝi enamiĝis; ŝi elamiĝis. Jen ĉio. Tamen plenigas ŝin sento de elreviĝo. Ŝi sentas impulson ekverki repaĵon pri la vaneco de amo, konteste al la naiva kanto de Panjo Marina. Sed finfine ankaŭ tio ja estus ridinda kaj vana.

Kvara ĉapitro

Tuj post Novjaro pli intensiĝas la kaoso post la elekto de prezidento en Usono. En Vaŝingtono kelkaj centoj da ekstremdekstraj perfortuloj instigataj de Trump penetras en la federacian parlamentejon, frakasas parton de la interno kaj minacas parlamentanojn kaj la vicprezidenton. Fine polico kaj soldatoj sukcesas venki la atakon, kaj la parlamento povas rekomenci la proceduron formale aprobi la elekton de la nova prezidento Biden. En granda parto de la mondo homoj miras pri la ŝajna malstabileco de la usona politika sistemo.

Al Letti tiuj okazaĵoj tamen ne signifas ion gravan. Ŝia instruisto pri civitana eduko ja klopodas interesigi la lernantojn pri la tumulto en Vaŝingtono, sed pli-malpli vane. Se temas pri novaĵoj el Usono, la plej multaj el ili sendube pli zorgas pri la lasta furorkanto de Ariana Grande ol pri kiu el la du kadukaj maljunuloj plej rajtas nomi sin prezidento. Kaj al Letti pli gravas la klimatkrizo, kvankam ŝi iom perdis la entuziasmon plu manifestacii en vendredoj. La vintra vetero kun nebulo, vipa vento kaj fojfoja pluvo ne logas ŝin senmove staradi aŭskultante agitajn paroladojn por defendi la klimaton.

Fakte la temperaturo malofte malaltiĝas sub nulon, kaj neĝo tute ne falas, sed la humida vento el la markolo penetras tra karno kaj ostoj, ŝajnas al ŝi, dum ŝi piediras laŭ la strato de Malmö. Ŝi ege sopiras la printempon kaj someron, kaj almenaŭ ĉi-sezone tiu sopiro superas ŝian maltrankvilon pro la varmiĝanta planedo.

En la junulara domo aferoj iom ŝanĝiĝas. Alice tediĝis de la basgitaro kaj ĉesis pri la kuna ludado. Tial okazas tio, kion jam de kelka tempo volis Julia. Ŝi kaj Letti komencas ludi kun du knaboj, la sveltulo Filip kaj la rondeta Hugo. Hugo transprenas la basgitaron, kaj Letti devas dividi la drumon kun Filip, kiu jam pli bone regas la diversajn frapinstrumentojn, aŭ almenaŭ havas pli grandan memfidon pri ili. Do ŝi povas lerni de li, kaj de temp' al tempo ŝi ankaŭ kantas, laŭ la propono de Julia. Plej ekscite tamen estas sidi tuj apud Filip, kiam li tenas ŝiajn manojn por montri kiel bati la ritmon. Tiam ŝi rigardas liajn maldikajn manojn kun la longaj fingroj pli multe ol la tamburon aŭ la ĉarlestonon. Baldaŭ ŝi sentas ke ŝi denove enamiĝis, sed ĉi-foje tio evidente ne estas reciproka. Li ŝajne trovas ŝin tro infaneca, kvankam li mem aĝas nur du jarojn pli. Ankaŭ eblas ke lin pli logas iu alia el la knabinoj en la junulara domo. Ne Julia, kiu plu flegas la stilon de nigraj ungoj kaj farbado de la haroj, sed iu el la ŝminkitaj, remburitaj manekenoj, kiuj nun ŝatas aŭskulti ilian ludadon. Certe ili trovas lin bela kaj dezirinda pro liaj regulaj trajtoj kaj svelta sed muskola korpo. Sed estas ŝi, kiu rajtas ludi kun li kaj kies manojn li tenas!

"Vi vidas ke mi pravis, ĉu ne?" diras Julia. "Estas pli amuze ludi kun knaboj."

Letti levas la ŝultrojn, ĉar la ludado vere ne estas pli amuza, kaj precipe ne la kantado. Sed aldoniĝis io alia, kion ŝi ne volas klarigi al Julia. Rilate al Filip ŝi tamen ne sentas sin sur egala nivelo, kiel aŭtune kun Oliver. Sed tio tute ne malfortigas ŝian sopiron.

En marto ŝi denove renkontas Vilman kaj ĉeestas dum provludado de ŝia teatrogrupo. Ĝiaj anoj nun frekventas la trian kaj lastan jaron de la gimnazio kaj prezentos propran teatraĵon okaze de lerneja kultura aranĝo. Ankaŭ nun Letti sentas ke ŝi volus okupiĝi pri aktorado, kaj ŝi decidas aŭtune aspiri lokon en la teatra branĉo de la gimnazia arta studprogramo. Ŝi iom timas ke ŝia finatesto de la elementa lernejo ne estos sufiĉe bona por tio, do ŝi decidas fari lastan penadon dum la printempo, kvankam la lernejo verdire staras al ŝi en la gorĝo.

Ŝia decido iom pli strebi pri la lernado tamen havas neatenditan sekvon. La natursciencaj fakoj ne estas ŝiaj favorataj lecionoj de la lernejo. Do, jen eblo por pliboniĝo. Ŝi demandas sian instruiston de biologio, kion ŝi povus fari por plialtigi sian noton de D al C.

"Nu, vi simple devas plenumi la difinitajn sciojn de la nivelo C. Do, estas simple."

"Jes, sed kion tio signifas praktike?"

"Faru la hejmtaskojn, respondu bone la demandojn. Krome ja povus utili, se vi plenumus ian sendependan taskon. Ĉu vi ŝatas florojn? Baldaŭ estos printempo. Vi povus ekzemple skribi naturan taglibron pri la evoluo de la printempo. Noti ekfloradon de printempaj floroj, kantadon de birdetoj ktp. Kaj raporti tion kontinue al mi."

Letti ja ŝatas florojn kaj birdojn, ĉefe somere sur la insulo de Avino, sed krom tio ŝi interesiĝas nur modere pri diversaj specioj. Tion ŝi tamen ne diras al la instruisto. Ŝi decidas montri bonan volon, ĉar eble jam tio sufiĉos por konvinki lin altigi ŝian noton.

Do, en marto kaj aprilo ŝi devigas sin fari enuajn promenojn en la vasta parko Pildammsparken ne malproksime de la hejmo por noti kaj foti per sia telefono florburĝonojn kaj jam plene malfermitajn florojn de sciloj, erantidoj, neĝboruloj, muskarioj, orsteloj, krokusoj kaj narcisoj. Fakte ŝi suspektas ke la instruisto celis precipe sovaĝajn florojn, sed sen helpo ŝi ne povas atingi alian naturon ol parkojn. Ĉi-sezone estas tro longa vojo por bicikli al la plej proksima arbaro situanta preskaŭ dudek kilometrojn de ŝia hejmo. La tuja ĉirkaŭaĵo de la urbo Malmö konsistas nur el kampoj. Tie la sola florado konsistos el kolzoj, kiuj en majo sternos flavajn tapiŝojn sur la pejzaĝo, sed por ili ankoraŭ iom tro fruas.

Dum ankoraŭ daŭris ŝia rilato kun Oliver, ŝi povis trajni al lia hejmo en Svedala kaj poste piediri kun li al proksima arbaro. Sed la amo ja finiĝis, kaj Svedala ĉesis ekzisti. Cetere, eĉ se ĝi malgraŭ ĉio plu ekzistus, ŝi neniam irus tien, pro la risko hazarde renkonti lin. Li sendube pensus ke ŝi stalkas lin, kio estus ege embarasa.

Nu, se temas pri la birdokantado, ŝi ja aŭdas pepadon en la parkaj arbustaroj ĉirkaŭ ŝi. Merlon ŝi kredas rekoni, sed kiel scii la nomojn de aliaj pepantoj? Ŝi tamen registras kelkajn sonojn per la telefono, denove por almenaŭ montri bonan volon aŭ ambicion.

Komence de majo post biologia leciono ŝi raportas kaj montras siajn ĝistiamajn atingojn al la instruisto. Li ja rigardas ŝiajn notojn kaj fotojn, aŭskultas ŝiajn birdopepojn kaj identigas fringon, paruon kaj merlon, kaj aprobe kapjesas al ŝi. Sed pli multe li rigardas ŝin en maniero sufiĉe altruda. Kaj kiam li redonas al ŝi la telefonon, li tute senkiale etendas la manon al ŝia brusto kaj glitigas la mandorson laŭ ambaŭ ŝiaj mamoj. Samtempe li – nu, ne eblas nomi tion anheli, sed ŝajnas al ŝi ke li almenaŭ spiras aŭdeble.

Letti resaltas malantaŭen kaj konsterniĝas. Tamen ŝi ne scias, kion diri aŭ fari. Do, ŝi silentas, enpoŝigas sian telefonon kaj senvorte foriras de la klasĉambro, tre konfuzite. Ŝi ja ne apartenas al tiuj knabinoj de la klaso, kiuj ŝatas eksponi siajn formojn al la mondo, ĉu per mamzona remburaĵo, ĉu per naturaj pufoj. Eĉ male, ŝi kutimas vesti sin per loza svetero, en kiu ŝiaj modestaj formoj apenaŭ rimarkeblas. Hodiaŭ ŝi tamen ial surmetis pli striktan blankan ĵerzon, kaj reveninte hejmen ŝi konstatas banĉambre antaŭ la spegulo ke fakte videblas la nigra mamzono tra ĝi, almenaŭ sub la banĉambra lampo. Tamen ŝi ne komprenas. Se tiu fiulo ŝatas adoleskulinojn, kial li ne provas pri la pimpaj manekenoj? Nu, kion scias ŝi? Eble li palpas ankaŭ ilin per siaj zorge manikuritaj tentakloj kaj okulfiksiĝas en iliaj dekoltitaj intermamaj fendoj, lekante la maldikajn lipojn kaj snufante per sia rostrosimila muzelo. Fi, kia naŭzulo!

Antaŭ iom pli ol monato ŝi festis sian deksesan naskiĝtagon. Ŝi scias ke ŝi aspektas pli juna ol tiuj dek ses jaroj, kvankam ŝi sentas sin pli matura ol la samklasanoj. Kompreneble ŝi jam delonge devas de temp' al tempo defendi sin de idiotoj el aliaj klasoj, kiuj provas premi aŭ pinĉi ŝiajn mamojn aŭ postaĵon. Povas esti ke kontribuas ankaŭ ŝia haŭto. Ŝi eĉ ne memoras, kiun aĝon ŝi havis, unuafoje aŭdante la mokon "negra pugo". Ŝi preskaŭ imagas ke oni balbutis tiel jam en la infanvartejo, kvankam tiam ŝi ne komprenis tiajn vortojn.

Sed tio estas konduto de knaboj pli-malpli samaĝaj. Nazmukuloj, esence. Nun temas pri plenaĝulo verŝajne pli-malpli kvardekjara, instruisto de biologio. Jen vere fia biologia eksperimento! Eble li volis espli ŝian printempan evoluon. Nu, unue ŝi sentis precipe surprizon. Ĉu tia kadukulo entute plu havas seksajn impulsojn? Strange. Ĉu li estas pedofilo? Aŭ ĉu li rimarkis ke ŝi estas pli matura ol ŝi aspektas? Ŝi ja ne plu estas virgulino, kvankam ĉi-momente ŝi ne havas koramikon. Sed kiel tiu fiulo povus diveni tion?

Nu, post la surprizo kompreneble sekvas abomeno kaj naŭzo. Sed post kelkaj tagoj aperas eĉ pli ĝenaj sentoj. Fantazioj, fakte. Ŝi komencas imagi, kiel estus seksumi kun tiu maljuna viraĉo. Aŭ kun alia maljunulo. Jen la vere ĝena afero, ĉar dum longa tempo ŝi ne povas viŝi tiujn fantaziajn bildojn. Ili aperas ĉiufoje, kiam ŝi palpetas sin enlite, kaj eĉ alifoje, dum leciono, aŭ hejme, kiam ŝi surfas interrete aŭ spektas filmon.

Cetere ŝi ne denuncas la instruiston al la lernejestro, nek al iu ajn alia. Fakte ŝi hontus rakonti pri lia ago al la panjoj, kvazaŭ ŝi mem farus ion fian. Nur al Alice kaj Julia ŝi aludas la aferon.

"Atentu neniam esti sola kun Johan Fagerlund", ŝi avertas ilin. "Li estas fia naŭzulo."

"Kion li faris?"

"Li provis palpi min. Sed mi montris al li ke ne indas provi kun mi."

La amikinoj grimacas kaj esprimas sian abomenon per vomaj sonoj, sed ŝi suspektas ke ili dubas, ĉu ŝi diris la veron. Eble ili pensas ke ŝi fantazias por ŝajnigi sin interesa.

Kiam ŝi foriris de la palpema instruisto, li nenion diris, nek montris mienon de honto. Sed nun ŝi pensas ke eble ne necesos multe pli peni por havi bonan noton pri biologio. Tio tamen ne kompensas la senton de malpureco post lia tuŝo, nek la naŭzajn fantaziojn pri li.

Por la okazo ke li demandos, ŝi tamen faras novan promenon en la parko, kie ŝi fotas tulipojn kaj anemonojn kaj filmas la viglan kaj laŭtan moviĝadon de diversaj anasoj kaj cignoj en la parka lageto. Ŝi eĉ sukcesas filmi ion, pri kio ŝi supozas ke ĝi estas pariĝado de du geanasoj. La brungriza ino naĝas kviete, ŝajnigante tute ne atenti la buntan masklon, kiu persekutas ŝin tien-reen dum kelka tempo antaŭ ol salti sur ŝin, kapti ŝian nukon bruske per la beko kaj premi ŝian kapon suben. En tiu pozicio li tremegas spasme dum kelkaj sekundoj kaj poste lasas ŝin, turnas al ŝi la dorson kaj plunaĝas, kvazaŭ li tute ne konus ŝin. Ŝi siaflanke iomete skuas sin post la okazaĵo kaj naĝas alidirekten.

Evidente la anasa amo ne tre romantikas, sed se diri la veron, la sperto de Letti pri amoro ne estas multe pli miranda. En ŝia kunestado kun Oliver mankis preskaŭ nur la kapto ĉe la nuko. Tiujn konsiderojn pri la propraj spertoj ŝi tamen ne notas en la natura taglibro.

En ĝi ŝi preterlasas ankaŭ du aliajn spektaklojn, kiujn ŝi ne povas precize interpreti. Unue ŝi ekvidas scenon en golfeto de la parka lago. En ties malprofunda akvo ombrata de altaj fagoj naĝas cento da ranoj. Kelkaj estas iomete pli grandaj kaj moviĝas malpli vigle, dum aroj da pli etaj ĉirkaŭas ilin, grimpas sur ilin, falas de ili kaj rekomencas la febrajn klopodojn. Ĉu pariĝado? Sed ĉu do la maskloj estas pli malgrandaj ol la inoj? Kaj pli multaj? Ne eblas scii. Due ŝi ekaŭdas snufon el arbusto kelkajn metrojn de la pado, sur kiu ŝi paŝas. Unue ŝi timas ke eble ia ekshibicia fiulo embuskas tie por montri al ŝi sian fieraĵon. Sed jen nova eksnufo, kaj ĝi klare venas de sube, el la malalta arbusto. Ŝi alproksimiĝas kaj gvatas suben. Tie meze de la vepro kuŝas du erinacoj. Pli ĝuste unu el ili kuŝas, de temp' al tempo skuetiĝas kaj aŭdeble snufas. La dua malrapide sed senlace paŝetas en rondo ĉirkaŭ la unua. Rondon post rondo, ne rezignante. Letti restas kelkajn minutojn, atendante ke okazos io pli spektinda, sed vane. Se ĉi tio estas amindumado, ĝi estas pli pacienca ol tiu de la anasoj, se ne paroli pri la baraktantaj ranoj. Ŝi ŝatus vidi, kiel la virerinaco evitos pikojn de la erinacino, sed ŝia pacienco ege malsuperas la erinacan, kaj ŝi foriras sen sperti la pikan finalon.

Okazas nova ondo de la pandemio, kaj nun ĝi influas eĉ la lernejon de Letti. Pro infektiĝo de kelkaj lernantoj kaj instruistoj, ŝia klaso devas dum dek tagoj resti en siaj hejmoj, sekvante la instruadon per komputila retkonekto. La nivelo de tiu instruado tre varias laŭ la talento de la instruistoj; kelkaj mastras ĝin bone, dum por aliaj pliparto de la leciono foruziĝas por solvi teknikajn problemojn. Ankaŭ la diligenteco de la lernantoj varias. Kelkaj ŝajne anoncas sian ĉeeston kaj poste reiras al la lito. Unu avantaĝo estas ke Letti povas rete sendi sian raporton pri la natura taglibro kun aldonaĵoj al la biologia instruisto kaj do evitas la riskon de nova palpado.

Por la maljunuloj nun komenciĝis vakcinado kontraŭ la koronviruso, kaj krome ŝajnas ke la kuracistoj pli bone lernis kiel flegi la malsanulojn. Por Avino Birgitta tio ja venas unu jaron tro malfrue. Sed Avino Inge en Kopenhago ricevas sian vakcinon kaj anoncas ke ŝi venos vizite al Malmö, tuj kiam la danaj aŭtoritatoj deklaros ke vojaĝo al la ekzota Svedio denove sendanĝeras. Dume ŝia filino Helle regule vizitas ŝin okaze de siaj vojaĝoj al kaj de la laborejo.

Morten, la dana avo en Jutlando, male rifuzas vakciniĝi. Panjo Helle pli-malpli ĉiusemajne kverelas kun li telefone, kaj li sendas al ŝi retmesaĝojn kun ligoj al diversaj konspirteoriaj retpaĝoj kun la plej bizaraj asertoj. La pandemio ne ekzistas. Ĝi estas ordinara gripo. Ĝi estas kreita de ĉinaj sciencistoj por konkeri la mondon. La vakcino kaŭzas pli da damaĝo ol la malsano mem. La protektaj limigoj estas truko de la registaroj por subpremi la liberecon de la popoloj. La pandemio estas blufo de la farmaciaj kompanioj por profiti per vendado de senutila vakcino. Kaj tiel plu senfine. Iel Avo Morten tamen sukcesis resti sana kaj vigla ĝis nun, do eble la konspiraj teorioj iel magie protektas lin. Aŭ povas esti ke li fakte kondutas singarde, kvankam li ial ne volas konfesi tion.

Komence de junio venas la tago, kiam Letti finas la devigan elementan lernejon, tamen sen granda festo aŭ solena aranĝo. Ŝi simple disiĝas de la instruistoj kaj samklasanoj, forlasas la lernejan konstruaĵon supozeble la lastan fojon kaj jam estas iasence libera homo. Neniam plu ŝi estos devigata fari ion ajn. Nu, tiaj almenaŭ estas ŝiaj sento kaj deziro. Ŝi vidos, ĉu la plua vivo efektive plenumos tiun deziron.

Samtempe kiam ŝi finas la elementan lernejon, Anton abituras de sia gimnazio. Pro la pandemio ankaŭ tio okazas sen grandaj ceremonioj. Lia plano nun estas serĉi laboron kiel iaspeca desegnisto, sed evidente tiaj laboroj ne abundas, kaj lia abituro verŝajne ne valoras tre alte en la aspirado de ili.

"Krome oni nun jam devas konkuri kun AI", li diras kun ĉagreno.

"Kiel do?" scivolas Helle. "Ĉu artefaritaj intelektoj jam serĉas laboroficojn?"

"Ne, sed anstataŭ dungi veran desegniston oni mendas desegnon de AI-programo, kiu laŭdire kapablas krei pikasaĵon pli bone ol Picasso mem."

"Ha, kia stultaĵo! Maŝino certe povas kopii sed neniam krei ion novan. AI temas esence pri artefarita imito."

Li pripensas tion dum momento kaj poste levas la ŝultrojn.

"Eble oni ne volas ion novan."

"Ne timu, Anton. Dum mia tuta vivo oni aŭguris ke la maŝinoj, robotoj, komputiloj kaj tiel plu igos nin senlaboraj, sed ĝis nun tio ne okazis. Ili simple ŝanĝas la taskojn kaj metodojn de niaj laboroj."

Anton denove levas la ŝultrojn. Ŝajne li ne lasas sin impresi de ŝia optimismo. Tamen li evidente intencas plu serĉadi ian laboron, eĉ se lia intelekto ne superas la artefaritajn.

Sofia, la kuzino de Marina, longe esperis ke ĉi-jare denove eblos prezenti la teatraĵon sur Gällnö. Lastjare oni devis nuligi ĝin pro la pandemio, kaj nun montriĝas ke ankaŭ ĉi-somere necesas rezigni la aferon. Kompreneble ne estus problemo pri la prezentado, kiu okazus en libera aero apud la eksa lernejo, kie eblus eĉ plivastigi la distancojn inter la spektantoj. Sed la aktoroj kaj aranĝantoj devus kunloĝi dense en la disponeblaj domoj, kaj ankaŭ multaj spektantoj devus iom kunpuŝiĝi veturante per ŝipetoj al la insulo. Oni ankoraŭ ne scias, kiel evoluos la pandemio en la venontaj monatoj. Krome homoj jam dekutimiĝis ĉeesti en publikaj aranĝoj. Do oni finfine decidas ke ne indas provi. Espereble venontjare ĉio denove estos normala, ĉiuj estos vakcinitaj kaj oni povos jam forgesi pri distanco, maskoj, strangaj salutoj kaj troŝarĝataj hospitaloj.

Letti havas somerajn feriojn, se eblas tiel nomi la tempon inter la elementa lernejo kaj la gimnazio. Plej multe ŝi ŝatus tutsimple ripozi post tiom da jaroj da lernado. Tamen ŝi sukcesas ekhavi laboron dum julio en skipo el junuloj, kiuj flegas kaj purigas urbajn parkojn sub gvido de ordinara dungito. Ŝi ne tre entuziasmas pri tiu tasko, sed ion ŝi ja devas fari, kaj la gajnata mono estas pli ol bonvena. Jam printempe Panjo Helle demandis, ĉu ŝi eble ŝatus denove partopreni en la teatra tendaro en Skurup, kiun oni aranĝos ankaŭ ĉi-somere.

"Ne, tion mi ne volas."

"Sed vi ŝatis ĝin, ĉu ne?"

"Jes, sed mi jam faris tion unufoje. Mi ne volas ripeti la samon. Krome la plej multaj estis pli junaj ol mi jam lastfoje."

Ŝia vera kialo eviti ĝin kompreneble estas la memoroj pri Oliver. Sed tio ne koncernas Panjon Helle.

Dum julio Letti do pasigas multajn tagojn en la sama parko, kie ŝi printempe observis florojn kaj birdetojn. Nun kun siaj junaj kolegoj ŝi sarkas florbedojn, akvumas, forigas trudherbojn kaj kolektas rubaĵon. La skipo kutime ne penegas, krom kiam la laborestro devigas ilin, kaj la etoso en la grupo estas sufiĉe plaĉa kaj senstreĉa. Ŝi ĝuas pasigi somerajn tagojn eksterdome. En la plej varmegaj tagoj ili rifuĝas en ombron sub la grandaj fagoj aŭ ŝprucigas akvon unu sur la alian, ĝis la laborestro krias ke ili ĉesigu la ludadon kaj eklaboru.

Malgraŭ la pandemio okazos muzikaranĝo en alia parko komence de aŭgusto. Oni muntos scenejon kun ĉiaj elektraj instalaĵoj, kie ludos kelkaj loke konataj bandoj. Kiel antaŭludantoj aperos la kvaropo Hugo, Filip, Julia kaj Letti kun unu plia knabo, Jakob, kiu ludos gitaron. Tial Julia devos ludi sintezilon, kaj Letti kantos.

"Ĉu vi fakte scias ludi sintezilon?" surprizite demandas Letti.

"Ne vere. Mi iam eklernis pianon sed rapide ĉesis. Tamen Hugo promesis montri al mi. Temos nur pri kelkaj akordoj."

Sekve ili devas kelkfoje reiri al sia eksa lernejo, kie troviĝas la junulara domo, por ekzerci sin antaŭ la koncerto. Kaj poste venas la tago, kiam ili ludos en la parko. Estas sufiĉe da problemoj por konekti la instrumentojn kaj elprovi la sonon, kaj kiam ili fine povas ekludi, nur trideko da aŭskultantoj jam alvenis kaj sidas dise sur la dekliva gazono antaŭ la scenejo. Tamen tio estas nervoziga kaj ekscita momento. Letti ne tre ŝatas kanti sed komprenas ke ŝi devas fari tion por esti parto de la bando, kie la knaboj senhezite okupis la ĉefajn rolojn. Kaj por esti proksime de Filip.

La knaboj elektis tri kantojn de Avicii, kiujn ili ĉiuj enkapigis kaj nun prezentas antaŭ la eta publiko, kies reagojn Letti pro nervozeco ne atentas. Post ilia elpaŝo sur la scenejo komenciĝas la vera koncerto de la veraj bandoj, kaj ilia kvinopo fariĝas aŭskultantoj inter la jam pli densa publiko. Ŝi sidas inter Filip kaj Julia, aŭskultante la laŭtan muzikon kaj ĝuante la kunestadon. Kiam la malfrusomera vespera krepusko jam komenciĝas, kaj ia dolĉeta fumodoro ŝvebas super la publiko, iu sendas bieron inter ili; ŝi avide trinkas el ĝi. Ŝi klinas sin flanken al Filip, li metas brakon ĉirkaŭ ŝin, dum ŝi sentas eksciton kaj enamiĝon. Fine li eĉ kisas ŝin, kaj ŝi ŝvebas en bierodoraj revoj. Eble ĉi-foje ŝi spertos veran amon, ne nur iluzion. Sed noktomeze, kiam la muziko ĉesas, ili simple disiĝas. La knaboj malaperas, ŝi ne scias kien, dum ŝi kaj Julia piediras hejmen.

"Panjo murdos min", diras Julia, dum ili paŝas laŭ ĉefstrato. "Kiel longe rajtis vi foresti?"

"Ĝis la dekunua."

"Ankaŭ mi, sed mi malŝaltis la telefonon. Atendu, mi sendos mesaĝon."

Tuj post kiam Julia mesaĝis, ŝia telefono sonoras, kaj ŝi respondas, paŝante apud Letti.

"Ni survojas", ŝi diras. "Mi estos hejme post dek minutoj."

Letti aŭdas akutan voĉon el la telefono de la amikino, kiu respondas en tedata tono.

"Mi scias, sed mi forgesis. Ĉesu do, mi tuj venos."

Denove la voĉo sonas, antaŭ ol Julia rompas la interparolon. Baldaŭ ili atingas la straton de Letti. Alveninte antaŭ sian domon, de kie Julia devos pluiri sola ankoraŭ kelkcent metrojn, Letti ĵetas rigardon supren kaj konstatas ke estas lumo en la salona fenestro. Evidente sekvos riproĉoj.

"Ĝis baldaŭ! Estis bona koncerto, ĉu ne?"

"Mojosa. Mi fajfas pri kion ili diros hejme."

"Same mi. Ĉu vi ne timas pluiri sola?"

"Ĉi tie nenio okazos. Estas kvieta kvartalo. Ĝis!"

Ili disiĝas, kaj Letti supreniras al la atendantaj panjoj. La akcepto estas severa.

"Bone ke vi almenaŭ vivas", diras Panjo Helle, kvankam ŝi tute ne ŝajnas ĝoji pro tio. "Kio okazis?"

"Nenio. Ni ludis kaj poste aŭskultis la aliajn bandojn. Estis ege mojose."

"Mojose aŭ moroze, sed kial vi ne respondas en la telefono?"

"Mi devis malŝalti ĝin, ĉar ĝi ĝenus dum ni ludis."

"Sed poste. Kial ne reŝalti ĝin?"

"Mi forgesis. Cetere ne eblus aŭdi ĝin, kiam la bandoj ludis."

"Vi ja aŭdus, vidus aŭ sentus la vibradon. Letti, vi simple devas esti kontaktebla. Kaj ni diris la dekunua, ĉu ne? Nun estas preskaŭ la unua."

"Ni foriris tuj kiam la ludado ĉesis. Mi ne rimarkis la tempon." Ankaŭ Panjo Marina riproĉas ŝin.

"Vi nepre devas memori, kion ni diris. Temas pri via sekureco, Letti. Deksesjarulo devas ne esti sola en parko kaj surstrate meze de la nokto."

"Mi neniam estis sola. En la parko nia bando estis kune, kaj poste mi hejmeniris kun Julia."

"Tio ne sufiĉas", diras Marina. "Nun ni ĉiuj enlitiĝu, sed ĉi tia konduto devas ne ripetiĝi. Ni timas pri vi, Letti."

Irante en sian ĉambron, ŝi ĝojas ke la draŝado ne estis pli forta, kaj ke ili ne flaris bierodoron ĉe ŝi. Entute la koncerto ja estis granda sukceso!

Senpacience Letti atendas la sekvan eblon renkontiĝi kun Filip. Ĝi tamen prokrastiĝas. Ili ja parolis pri tio ke la bando denove ludu kune, kiam estos okazo, sed neniu konkreta decido estas farita.

Intertempe ŝi ricevas ĝojigan leteron. Ŝi estas akceptita kiel lernanto de la teatra klaso en la gimnazio de Reĝino Blanka, kiu situas je komforta bicikla distanco en la urbocentro, nur du kilometrojn de ŝia hejmo. Ĝi estas la sama lernejo, de kiu abituris Vilma ĉi-jare, kvankam de alia instruprogramo. Jen vere bona novaĵo, kiu almenaŭ por kelkaj tagoj forgesigas al ŝi la pensojn pri Filip. Tamen la sopirado baldaŭ revenas kaj ne lasas ŝin. Ŝajnas ke ŝi efektive enamiĝis.

"Do telefonu al li, damne", diras Julia, kiam Letti dividas kun ŝi siajn pensojn kaj deziron.

"Ne, mi ne kuraĝas. Li eble trovus min tro alglua."

"Stultaĵo! Verŝajne li sentas same pri vi. Ili ne estas tiel malmolaj kiel ili volas aperi, mi pensas."

"Ĉu vi mem renkontis Hugon denove?"

"Hugon? Tute ne. Mi fajfas pri li."

"Eble vi pli ardas pri Jakob?"

"Ĉesu do! Sed vi konas la numeron de Filip, ĉu ne?"

"Jes, sed... Mi ne scias."

"Mesaĝu al li por proponi ke ni ludu denove en la junulara domo."

Letti pripensas kelkan tempon.

"Nu, tion mi eble povus fari. Ni ja diris ke ni iam ludos denove. Mi diros ke vi petis min. Sed mi ne ŝatas nur kanti. Mi volus drumi, kiel antaŭe."

"Tio ne gravas. Unue zorgu ke vi havos okazon paroli kun li. Petu ke li montru al vi ion pri la drumado."

Tio ja ŝajnas bona ideo, kaj Letti decidas fari tion. Necesas nur unue kapti iom da kuraĝo por kontakti lin. Necesas venki la sinĝenon kaj nervozecon.

Kvina ĉapitro

La unua provo de Letti aranĝi rendevuon kun Filip tamen ne sukcesas. Eble li ne ŝatas, se knabino ion iniciatas. "Ne indas ludi en la junulara domo", li diras telefone. "Ĉeestus nur aro da infanoj, kiuj eĉ ne vere aŭskultus. Ni devas trovi pli bonan okazon."

"Jes, sed kiun?" diras Letti.

Ŝi ne plu volas proponi ke li montru al ŝi kiel drumi pli bone. Preskaŭ certe li preferas mem regi ĉiujn frapinstrumentojn kaj ne deziras konkuranton pri ili. Precipe ne knabinon. Do ŝi nur petas lin serĉi okazon por ludi kune. Se ŝi povus renkonti lin denove, ŝi ja akceptus kanti. Eble ion de Ciara aŭ Beyoncé, se la knaboj ne rifuzus tion. Aŭ ŝi povus repi ion de Imenella. Fakte ŝi akceptus preskaŭ kion ajn.

Dum momento ŝi sentas grajnon da honto pro tiu preteco. Antaŭ iomete pli ol jaro ŝi trovus neeble humiligi sin pro knabo. Ŝi ege malestimis la knabinojn, kiuj pretis flataĉi ulon. Sed tiam ŝi ankoraŭ estis infano kaj neniam spertis veran amon. Evidente la amo ne estas senpaga; tion ŝi komencas kompreni. Necesas negoci pri siaj bazaj ideoj kaj ne esti fundamentisto.

Intertempe komenciĝas la studoj en la gimnazio. Ŝia klaso konsistas el dek naŭ knabinoj kaj sep knaboj. Laŭ la unua impreso ili ĉiuj estas pli spertaj, pli memfidaj kaj pli maturaj ol ŝi. Kia diferenco de la infanecaj samklasanoj en la elementa lernejo!

"Mi ne certas ke mi elektis bone", ŝi diras hezite al la scivolaj patrinoj post la unua tago.

"Skorzonero!" ekkrias Panjo Helle. "Paciencu iomete. Kiam vi travidos la fasadojn de viaj samklasanoj, vi konstatos ke ili estas same aŭ eĉ pli malcertaj kaj timemaj ol vi."

"Mi ne estas timema", protestas Letti.

"Bone. Kaj vi ne havas kialon timi. Vi baldaŭ montros al ili."

"Sed laŭ la horaro ne estos multe da teatro aŭ aktorado. Almenaŭ komence. Estas ĉefe ordinaraj studfakoj. Matematiko, historio, lingvoj kaj tiel plu."

"Kompreneble. Estas gimnazia studprogramo, nenia aktora kurso."

"Kaj preskaŭ ĉiuj en la klaso ŝajnas burĝaj blondulinoj." Helle ridas.

"Neniam subtaksu blondulinojn", ŝi diras. "Kelkaj el ili estas sufiĉe danĝeraj sub la pala kovrilo."

Ŝi mane kuspas sian rufan hararon mallonge tonditan kaj daŭrigas:

"Eble mi mem devus blondigi min. Kion vi dirus pri tio?"

Letti tamen ne respondas tion sed paŭte foriras en sian ĉambron por foliumi la ĵus ricevitan lernolibron pri teatrohistorio de Sofoklo ĝis Norén.

Blondaj aŭ ne, iom post iom la novaj samklasaninoj fariĝas individuoj, el kiuj tri aŭ kvar eĉ estas tre simpatiaj. Eble ankaŭ iu el la knaboj povus esti interesa, se ŝiaj kapo, brusto kaj subventro ne estus plene okupataj de certa drumisto.

La transiro de elementa lernejo al gimnazio faras egan diferencon en ŝia konscio. Ĝi iel simbolas ŝian maturiĝon. Kaj estas plaĉa novaĵo pasigi la tagojn praktike meze de la urbocentro plena de butikoj, kafejoj, restoracioj kaj aliaj servoj ĉe stratoj, kie svarmas miksaĵo de urbanoj kaj fremduloj el la tuta mondo. Nu, eble ne vere svarmas turistoj precize sur la stratoj apud ŝia lernejo, des malpli nun, dum daŭras la pandemio kaj la landlimoj estas pli-malpli fermitaj. Sed ĉiam eblas imagi kaj fantazii. Almenaŭ videblas de temp' al tempo ĉiĉerona boato, kiu preteriras sur la apuda kanalo, kvankam ĝi ŝajne logas malmultajn pasaĝerojn kaj baldaŭ ĉesas por la sezono.

Ambaŭ panjoj jam de jaro estas vakcinitaj kontraŭ la koronviruso kaj ricevis ankaŭ duan injekton. De kelka tempo ankaŭ Anton rajtus vakciniĝi, sed li prokrastis la aferon. Nun finfine venas la vico de Letti kaj ŝiaj samaĝuloj, kaj ŝi preparas sin por viziti la sancentron.

"Anton, venu kun mi, kiam mi vakciniĝos", ŝi proponas. "Vi scias ke ĝi protektas plej bone, se ĉiuj estos vakcinitaj."

Ŝi tamen tute ne atendas ke li akceptos. Certe li diros ion mokan pri troa fido al la registaro kaj la aŭtoritatoj pri sano. Sed ne okazas tiel. Li rigardas ŝin kaj ridetas iom ironie.

"Bone do. Tio kredeble ne malutilos. Kiam ni iros?"

Do unuafoje en pluraj jaroj, aŭ eble eĉ entute unuafoje sen akompano de la panjoj, ŝi ekiras kun sia frato por kune plenumi ion gravan. Ŝi trovas tion sufiĉe stranga kaj sentas impulson moketi lin. Tamen ŝi rezistas tion kaj anstataŭe provas laŭdi lin, kiam ili sidas atendante sian vicon.

"Bone ke vi decidis vakciniĝi. Ne plu necesos eviti homplenajn lokojn."

"Nu, kaj do? La viruso mutacios kaj aperos en ĉiam novaj variantoj. Ĝi sendube restos por ĉiam en ia formo."

Al tio ŝi ne scias respondi sed simple plu sidas en la nekutima kuneco kun sia frato, kiun ŝi iam ege admiris kaj poste forte malestimis. Eble ilia rilato ekde nun iĝos normala kaj matura. Krom se okazos novaj surprizoj en la vivo, kompreneble.

Unu tagon telefonas al ŝi Julia por voki al ekzercado kun la bando.

"La uloj decidis ke ni ludos en la junulara domo, kaj ni devos antaŭe iom provludi novajn kantojn."

Evidente do la ideo ludi tie tute ne estas tro infaneca, kiam la propono venas de iu el la knaboj. Letti unue incitiĝas pro tia stulta konduto sed tuj repuŝas la senton. Ŝi denove renkontos lin! Eble li tenos ŝiajn manojn, montrante kiel tamburi. Ŝi eĉ pretus ŝajnigi sin sencerba naivulino por atingi tion, se necese.

Poste ĉio okazas rapidege. Ili provludas en ĵaŭda vespero, sabate la tuta kvinopo renkontiĝas por festeto en la hejmo de Hugo, kies gepatroj kaj pli juna fratino oportune forestas pro semajnfina vojaĝo al Gotenburgo, kaj pli malfrue en la sama vespero Filip kaj Letti iĝas geamantoj en la granda lito de gesinjoroj Fahlström, la gemastroj de la domo.

"Ne timu, mi eliĝos antaŭ ol ĉuri", li anhelas en ŝian orelon.

Kaj tion li efektive faras. Entute Filip amoras pli bone ol faris Oliver antaŭ jaro. Ŝi kompreneble ne riskis antaŭe demandi lin pri kondomo, ĉar eble li kunportis neniun, kaj do la tuta afero povus nuliĝi.

La provludo ripetiĝas en la sekva ĵaŭdo, kaj vendrede ili amoras en ŝia hejma lito, rapide kaj nervoze, ĉar ŝi timas ke Anton revenos hejmen kaj ekaŭdos, kio okazas en la najbara ĉambro. Manke de laboro ŝia frato ne havas fiksajn kutimojn sed venas kaj foriras je variaj horoj.

Fine de septembro oni aranĝas koncerton en la junulara domo. Kompreneble Filip pli-malpli pravis. La aŭskultantoj estas nur tiuj adoleskuloj, kiuj ĉiuokaze vizitus la domon, kaj eĉ ne ĉiuj el ili aŭskultas tre atente. Tamen nun ilia bando ne estas nuraj antaŭludantoj sed la ĉefa kaj sola programero. Ili prezentas du novajn kantojn kaj krome la tri kantojn de la parka koncerto. Kiel bisaĵon ili ripetas unu el la du novaj, kvankam la aplaŭdoj eble ne vere postulis tion. Do la iniciato estas sufiĉe sukcesa, sed la ĉefa gajno estas tio ke ŝi finfine kaptis Filipon.

Seksumi kun li estas tute alia sperto ol tio, kion ŝi faris lastjare kun Oliver. Tiam ili ambaŭ prove-esplore eltrovis kiel agi, por ke la afero sukcesu. Estis kvazaŭ ia provludo. Nun okazas la efektiva ludo, tamen espereble sen aŭskultantoj. Filip evidente scias kiel fari, kaj Letti povas trankvile lasi al li prizorgi ĉion. Krome li kapablas seksumi pli longe ol Oliver, tiel ke ŝi havas tempon ĝui pli multe. Veran orgasmon ŝi ne atingas, sed ŝi venas sufiĉe proksime, supozeble. Kaj Filip lertas pri la fina eltiro, post kiu li ŝprucigas sian spermon sur ŝian ventron aŭ ingvenon kaj en ŝiajn krispajn pubharojn. Do ne necesas manipuli kondomon. Ankaŭ tio estas avantaĝo. Eta ĝeno tamen estas poste forlavi tiun gluaĵon el la haroj.

"Mi povus foje provi en via pugotruo", li diras post la kvara fojo. "Tiam tute ne necesus eliĝi."

Sed tion ŝi tute ne volas sperti. Fakte ŝi iom ŝokiĝas kaj naŭziĝas. Se li ŝatus bugri, li prefere elektu knabon kiel parulon, ŝi pensas. Sed kompreneble ŝi ne eldiras tion. Kredeble li tre ofendiĝus, se ŝi aludus ion tian.

La unuajn fojojn ŝi dum momento ektimis ke li forgesos eliĝi antaŭ ol ejakuli, sed tio ne okazas. Li estas zorgema. Eble ja estus eĉ pli bone, se li volus iom pli palpi kaj karesi antaŭ ol penetri ŝin, sed li simple ne estas tia karesema persono. Ŝi ankaŭ embarasiĝus peti lin palpi ŝin post la ejakulo, kiel faris Oliver laŭ ŝia peto, kaj kompreneble ŝi ne kuraĝas mem masturbi sin, kuŝante tuj apud li. Nu, ŝi pensas, ne eblas ricevi ĉion, kaj li almenaŭ estas kapabla amoranto. Ŝi ne demandas lin pri liaj antaŭaj spertoj, ĉar tio ja estis en alia vivo. Kaj ŝi ne ŝatus mencii al li Oliveron. Cetere li demandas absolute nenion pri ŝi.

Gravas nur tio ke ili estas koramikoj. Ŝi nun supozas ke Oliver kaj ŝi estis nur provaj fikamikoj, sed kun Filip temas pri vera amo. Dum eterno ŝi povis nur revi pri li, kaj jen finfine li estas ŝia. Ŝi konkeris lin! Necesis nur iom reteni siajn proprajn aspirojn kaj lasi lin ludi la ĉefan rolon. Do, tiel oni evidente devas konduti kun knaboj. Letti jam sentas sin sperta pri tiaj aferoj. Cetere jam ne temas pri knaboj, sed pri unusola knabo kun majuskla K, pri unika li kun majuskla L, aŭ pli ĝuste pri Filip kun majuskla F.

Li estas dekokjara kaj studas en la naturscienca programo de prestiĝa gimnazio nomata 'Latinlernejo de Malmö', kvankam li absolute ne lernas Latinon. Jen la gimnazio, kiun Letti mem metis en la unuan rangon en sia aspirado pri studloko, sed por ĝi ne sufiĉis ŝiaj notoj. Ĝi tamen situas nur kelkcent metrojn de ŝia propra gimnazio, do ili povas renkontiĝi en la lunĉa paŭzo, kondiĉe ke ili rezignas manĝi ĉiu en sia lerneja kantino kaj anstataŭe rendevuas en proksima kafejo, picejo aŭ falaflejo.

Fakte estas strangete ke ŝi enamiĝis al Filip, se pensi pri tio ke el la lernofakoj li plej multe ŝatas matematikon kaj fizikon, kiuj tute ne interesas ŝin. Post la venontjara abituro li intencas studi fizikon en la universitato de Lund, krom se oni vokos lin al soldatservo. Letti ankoraŭ dediĉis eĉ ne unu penson al tio, kion ŝi faros en la fora estonteco postabitura. Ŝi eĉ ne pensis pri kiel longe povos daŭri ilia amrilato. Ĝi daŭras nun, kaj tio plene sufiĉas al ŝi.

Por la momento ilia bando ne havas pluajn planojn, kiam eblos denove koncerti aŭ eĉ ekzerci sin. Pri tio Letti sincere fajfas. Post kiam Alice forlasis ilin, Julia devis ĉesi pri la gitaro kaj ŝi mem pri la drumo, la muzikado vere ne plu gravas. Nun ŝi eĉ pensas ke ĝi ĉiam estis nur rimedo por ekkoni Filipon, kvankam ŝi antaŭe ne konsciis tion.

Kio nun iomete ĝenas ŝin estas kalendara afero. En la komencaj jaroj ŝia menstruo ne estis tute regula, sed jam delonge ĝi venadas akurate kun nur unu- aŭ dutaga devio. Ŝi ĉiam metas ikson ĉe la atendata tago en la telefona kalendaro, kaj poste ŝi almenaŭ principe aldonas 'M', kiam ŝi eksangas, por pli precize kalkuli la daton de la venonta ikso. Principe, ĉar kelkfoje ŝi ja forgesas fari tiun modifon, kaj poste ne ĉiam facilas memori la precizan tagon. Precipe lastatempe ŝi havis aliajn aferojn, kiuj okupis ŝiajn pensojn.

Do, kiam jam pasis kvin tagoj post la ikso, kaj ankoraŭ nenio venis, ŝi supozas ke ŝia antaŭa ikso estis iom mislokita. Ĝi markas vendredon, sed kiam efektive komenciĝis la antaŭa menstruo? Ŝi rimarkis ĝin en la lerneja necesejo, do en lernotago, sed kiu? Ĉu akurate en la vendredo? Ŝi cerbumas. Poste ŝi iris al leciono de la angla, kaj tian ŝi ne havas vendrede. Ĉu do ĵaŭde? Aŭ en la sekva lundo? Ŝi ne certas. Ĉiuokaze devas esti simpla malfruo. Ne eblas ja... Filip ja ĉiam zorgas eliĝi ĝustatempe. Kiam ili do seksumis en la lastaj semajnoj? Ne ofte, bedaŭrinde. Unufoje ĉe li, en iu vendredo. Alifoje ĉe ŝi en iu alia lernotago, verŝajne merkredo. Sed precize kiuj? Eble li memorus, sed ŝi absolute ne povas demandi lin. Tio ja estus akuzo.

Post ok tagoj ŝi tamen komencas maltrankvili. Kaj post dek ŝi guglas, kiel procedi. En la sekva tago, kiu estas mardo, ŝi vizitas apotekon en la lunĉa paŭzo por aĉeti testilon. Ŝi fajfas pri la lasta leciono kaj iras hejmen. Tie Anton sidas ĉe la kuireja tablo, manĝante pecon da pico. Evidente li ankoraŭ ne trovis laboron. Ŝi ne atentas lin sed iras en la necesejon, malfermas la paketon, tralegas la instrukcion trifoje kaj poste sidiĝas por pisi sur la testilon.

Unue ŝi ne sukcesas produkti eĉ guton, kvankam ŝi ne pisis post la mateno. Ŝi fermas la okulojn kaj klopodas malstreĉiĝi, pensante pri somero kaj plaŭdado de maraj ondoj. Tiam venas la fluo. Ŝi abunde malsekigas la testilon kaj la fingrojn. Poste ŝi atendas. Ŝi ne kuraĝas lasi la testilon, kio iom komplikas al ŝi sek-igi sin, retiri la pantalonon supren kaj elpoŝigi sian telefonon por rigardi ĝian horloĝon. Tri minutojn ŝi devas atendi. Ŝiaj fingroj restas malsekaj. Ŝi levas la manon kaj flaras la fingrojn. Tute normala pisodoro. La testilon ŝi ne kuraĝas rigardi. Pasis unu minuto. Ŝi fermas la okulojn kaj spiras enen elen, enen elen, enen elen. Kiam ŝi remal-fermas la okulojn, pasis minuto kaj duono. Ŝi akvumas la neces-ujon. Poste ŝi prenas la testilon per la maldekstra mano, lavas la dekstran sub fluanta akvo super la lavabo kaj residiĝas. Fakte ja ne eblas ke... Li ĉiam estis zorgema. Estas neniu risko.

Pasis tri minutoj kaj duono. Ŝi rigardas la du streketojn sur la testilo. Unu estas pli malhela, la alia pale purpura. Ne eblas. Ŝi devas relegi la instrukcion. Du strekoj devas signifi ke ĉio estas en ordo.

Ŝi rigardas la tekston sed ne sukcesas legi ĝin. Tamen ŝi scias. La pala streketo estas la respondo. Tio ne eblas; tamen estas tiel. Ŝi gravedas.

Fakte ne gravas. Facilos peti abortigon. Ŝi rajtas tion; ne estos ajna problemo. La sola tikla afero estos, ĉu necesos rakonti ion al la panjoj. Kaj al li. Ne, ŝi ne povos rakonti al li. Tio signifus aku-zon. Li ja zorgis ĉiufoje eliĝi antaŭ ol ĉuri.

Pasas kelkaj tagoj, dum ŝi plu cerbumas, ĉu mem kontakti san-centron aŭ eble la konsultejon por gejunuloj, kie eblas ricevi sen-pagajn kontraŭkoncipilojn kaj konsilojn pri ĉio, kio rilatas al sek-saj aferoj, aŭ ĉu rakonti al la panjoj. Fine ŝi elektas la lastan. Post la vespermanĝo en tago, kiam Anton ne hejmas kaj do ne povas ĝeni ŝin, ŝi sidiĝas sur fotelo en la salono, kolektas kuraĝon kaj ekparolas.

"Aŭskultu", ŝi komencas. "Mi devas diri ion. Nu, okazis io... Ne estas grave, tamen..."

Ambaŭ patrinoj serioziĝas, kaj Helle remetas sian postmanĝan bieron sur la tablon.

"Kio do okazis?" demandas Marina.

Letti denove enspiras kaj ekprovas, rigardante ne la panjojn sed flanken al la fenestro.

"Nu... Eble vi ne scias, sed mi renkontis iun. Do, tio estas, koramikon."

"Ĉu vere?" surprize ekkrias Marina. "En ordo, tamen atentu, Letti. Memoru ke vi estas nur deksesjara."

Nur deksesjara? Bonŝance ili neniam eksciis ion pri Oliver antaŭ jaro, pensas Letti.

"Bone, kiel li nomiĝas?" scivolas Helle. "Ĉu li estas lernanto en via gimnazio? Kiam li do kuraĝos montri sin ĉi-hejme al ni?"

"Li nomiĝas Filip", sciigas Letti, elektante unu el la demandoj. "Sed temas ne pri tio. Estas tiel ke... okazis io."

"Skorzonero! Ĉu li gravedigis vin?" ekkrias Helle.

"Silentu, Helle. Tio ja ne eblas", diras Marina.

Poste ili ambaŭ senvorte rigardas la filinon, kiu tordas sin kiel serpento.

"Diru do! Liku ĝin!" instigas Helle.

"Nu, jam pasis du semajnoj. Kaj la testilo diris ke jes. Do, mi supozas ke estas fakto, kvankam mi ne scias, kiel tio povis okazi."

"Vi ne scias kiel? Damne, ĉu ni tute ne edukis vin? Vi tamen scias, kiel la beboj bakiĝas, ĉu ne?"

"Ne moku, Panjo Helle! Fakte li ĉiufoje tre zorgis, sed eble li tamen malsukcesis iufoje."

"Li zorgis!? Kia kreteno!" ekkrias Helle.

Ne estas tute klare, kiun ŝi celas per tiu vorto, ĉu la filinon aŭ ŝian zorgeman koramikon. Letti levas la ŝultrojn kaj mienas senkulpige.

"De kiel longe vi estas koramikoj?" demandas Marina.

"Mi ne povas diri precize. Eble de monato kaj duono. Sed..."

"De monato!?" suspiras Marina. "Letti, kiel vi do povis forgesi ĉion? Mi ne komprenas. Ĉu vi ne povis iom atendi? Kaj ĉu vi eĉ ne scias ke necesas protekti sin?"

"Kompreneble ŝi scias ĉion", diras Helle. "Sed scii kaj praktiki ne ĉiam rajdas duope. Letti, venigu tiun ulon ĉi tien kaj mi butonumos lin malvaste. Nun tamen plej gravas aranĝi por vi abortigon."

"Jes, mi scias", diras Letti mallaŭte.

Panjo Marina forlasas sian seĝon, iras al Letti kaj brakumas ŝin sidantan sur la fotelo.

"Kara, ne timu. Ĉio estos en ordo."

Letti silente kapjesas kaj klinas sin al Marina. Ŝi nun kontentas ke ŝi elektis paroli kun la panjoj, kvankam ili ja reagis pli-malpli kiel ŝi antaŭvidis. Verŝajne necesos informi ankaŭ Filipon, sed tio ne tre urĝas. Pli gravas rapide ĉesigi la staton, en kiun li metis ŝin.

"Kaj poste ni traktos tiun ulon", diras Panjo Helle, kvazaŭ leginte ŝiajn pensojn. "Filip, ĉu? Filipo la bela, eble. Ĉu tiu zorgema bubo neniam aŭdis pri kondomoj?"

Panjo Marina helpas ŝin informiĝi kiel procedi, sed Letti preferas mem telefoni al la ginekologia konsultejo de la Ĝenerala Hospitalo. Ŝi fiksas rendevuon por konsultado post semajno.

"Tiam vi interparolos kun flegistino", diras la virino, kiu rezervas al ŝi rendevuon. "Kaj vi povos tuj gluti la unuan pilolon, kiu ĉesigas la gravedecon, se vi preferas tion, aŭ reveni ĉi tien post kelkaj tagoj, se vi trovos tion pli bona. Kelkajn tagojn post la unua pilolo vi prenos alian, kiu igos vin sangi. Tion vi povos fari en la konsultejo aŭ hejme, se ĉeestos kun vi alia persono, prefere iu plenkreskulo."

En la merkreda lunĉopaŭzo ŝi renkontas Filipon. Ili iras kune al picejo trans la kanalo, kiu ĉirkaŭas parton de la urbocentro, kaj tie ili dividas picon. Bonŝance neniu apudsidanto venas el iliaj lernejoj, do ŝi povas paroli libere.

"Aŭskultu", ŝi diras inter la maĉado, "vi ne estis tiel zorgema, kiel vi diris. Mi estas graveda."

"Kio?" li ekkrias konsternite kaj ĉesas maĉi.

"Sed ne gravas. Lunde mi iros al la hospitalo por abortigo."

"Ne eblas. Mi neniam ĉuris ene de vi. Ne povas esti mi."

Ŝi rigardas lin, kaj nun ankaŭ ŝi ĉesas maĉi. Li aspektas tute kiel antaŭe, kiam li levas la glason kaj trinkas iom da kolao. Kaj tamen li ĵus transformiĝis en iun alian, iun fremdan. Ĉu li estas absoluta idioto? Aŭ ĉu li fakte kredas ke ŝi seksumis kun iu alia inter la fojoj kun li?

Filip glutas, enbuŝigas plian pecon da pico kaj maĉas ĝin, dum li rigardas ŝin ŝajne serioze. Ŝi ne scias kiel respondi al li. Ĉio similas sonĝon aŭ holivudan filmon. Eble ŝi demandu lin per la vortoj de Helle: Ĉu vi ne scias, kiel la beboj bakiĝas? Sed subite li komencas oblikve rideti kaj diras:

"Mi ŝercis. Kompreneble ne povas esti iu alia. Do evidente iu semo eskapis antaŭe, kvankam mi ne rimarkis tion. Sed ĉu vi pripensis, kio estas bona? Nun mi povas almenaŭ unufoje resti sen eliĝi, ĉar vi ne povas gravediĝi, se vi jam gravedas. Sed ĉu vi fakte certas? Ĉu vi testis?"

Denove ŝi ne scias kiel reagi al liaj naivaj stultaĵoj. Nu, ja estas bone ke li ne vere suspektas ŝin pri seksumado kun iu alia. Sed kiel li povas pensi nur pri sia propra plezuro, kiam ŝi devos sperti la ĝenon kaj eble doloron de abortigo?

"Ni povas tuj iri hejmen ĉe min", li daŭrigas. "Neniu estos tie ĝis la tria. Ni fajfu pri la lernejoj hodiaŭ!"

Ŝi forŝovas la restaĵon de sia picoduono sur la tableto. Ne plu restas al ŝi apetito. Denove ŝi rigardas lin kaj klopodas kompreni, kiel li pensas. Kion li sentas? Fakte ŝi eĉ ne scias, kion ŝi mem sentas pri la afero. Tamen iom ŝokas ŝin ke tiu eta embrio, kiu alkroĉis sin en ŝia utero, ie interne de la ventro, por li signifas nur eblon unufoje ejakuli en ŝin sen retiriĝi. Sed ne eblas klarigi al li la absurdon de tio. Eĉ al ŝi mem tio ne vere klaras. Ĉiuokaze ŝi certe ne povus seksumi kun li, atendante la abortigon. Kaj iel ŝajnas ke ŝia nuna stato donas al ŝi ankaŭ pli grandan memfidon kaj kuraĝon kontraŭstari lin. Ŝi demandas sin, ĉu tio daŭros ankaŭ poste, kiam ŝi ne plu estos graveda.

Ŝi eltrinkas sian limonadon kaj stariĝas.

"Nun ne eblas", ŝi diras. "Mi devas partopreni en la lecionoj ĉi-posttagmeze. Mi havos aktoran ekzercon. Kaj estonte, post la abortigo, vi devos uzi kondomon."

Dirinte tion, ŝi ekiras de la tablo. Li enŝovas la lastan pecon da pico en sian buŝon kaj postsekvas ŝin maĉante. Kiam ili eliras sur la straton, li diras ion, sed pro la aŭtotrafiko kaj la samtempa maĉado de liaj makzeloj, ne eblas aŭdi, kion li diras. Kaj ŝi ne petas lin ripeti ĝin.

Sesa ĉapitro

Post la interparolo kun Filip, se entute eblas nomi tion interparolo, ŝi komencas pli multe pensi pri la embrio en ŝia utero. Vespere en sia ĉambro ŝi guglas la evoluon de feto kaj miras pri la strangaj vortoj uzataj por nomi la same strangajn formojn de la fekundigita ovolo dum la unuaj tagoj. Poste ŝi rigardas la Vikipedian bildon de homa embrio en la sesa semajno. Ĝi aspektas kiel eta vermo apenaŭ centimetron longa, aŭ kiel miniatura foko kun vosto kaj tuberoj por naĝiloj.

Ŝi lernas la strangan manieron kalkuli la daŭron de la gravedeco ekde la lasta menstru-komenco, kaj laŭ tiu ŝi nun estas inter la sepa kaj oka semajnoj, kvankam reale la embrio do aĝas du semajnojn malpli. Jam en la bildo el la deka semajno la foko fariĝis preskaŭ homsimila kun brakoj, kruroj kaj granda klinita kapo. Ŝi plu rigardas antaŭen en la feta evoluo kaj komencas imagi, kiel aspektus ŝia ido, se ĝi rajtus resti en ŝia utero. Baldaŭ ŝi tamen ĉesas legi kaj rigardi bildojn pri fetoj, kaj komencas anstataŭe fantazii pri kia estus la infano, se ŝi iĝus patrino.

El sia infanaĝo Letti memoras nur la du panjojn, kiuj tute ne similas ŝin laŭaspekte. Kvankam ŝi jam atingis sian plenkreskan altecon, ambaŭ patrinoj ankoraŭ estas pli altaj ol ŝi, kaj Marina krome pli larĝas. Ambaŭ havas pintajn nazojn kaj maldikajn lipojn kompare kun la ŝiaj. La hararo de Marina ja estas bruna, tamen pli hela kaj malpli bukleta ol tiu de Letti, kaj lastatempe miksita kun iom da grizo. Pri la harkoloro de Helle ne indas spekulativi; de ĉiam ŝi farbas siajn mallongajn harojn, plej ofte ruĝe aŭ purpure. Kaj evidente la haŭtoj de la panjoj havas tian palrozan nuancon, kian oni nomas blanka. Printempe Helle devas protekti sin de tro da suno, kaj eĉ post somero sur la insulo de Avino neniu el la panjoj proksimas al la bruneco de Letti.

Ankaŭ kun Anton, kiu tamen estas ŝia biologia duonfrato, ŝi ne povas vidi grandan similecon, eble kun escepto de la okuloj, kiuj havas similajn formon kaj koloron, kaj de ia nekutima voluto ĉe la oreloj, kiun Panjo Marina kutimis karesi perfingre, kiam

Letti estis malgranda. Se ŝi naskus infanon, tiu sendube estus la unua persono, kiu efektive similus ŝin. Ŝi ne scias, kia estis ŝia unua patrino, kaj ekzistas neniu, kiun ŝi povus demandi pri tio. La biologia patro kompreneble estas eĉ pli anonima; li eĉ ne havas nomon. Normale ŝi neniam pensas pri li, sed nun ŝi demandas sin, ĉu li eble kondutis per la sama misa zorgemo kiel Filip, kun la sama rezulto, kiu do fariĝis ŝi.

Kelkfoje ŝi pensas ke ankaŭ laŭ la interna karaktero, la sentoj, la humoro, la mensaj trajtoj, neniu similas ŝin, nek komprenas ŝin. Marina kutimas plendi ke ŝi estas tro obstina, kaj Helle ke ŝi tro malpaciencas. Tian nekomprenon cetere montras ne nur la familianoj sed ankaŭ la amikinoj kaj aliaj konatoj. Eble tiel estas ankaŭ por aliaj homoj, tamen ŝi supozas ke ne. Ŝi ofte kredas rimarki ke aliaj havas ion komunan, dum ŝi sentas sin ekstera, ne inkludita. Kompreneble ŝi ĝojas havi bonajn amikinojn kiel Alice kaj Julia, Vilma kaj Nadine, la nunaj samklasaninoj Hedda kaj Zejnab, kaj la pli aĝa Moa en Stokholmo, kiun ŝi bedaŭrinde jam delonge ne renkontis. Kaj certe ŝi estas feliĉa havi la koramikon Filip, kvankam li ĵus kondutis strange kaj ofende. Sed kun neniu el tiuj ŝi sentas veran samecon, intiman internan ligon. Eble ŝi nur imagas ke aliaj homoj sentas tion kun siaj proksimaj parencoj kaj amikoj. Ne eblas scii. Krom, kompreneble, se ŝi iam havos propran proksimulon, kiu vere similas ŝin. Kaj tiu povus esti nur propra infano.

Jam de pluraj jaroj la familio planis aŭ almenaŭ diskutis ĉu fari vojaĝon al Brazilo por revidi la naskiĝlandon de la infanoj. Unue oni tamen devis prokrasti tion por ŝpari sufiĉe da mono, poste akiro de pli granda loĝejo havis prioritaton. Dum du-tri jaroj la miskonduto de Anton okupis ĉiujn zorgojn. Kaj ĝuste kiam li ŝajne maturiĝis kaj ĉesigis la plej fiajn stultaĵojn kun siaj rasistaj amikoj, la pandemio malebligis ĉiajn vojaĝojn.

Fakte la familio entute faris malmulte da longaj vojaĝoj. Dum la ferioj oni plej ofte vojaĝis en Danio kaj Svedio, interalie por viziti la geavojn kaj aliajn konatojn. Nur escepte oni faris pli longan aŭtovojaĝon en Eŭropo, interalie por viziti la francan onklon de

Marina en Parizo kaj la eŭropan Disneyland. Iom influis ankaŭ tio ke Marina ne ŝatas iri per aviadilo. Por veni al Brazilo tamen ja necesus flugi, krom se ili elektus iri per velbarko, kiel faris Greta Thunberg al Novjorko. Letti enpense ekridas, imagante la familion en boato meze de la Atlantiko.

Eĉ se ŝi efektive venus al Brazilo, Letti ne trovus pliajn spurojn de sia deveno. La biologia patrino antaŭlonge mortis, kaj ŝiaj parencoj ne estas konataj. Marina diris ke ili supozeble rompis kun ŝi, kiam ŝi fariĝis senedza patrino. Oni ja povus viziti la orfejon, kie la gefratoj pasigis iom da tempo, sed tion Letti trovus ne tre interesa. Certe estus stimula sperto almenaŭ vidi la landon, de kie ŝi venas, kaj pri kiu ŝi antaŭ kelkaj jaroj eĉ tre entuziasmis, dum Anton nomis ĝin "feklando". Hodiaŭ ŝi tamen supozas ke tia vizito fariĝus turista vojaĝo sen aparte granda persona signifo.

Iam Moa rakontis pri konatino, kiu estas adoptita el Ĉinio. La sveda familio kune kun aliaj adoptaj familioj revizitis Ĉinion, kaj la knabino trovis strange kaj embarase promeni tie inter amaso da homoj, kiuj aspektas kiel ŝi, sed kun kiuj ŝi ne povas interkompreniĝi. Sed se Letti irus al Brazilo, verŝajne ne estus simile. Ŝi supozas ke tie la homoj aspektas tre diverse, same kiel ĉi tie en Malmö, kaj ke tute ne ĉiuj similas ŝin. Cetere, eble estas stulta ideo ke ĉiuj ĉinoj estas similaj inter si. Kredeble ili mem ne konsentus pri tio.

Dum la sekvaj tagoj ŝiaj pensoj fojon post fojo revenadas al tiu centimetra embrio, kiun ŝi forigos por ke ĝi ne fariĝu bebo, kiu tute ŝanĝus ŝian vivon. La ideo ke tiu infano estus la unua kaj sola homo, kiu vere similas ŝin, simple ne lasas ŝin en paco. Sed ŝi ja estas adoleskulo, gimnaziano, neplenaĝulo. La panjoj sendube dirus ke ŝi estas infano, kaj ke infano ne povas havi infanon.

Ŝi enfermas sin en sia ĉambro kaj cerbumas, revas, fantazias. Ĵus ŝi dum momento pensis ke ŝi ekludis drumon nur por renkonti Filipon. Nun altrudas sin la ideo ke ŝi enamiĝis al li nur por naski infanon, kiu similos ŝin. Jen stulta ideo, sed ne eblas viŝi ĝin el la kapo, kiam ĝi jam eknestis tie.

Se ŝi almenaŭ estus dekokjara kaj plenaĝa! Aŭ deknaŭjara kaj abiturinto. Aŭ se ŝi jam atingus pli altan aĝon, en kiu estas nature havi infanon.

Sabate ŝi vizitas Filipon en lia hejmo. Li loĝas kun siaj gepatroj en unufamilia domo meze de la preskaŭ riĉula kvartalo Bellevue. Eble ili fakte estas riĉuloj, kvankam ili ŝajnas relative normalaj. Hodiaŭ ambaŭ gepatroj estas hejme kaj invitas ŝin al la familia vespermanĝo, sed atendante tiun ŝi estas kun Filip en lia ĉambro. Ili kuŝas sur lia lito, iomete palpante unu la alian.

"Ni demetu la vestojn kaj kuŝiĝu sub la kovrilon", li proponas, suprentirante ŝian T-ĉemizon.

"Ne, lasu tion. Mi ne povas, dum ĉeestas viaj gepatroj."

"Ne atentu ilin. Ili estas teretaĝe, kaj mi ŝlosis la pordon."

"Tio ne helpas. Ili tamen aŭdus nin."

Ŝi turnas sin for de li kaj reĝustigas la ĉemizon. Poste ŝi silentas.

"Pri kio vi pensas? Ĉu vi timas la abortigon?"

"Mi ne timas. Sed mi ne certas ĉu fari tion aŭ ne."

Li eksidas sur la lito kaj fiksrigardas ŝin kun mieno de miro.

"Ĉu vi ne intencas aborti?"

"Ne parolu tiel laŭte. Mi ne scias."

Li rigardas ŝin nekredeme kaj tiras ŝian ŝultron por turni ŝin al li.

"Vi ŝercas, ĉu ne? Vi ja ne volas naski infanon?"

Ŝi rigardas lian surprizitan vizaĝon. Ĝis nun ŝi ne pripensis, kiom la afero tuŝas lin. Viroj ja ne gravedas, nek naskas, nek mamnutras. Pri la sekvaj taskoj varias la kutimoj, laŭ tio, kion ŝi spertis ĉe la gepatroj de amikoj kun pli junaj gefratoj. En sia propra familio ŝi povis nenion lerni pri la rolo de patroj, sed ĉe aliaj ŝi vidis plej diversajn sintenojn. Ĉiuokaze la ĉefa ŝarĝo de la infanoj kaj aliaj hejmaj aferoj kutime pezas sur la patrinoj, laŭ ŝia sperto, eĉ kiam ili laboras plentempe ankaŭ ekster la hejmo.

"Mi jam diris ke mi ne scias. Mi ankoraŭ ne decidis."

Ŝajne li plu pripensas la aferon, klopodante imagi, kion ĝi efektive signifus. Poste li rekuŝiĝas surdorse apud ŝi kaj diras kvazaŭ rekte supren al la plafono:

"Estus mojose, se vi konservus ĝin. Mi konas neniun alian, kiu havas infanon. Tio estas, neniun en nia aĝo."

Letti devas turni sin por pli bone rigardi lin. Ĉu li mokas ŝin aŭ ŝercas? Lia mieno ŝajnas sufiĉe neŭtrala. Sendube li simple eldiris la unuan trovitan stultaĵon.

Ŝi turnas la kapon for de li kaj rigardas la arbopintojn ekster la fenestro.

"Ĉiuokaze mi devos decidi antaŭ la lundo, ĉu preni tiun pilolon aŭ ne. Se mi glutos ĝin, ne eblos poste ŝanĝi la decidon."

Li hm-as, ĉu konsente, ĉu skeptike. Ŝi pli-malpli atendas ke li diros ion similan al "se vi poste bedaŭros ke vi abortis, mi faros al vi novan". Sed anstataŭe li palpas ŝian ventron sub la ĉemizo kaj diras ion same stultan:

"Ĉu vi jam sentas diferencon?"

Ŝi elsnufas.

"Kion vi imagas? Ĝi estas unu centimetron longa kaj aspektas kiel vermo."

Li ridas.

"Kiel vi scias tion?"

"Vikipedio."

Dum kelka tempo ili plu palpas unu la alian en silento, ŝi iom distrite, li pli celkonscie. Tra ŝia kapo flugas la penso ke tiu infano, se ŝi efektive naskus ĝin, eble similus lin kaj ne ŝin. Sed ŝi forpuŝas tiun ideon, kiam interrompas ilin voko de la patrino trans la pordo. Ŝajne jam tempas manĝi ŝian stekon kaj salaton. Ambaŭ gepatroj de Filip estas iaj oficistoj, sed pri la sabata vespermanĝo evidente respondecas la edzino. Riĉuloj aŭ ne; ili almenaŭ ne dungis kuiriston.

Dum la dimanĉo Letti longe restas en sia ĉambro, plu cerbumante malantaŭ fermita pordo, kiel fari morgaŭ. Denove ŝi guglas la evoluon de feto, sed ĝi ne plu kaptas ŝian atenton. Ne eblas imagi ke tia kaŭranta estaĵo povos kreski en ŝia ventro, fariĝante pli kaj pli homeca dum la paso de pluraj monatoj. Tamen ŝi ne povas ĉesi pensi pri la infano, kiu estus ŝia karno kaj sango, se ĝi rajtus naskiĝi.

"Ĉu vi maltrankvilas pri tio, kio okazos morgaŭ en la hospitalo?" demandas Panjo Marina ĉe la lunĉo.

Letti kapneas senvorte.

"Ĉio pasos bone", daŭrigas Marina. "Kaj mi akompanos vin tien, kiel mi promesis."

"Ne temas pri tio", murmuras Letti kaj reiras en sian ĉambron, manĝinte nur etan porcion de la fromaĝ-omleto kaj salato.

Nur malfrue posttagmeze ŝi ekparolas. Fakte ŝi ankoraŭ hezitas, sed al la panjoj ŝi volas montri sin forta. Se ŝi eldiros la aferon laŭte, ŝi eble sentos sin pli certa.

"Mi nuligos la viziton morgaŭ", ŝi diras decide. "Mi ne volas ke oni forigu ĝin."

Estiĝas kelkatempa silento, antaŭ ol Panjo Helle reagas.

"Vi ne scias, pri kio vi parolas", ŝi diras tre firme. "Kompreneble vi devos ĉesigi la gravedecon. Vi ne povos zorgi pri infano."

"Atendu iomete, Helle", intervenas Marina. "Letti, mi komprenas ke vi hezitas. Tio estas tute normala. Tamen ni iru tien por ke vi interparolu kun flegistino aŭ akuŝistino, kiu povas bone klarigi, kiel okazos ĉio. Poste vi pripensu la aferon dum kelkaj tagoj. Oni aranĝos por vi novan rendevuon por realigi la aferon."

"Mi jam pripensis. Mi konservos ĝin."

Helle stariĝas kaj volas repliki ion, sed Marina kaptas ŝian brakon kaj rigardas firme en ŝiajn okulojn.

"Ne emociiĝu, Helle", ŝi diras.

Poste ŝi denove turnas sin al Letti.

"Bone, ni do parolu pli multe pri la afero", ŝi diras. "Sendube ni tro rapidis. Mi mem supozis ke ĉio estas klara, kaj evidente Helle pensis same. Sed ni ne estu tro urĝataj. Restas multe da tempo, ĉu ne?"

Letti ne scias ĉu resti aŭ denove kaŝi sin en sia ĉambro. Ŝi komprenas ke ambaŭ panjoj volas persvadi ŝin, kvankam Helle eldiras sian opinion pli rekte ol Marina. Tio cetere ne estas surprizo.

"Sidiĝu, Helle", daŭrigas Marina. "Ni aŭskultu, kion diros Letti. Bonvolu klarigi al ni, kiel vi imagas la aferon. Ĉu vi vere pensas ke vi povus prizorgi infanon?"

Letti hezitas. Ŝi ne scias kiel respondi. Ĝis nun ŝi apenaŭ konsideris la konkretan vartadon de infano, sed nur ĝian ekziston kaj aspekton. Ŝi imagis ĝin kun ŝiaj haroj, okuloj, buŝo, haŭto.

Tiam Panjo Helle diras precize tion, kion Letti antaŭvidis:
"Vi mem ankoraŭ estas infano, kiu certe ne povus respondeci pri filo aŭ filino. Ĝi fariĝus grandega obstaklo por via vivo. Vi devus ĉesigi la lernadon en la gimnazio kaj ankaŭ ne povus trovi laboron."

Jen do la atendita reago. Plej aĉe tamen ne estas ke ŝi diras tion, nek ke Letti jam antaŭe sciis, kion ŝi diros. Plej turmentas ŝin ke ne eblas kontraŭdiri. Kion argumentis Panjo Helle, tio verŝajne pravas. Do ekzistas nenio por respondi. Letti senvorte kaj paŭte forlasas la panjojn kaj denove enfermas sin en sia ĉambro. Ŝi ne volas tion; fakte ŝi trovas sian konduton tro infaneca. Sed ŝi ne scias, kion alian ŝi povus fari.

Kuŝante sur sia lito kun larmoj en la okuloj, ŝi aŭdas obtuzajn sonojn de kverelo inter la panjoj en la salono. Ĉi-foje la voĉo de Marina sonas plej laŭte, kio ne estas kutima. Pasas kelka tempo. La ekscititaj voĉoj ĉesas. Poste oni frapetas sur la pordo.

"Ne!" diras Letti kolere kaj forviŝas la larmojn, kiuj incitas ŝin same multe kiel la vortoj de Panjo Helle. Ŝi ne volas pravigi ŝin, plorante kiel infano.

La pordo tamen malfermiĝas je fendo, kaj aŭdiĝas la voĉo de Helle:

"Pardonu min, Letti! Ĉu vi ne volas reveni por paroli kun ni kaj klarigi, kiel vi pensas pri la estonteco?"

"Ĉu Panjo Marina sendis vin?" diras Letti, kiu ne atendis ke Helle estos tiu, kiu venos al ŝi.

Helle mallonge ekridas.

"Jes, vi pravas. Vi bone konas nin. Venu por paroli, mi petas. Mi promesas silenti kaj aŭskulti."

Tion Letti ne vere kredas, tamen ŝi eĉ pli sekigas la okulojn kaj vangojn, alprenas laŭeble neŭtralan mienon kaj eliras en la salonon. Poste ili sidas dum horo interparolante. Plej aktivas Marina, deklarante ke Letti mem devas decidi pri la afero, kaj ke ŝi povas preni ankoraŭ pli da tempo antaŭ sia fina decido.

"Komprenble ni subtenos kaj helpos vin, kion ajn vi decidos", ŝi diras. "Tamen vi mem ĉefe respondecos, kaj Helle ja pravas pri tio ke estus grandega tasko, kiu ŝarĝus vian vivon, se vi naskus infanon deksesjara."

"Mi estos deksepjara tiam."

"Bone, bone. Ĉiuokaze vi estus ege juna. Cetere, ĉu vi jam parolis kun la knabo pri ĉi tio?"

"Jes. Li estas por."

"Ĉu por? Por kio, do? Ĉu li volas iĝi patro?" Letti preskaŭ ekridas. Filip kiel patro? Ŝi ne povas imagi tion. Tre kredeble li ne multe helpos. Ŝi vidas ke Panjo Helle preskaŭ krevas pro emo diri ion, do ŝi rapidas respondi.

"Mi ne scias, sed li akceptis ke mi decidis nuligi la abortigon."

"Ĉu ni rajtos renkonti lin?"

"Mi demandos. Sed ĉiuokaze ĉi tio estas mia propra decido. Neniu rajtas decidi por mi. Tion diris ankaŭ la virino en la hospitalo."

"Kompreneble. Sed vi certe ne volos esti sola pri la afero poste, kion ajn vi decidos."

Letti ne scias kiel komenti tion. Ŝi ankoraŭ ne pensis pri kiom da helpo ŝi bezonos por mastri la praktikajn problemojn, kiam la infano estos naskita. La ĉefa gravaĵo por ŝi estas la ideo pri iu, kiu similos ŝin. Iu kun ŝiaj genoj, ŝia DNA. Kaj tion ŝi ne povas diri al la panjoj. Se ŝi provus, ili eble ofendiĝus, aŭ ŝi mem ege embarasiĝus.

Ekster la fenestroj la novembra krepusko jam fariĝis nigra vespero, kiam Anton aperas el sia ĉambro por demandi, ĉu oni hodiaŭ vespermanĝos ion aŭ ne.

"Se vi malsatas, vi mem povas kuiri ion", diras Helle, tiel rompante sian silenton, kiu daŭris dum surprize longa tempo.

"Nu, kompreneble ni kuiros kaj manĝos kune", mildigas Marina. "Ni alfrontu ĉion kune, ĉu ne? Ni ja estas familio."

Do, Letti nuligas sian rendevuon en la ginekologia konsultejo. Malgraŭ la propono de Marina ŝi ne petas pri nova okazo pli malfrue. Anstataŭe ŝi serĉas konsultejon por gravedulinoj kaj surprize trovas unu situantan tuj apud ŝia gimnazio. Tre oportune. Post semajno da pripensado ŝi telefonas al ĝi kaj interkonsentas pri rendevuo kun akuŝistino.

Ŝi eĉ demandas Filipon, ĉu li akompanos ŝin tien, sed li ne trovas tion bona ideo.

"Kion mi faru tie? Mi ne naskos infanon."

"Eble oni povos klarigi al vi iomete, kion signifas iĝi patro."

"Kiom scias akuŝistino pri patroj? Ne, prefere ne."

Kion li supozeble preferus, tio estus renkontiĝi por seksumi, ĉar kiel li jam antaŭe konstatis, li ne plu devus eviti ĉuri en ŝi. Kaj nun li denove proponas tion. Sed Letti ĉi-momente ne estas same amorema kiel antaŭe, kaj ankaŭ ne same komplezema al li. En ŝia menso Filip ekhavis rivalon en formo de centimetra vermo.

"Ni prokrastu tion ĝis post mia vizito en tiu ejo. Mi volas ekscii ke ĉio estas en ordo."

En la lastaj tagoj ŝi fakte ekpensis ke eble la tuta afero estas nur iluzio. Ŝia menstruo ja malfruas, la testilo montris du streketojn, sed ĉu vere tiu centimetra – aŭ eble jam ducentimetra – embrio reale ekzistas en ŝi? Ĉi tion ŝi tamen diras al neniu, precipe ne al Filip.

Antaŭe ŝi neniam pensis pri tio, sed nun ŝi ĉiutage vidas vicojn da virinoj kun pli-malpli grandaj ventroj anaspaŝi al kaj de la najbara enirejo de la granda konstruaĵo, en kiu situas ŝia gimnazio. La plej multaj aspektas terure maljunaj aŭ almenaŭ tridekjaraj. Kelkaj altrenas unu aŭ eĉ du idojn en infanĉaro plus alian en la ventro. Neniam ŝi vidas junulinon kun ventrego.

La lernejaj tagoj pasas kiel antaŭe, dum ŝi atendas la konsultadon. La gimnazio jam delonge estas kutima kaj rutina. Ankoraŭ ŝi ŝatas la lecionojn de la sveda kaj angla lingvoj, kaj ankaŭ tiujn de la hispana, kiujn ŝi alelektis. Sed plej esencaj estas la ekzercoj pri aktorado. La teatran teorion ŝi tamen ne tre aprezas, kaj pluraj aliaj fakoj ŝajnas al ŝi superfluaj. Dum ĉi tiuj tagoj ŝi klopodas konduti normale, babili kun Hedda kaj Zejnab, lerni la hejmtaskojn, trasuferi la historiajn prelegojn kaj la matematikajn misterojn, sed iel ŝi spertas ĉion tra diafana membrano aŭ kurteno el gazo.

Kompreneble Marina volas akompani ŝin al la konsultejo por gravedulinoj, sed tion ŝi ne permesas. Estus ege embarase aperi tie kun la panjo, ŝi pensas. Kvazaŭ ŝi estus infano! Do, en la indikita tempo ŝi iras sola la kvindek metrojn de la lernejo al la konsultejo. Ŝi antaŭe eĉ ne pensis pri tio ke iu alia lernanto povus ekvidi ŝin eniri tra la pordo por gravedulinoj, sed bonŝance la plej multaj lernantoj uzas pordon aliflanke de la longa konstruaĵo. Ĉiuokaze ŝi paŝas kvazaŭ tra nebuleto.

La akuŝistino bonvenigas ŝin kaj prezentas sin kiel Sanna Eklund. Ŝi aspektas proksimume kvindekjara, iom maldika palulino kun nelongaj senkoloraj haroj. Letti devas lasi specimenon da urino, kiun oni pritestas. Poste sekvas trankvila interparolo.

Sanna ne montras surprizon pro tio ke Letti elektis naski la idon, sed ŝi demandas pri ŝia aĝo, lernejo kaj gepatroj. Iomete ŝi levas la brovojn, eksciante ke temas ne pri gepatroj sed du patrinoj. Ŝi demandas pri la lasta menstruo kaj klarigas kiel kalkuli la atendatan naskodaton: la dektrian de junio.

"Plus aŭ minus unu-du semajnojn", ŝi aldonas kun rideto.

"Do, se ne aperos komplikaĵoj, vi eble eĉ povos fini la lernojaron sen tro da forestado."

Letti eĉ ne pensis pri tio ke ŝi paŝados tra la lernejaj koridoroj kaj sidos en la lernoĉambroj kun grandega ventro. Sendube ekzistas multaj aferoj, pri kiuj ŝi ne pensis.

Sekvas palpado de la ventro, kaj poste ŝi devas demeti la pantalonon kaj kalsoneton. Sanna delikate esploras ŝian vaginon kaj la cervikon.

"Ĉio aspektas tute bone", ŝi konstatas.

Poste ŝi demandas, ĉu la patro de la ido "ĉeestas en la bildo", kiel ŝi esprimas tion.

"Se jes, li estas bonvena akompani vin ĉi tien. Aŭ iu alia, kiu povos subteni vin. Ekzemple viaj gepatroj – pardonu, patrinoj."

"Nu, mi demandis lin, sed li ne volis veni", diras Letti, evitante la duan parton de la sugesto.

Fine ŝi ricevas konsilojn pri manĝo kaj korpaj ekzercoj, inkluzive de seksumado, kaj novan rendevuon komence de januaro.

"Sed ne hezitu kontakti nin pli frue, se vi bezonos tion."

Kiam Letti reiras la malmultajn paŝojn al sia lernejo, ŝi estas eĉ pli spirite forestanta ol antaŭe. Dum la du lastaj lecionoj de la tago ŝi nur sekvas siajn samklasanojn kaj klopodas ne esti rimarkata. Kiam Zejnab demandas, kion ŝi faris dum la antaŭa leciono, ŝi skuas la kapon kaj murmuras "nervoza stomako". Tio ja ne estas vera, sed almenaŭ najbaras al la ĝusta klarigo. Kaj Zejnab ne persistas. Ŝi respektas la privatecon de sia amikino. Sed iam en la venonta printempo la vero ne plu estos kaŝebla. Letti scivolas, kiel tiam reagos Zejnab kaj la aliaj lernejanoj.

Sepa ĉapitro

Jam pasis Kristnasko kaj Novjaro, sed nenia vera vintro rimark-
eblas. Letti cetere ne bedaŭras tion; neniu en la familio tre aprezas
neĝon aŭ vintrajn sportojn. Escepto estas ke Panjo Helle ŝatas
spekti artan sketadon televide kun bierbotelo enmane, sed por
tio necesas nek neĝo nek frosto ekster la hejmaj fenestroj. La sola
avantaĝo de neĝo, se ĝi alvenus malgraŭ la klimatŝanĝo, estus ke
ĝi iom heligus la vintromezan mallumon. Tamen eĉ tio estus nur
efemera efiko, ĉar en la urbo la neĝo ne longe restus blanka sed
baldaŭ transformiĝus en malpuran kaĉon.

Dum la lasta monato Letti regule sentis matenan naŭzon kaj
vomemon, sed tio ne malhelpis al ŝi poste ĝui la diversajn krist-
naskajn pladojn el la sveda kaj dana tradicioj. Sed eĉ pli ŝi senĉese
kaj plue voras salajn glicirizaĵojn, kiujn ŝi antaŭe ne tre aprezis.

Avino Inge unuafoje en du jaroj povis veni al Malmö por pasigi
kelkajn festotagojn kun la filino, bofilino kaj genepoj. Ŝi jam aĝas
preskaŭ okdek jarojn kaj lastatempe sufiĉe rapide laciĝas, sed
cetere ŝi restas sana kaj intelekte vigla.

Ankaŭ Filip foje vizitis la hejmon de Letti, sed li videble ne
ŝatis esti inkludita en la familion. Fakte li plejparte babilis kun
Anton kaj interesiĝis pri liaj komputilaj tridimensiaj desegnoj. Pri
la gravedeco de Letti aŭ la estonta infano li ne volis paroli. Eble li
ne plu trovas ŝian decidon tiel mojosa, kiel je la unua penso.

Pli ofte Letti nun vizitas lian hejmon, tamen ne pro la fami-
lia vivo, sed por seksumi kun li en lia ĉambro. Ŝia seksurĝo re-
venis pli forta ol iam, kaj ŝi tre ĝuas la kunkuŝadon. Ŝi eĉ ne
plu embarasiĝas pro tio ke liaj gepatroj povus aŭdi, kion ŝi kaj
Filip faras trans la pordo en la supra etaĝo. Kiam ili eksciis ke
ŝi estas graveda kaj intencas naski la idon, ili ne nur ŝokiĝis sed
videble malaprobis tion. Poste ili sufiĉe rapide strebis konduti al
ŝi neŭtrale, sed evidente tio estas nura hipokritado. Ĉiuokaze ŝi
fajfas pri tio, kion ili pensas. Ne estas ilia afero, do ne plu indas
nei, kio okazas en lia ĉambro, malantaŭ ŝlosita pordo. Cetere ŝi
kutime ne laŭtas kiel aktorino en filma seksuma sceno. Eĉ kiam

li permesas al ŝi rajdi lin, kio donas al ŝi pli intensan ĝuon, ŝi nur anhelas kaj eble ĝemetas ne tre laŭte. En tiu pozicio ŝi jam spertas verajn orgasmojn, kvankam ne ĉiufoje. Poste, kiam li denove superas, li kompreneble kontentas ne plu devi interrompi la plezuron antaŭ ol ejakuli. Jen la sekvo de ŝia gravedeco, kiu verŝajne plej multe gravas al li, kaj kiun li sendube ankoraŭ trovas mojosa.

Fine de februaro la rusa militatako kontraŭ Ukrainio ŝokas ĉiujn. En Eŭropo la paco jam daŭris tiel longe ke oni supozis militon tie neebla. Jam en la Helsinka Deklaracio antaŭ preskaŭ kvindek jaroj ĉiuj eŭropaj ŝtatoj interkonsentis rezigni perforton, respekti la landlimojn kaj la teritorian integron de aliaj regnoj kaj ne interveni en la aferojn unu de la alia. Fakte iuj jam de kelka tempo avertis pri la eblo de ĉi tia atako, kaj oni memorigis pri tio ke iaspeca milita stato regas jam de ok jaroj en la orientaj regionoj de Ukrainio. Por Letti kaj ŝia familio la eksplodo de plenforta milito kun misiloj kaj grandskala invado per tankoj kaj artilerio estas tute konsterna kaj ŝoka.

Putin en publika deklaro minacas uzi nukleajn armilojn, konkeri la tutan Ukrainion kaj forigi la politikajn gvidantojn en Kievo, kiujn li nomas naziaj pedofiloj. Post kelkaj tagoj Rusio jam konkeris vastegajn areojn en la nordo, oriento kaj sudo de la lando, krom Donbaso kaj Krimeo, kiujn oni okupas jam de jaroj. Oni bombardas Kievon, Odeson, Ĥarkovon kaj aliajn urbojn. La ukraina armeo tamen ne kolapsas sed sukcesas haltigi la rusan invadon en la nordaj antaŭurboj de Kievo.

Jam antaŭ tiu militeksplodo Letti sentis iajn nekutimajn vibrojn plej interne en la ventro, kvazaŭ bobelojn aŭ la delikatan flirtadon de papilio. Nun ŝi jam certas ke tio estas la feto, kiu moviĝas en ŝi. Per unu fojo aperas en ŝi nova sento. Subite la gravedeco iĝis tute reala. Loĝas en ŝi iu nekonato; vivanta estaĵo faras naĝmovojn tie ene. Tio estas neimagebla, tamen tutcerta. Ege malpli ŝi certas, ĉu regos paco en la ĉirkaŭaĵo, kiam tiu estaĵo decidos enmondiĝi.

Ŝi regule vizitas la konsultejon por gravedulinoj kaj renkontas akuŝistinojn tie. Plej ofte temas pri Sanna Eklund, kiun ŝi renkontis jam la unuan fojon. Okaze de unu vizito Sanna faras sonografion por esplori, ĉu la feto evoluas, kiel ĝi devas. Sur la ekrano videblas ia fantomeca silueto de bebo, kiu preskaŭ timigas Lettin, sed Sanna certigas ke ĝi aspektas tute bone, kaj ŝi eĉ printas la bildon sur papero. Jen la unua portreto de la ido de Letti. Ŝi ne ekscias la sekson de la feto, sed ŝi jam komencas pensi pri ĝi kiel pri knabino.

Nun ŝia ventro jam iom elstaras, kaj post leciono de sporto, kiam Hedda pli ol kutime rigardis ĝin esplore, Letti malkaŝas al ŝi la veron.

"Ĉu vi estas freneza? Kial vi ne... forigis ĝin?"

Letti ne respondas vorte sed nur kapneas.

"Ĉu Filip scias?" plu demandas Hedda. "Kaj viaj panjoj?"

"Kompreneble. Ili ne tre ĝojas pri la afero, sed tio ne gravas. Filip diris ke estos mojose. Li kredeble tute ne komprenas, kiel estos. Sed ne rakontu al la aliaj, mi petas."

"Mi silentos. Tamen la ventro ja videblos."

Dum ĉi tiu tempo Letti ne multe pensas pri la milito en Ukrainio. Sed por la plej multaj eŭropanoj ĝi estas timiga nova situacio. Milionoj da ukrainaj virinoj kaj infanoj rifuĝas en la Eŭropan Union, plej multe en la najbaran Pollandon, sed ankaŭ al Svedio venas kelkaj dekmiloj. La Eŭropa Unio, Britio, Usono kaj pluraj aliaj landoj unuiĝas por subteni Ukrainion per ĉio: financoj, humanitara helpo, armiloj, municio kaj alia milita materialo. Krome oni paŝon post paŝo enkondukas sankciojn kontraŭ la rusa ŝtato kaj ties gvidantoj por izoli ilin de internaciaj kunlaboro kaj kontaktoj. Dume en Rusio mem plifortiĝas la persekutado de disidentoj. Tamen ankaŭ la rusa reĝimo havas siajn amikojn: Norda Koreio, Sirio kaj kaŝe ankaŭ Irano. Eble pli gravas ke potencaj regnoj kiel Ĉinio, Barato kaj Brazilo evitas partiecon en la konflikto. Stranga paradokso estas ke pluraj mezeŭropaj landoj ege dependas de tergaso kaj nafto importataj el Rusio, kio alportas ian ambivalencon al la decidoj pri sankcioj.

Jam de kelka tempo Putin deklaris ke la najbaroj de Rusio ne rajtas aliĝi al la milita alianco NATO. Li eĉ diris eksplicite ke tio validas ne nur por Ukrainio sed ankaŭ por Finnlando kaj Svedio. Kiel rekta respondo al tiu minaco, ambaŭ tiuj Nordiaj landoj nun decidas peti aliĝon al NATO. En la kazo de Svedio tio signifos la finon de pli ol ducentjara senalianca stato.

Post kiam la ukrainaj militfortoj haltigis la rusan ofensivon apud Kievo, Rusio neatendite forlasas la okupitan teron en la nordo kaj retiriĝas al la orientaj regionoj, eble ĉar estis tro longa vojo por transporti necesan materialon al la okupanta armeo. Kiam Ukrainio liberigas tiun areon, oni malkovras terurajn faktojn. En pluraj lokoj, plej grave en la urbo Buĉa nordokcidente de Kievo, oni trovas amastombojn kun centoj da torturitaj kaj murditaj civilaj loĝantoj, kaj ankoraŭ multaj homaj kadavroj kuŝas surstrate. Preskaŭ ĉiuj estas pafmurditaj per kugloj, kelkaj kun ligitaj manoj. El siaj kaŝejoj nun reaperas loĝantoj, kiuj transvivis la rusan teroron kaj povas atesti pri ĝi.

Samtempe kun ĉi tiuj angorigaj novaĵoj okazas io terura en pli malgranda skalo sed ege pli proksime al Letti. En la gimnazio de Filip en ordinara lunda vespero unu lernanto, dekokjara knabo kun psikaj problemoj, atakas kaj murdas du instruistinojn per tranĉilo kaj hakilo. Kiam Letti renkontas Filipon en la sekva tago, li rakontas al ŝi, kio okazis.

"La teatroklaso provludis muzikalon, sed tiu knabo supreniris kaj trovis la du instruistojn en la tria etaĝo. Mi scias, kiu li estas. Li lernas en la arta programo kaj ŝatas desegni, sed li estas iom stranga solulo. Hodiaŭ la lernejo estas fermita, kaj okazos mitingo antaŭ la urbodomo."

Do Letti akompanas lin tien, kie ŝi antaŭ du jaroj kutimis partopreni en manifestacioj por la klimato. Nun regas tie tre morna etoso dum paroladoj de lernantoj kaj aliaj personoj, interalie loka politikisto. Poste ili preteriras la lernejon, kie kuŝas amaso da floroj kaj slipoj kun funebraj vortoj.

Ŝi pensas pri Anton, kiu en la lasta somero abituris de alia gimnazio sed de la sama studprogramo kiel la murdinta knabo.

Ankaŭ Anton ja ŝatas desegni, kaj antaŭ kelkaj jaroj li ofte eldiris krudajn minacojn kontraŭ homoj, kiujn li ial trovis senvaloraj. La tuta dramo ŝajnas al ŝi tro proksima. Kaj neniu povas klarigi, kial tiu knabo plenumis sian monstran agon. Ĝi ŝajnas al ŝi kopio en eta skalo de la teroro okazanta mil kilometrojn for en Ukrainio. Aŭ eble provo kopii la multajn amasmurdojn per pafiloj en usonaj lernejoj eĉ pli malproksime de ĉi tie. Sed kial? Kion tiuj malamantoj celas atingi per siaj agoj? Ne eblas kompreni.

Post la murdoj en lia lernejo Filip iom post iom ŝanĝas sintenon al Letti. Li dediĉas pli kaj pli da tempo al la studoj kaj ne same kiel antaŭe insistas pri la kunestado kun ŝi en lia ĉambro. Ankaŭ por ŝi jam pasis la plej forta amoremo, dum kreskis la ventro, sed ŝi plu ŝatus kunestadi kun li. Kaj ŝi ankoraŭ flegas la esperon ke li iomete interesiĝos pri ilia komuna naskiĝonta infano. Tre plaĉis al ŝi, kiam li metis siajn manojn sur ŝian nudan ventron kaj ege surpriziĝis, sentante fortan baton de interne, aŭ kiam ŝi povis montri al li ke la haŭto dum momento ekhavas ĝibeton pro puŝo de la feto. Sed nun tiaj sensacoj jam tedas lin.

"Komprenu", li diras, "restas nur du monatoj, kaj mi devas fari lastan klopodon por altigi miajn notojn. Necesas pensi pri la studado post la abituro."

Letti ne vere komprenas, kiom li povos plibonigi sian abituran ateston en du monatoj, kvankam tio similas ŝian propran klopodon en la lasta tempo de la elementa lernejo. Fakte restas nur iom pli ol du monatoj ankaŭ al la momento, kiam Filip fariĝos patro, sed pri tio li diras nenion. Ŝi suspektas ke pro la ventro li ne plu trovas ŝin same alloga kiel antaŭe. Jam de sufiĉe longa tempo ĝi efektive ne plu kaŝeblas, eĉ per ŝiaj kutime malstriktaj sveteroj, kaj ŝi devis rakonti al ĉiuj en la klaso kaj ankaŭ al la instruistoj ke ŝi patriniĝos pli-malpli tuj post la fino de la semestro. Krom se la bebo decidos eliĝi tro frue, eble meze de leciono pri la ŝekspira 'Romeo kaj Julieta' aŭ pri la naturalisma dramo 'La patro' de la mizogino Strindberg.

En la lernejo ĉiuj trovas ŝian decidon neatendita kaj nekutima. Oni tute ne konas tiel junajn patrinojn, krom per televidaj dokumentaj filmoj. Ŝajne la knaboj kaj kelkaj knabinoj de la klaso opinias ke estas strange, tutsimple. Sed aliaj el la knabinoj tre entuziasmiĝas, volas palpi ŝian ventron por sperti la batojn de la bebo, scivolas ĉu estas knabo aŭ knabino, diskutas belajn nomojn kaj ĝenerale zorgemas pri la bonfarto de Letti. En la lerneja kantino iuj eĉ volas ke ŝi simple sidiĝu, dum ili alportos al ŝi la manĝon. "Diable, mi tamen ja ne estas kriplulo!" ŝi reagas kaj paŝas kiel kutime al la atendovico por preni manĝon de la bufedo kaj porti ĝin al tablo, apogante la teleron sur la ventro.

Post kiam Filip jam dufoje evitis proponojn rendevui kun ŝi en la lunĉa paŭzo, ŝi iras malgraŭ tio al lia lernejo por provi paroli kun li kaj eble ekscii, kio estas la problemo. Kaj ŝi efektive ekscias ĝin. Ŝi eĉ ekvidas ŝin, ĉar montriĝas ke la problemo estas ŝio, aŭ pli precize lernantino, kredeble el alia klaso de lia gimnazio. Letti povas gvati ilin nerimarkite, dum ili paŝas tra la lerneja korto al sia kantino en apuda domo. La diablino estas ŝia malo en ĉio, ŝajnas al ŝi. Alta, blanka, blonda kaj ŝminkita, dum Letti estas malalta, brunhaŭta, kun tre malhelaj haroj kaj plej ofte preskaŭ sen ŝminko. Ankaŭ la vesto de tiu svelta ino estas pli pimpe moda, kaj kompreneble ŝi ne transportas antaŭ si ŝarĝon de pezega ventro, sed elegante baletpaŝas tra la korto kun la brako de Filip ĉirkaŭ la maldika talio.

La unua impulso de Letti estas alkuri por forpuŝi tiun putinon, se eble per helpo de la ventro, kaj rekapti sian posedaĵon, kiun la alia volas ŝteli de ŝi. Sed kompreneble tio estas nur impulso. Reale ŝi ŝteliras reen al sia propra lernejo, dum la brusto pleniĝas de tubero peza kiel ŝtonego.

Poste aperas aliaj pensoj. Eble ŝi misinterpretis, kion ŝi vidis? Ili povus esti bonaj amikoj, samgimnazianoj, kiuj simple brakumas sin kamarade. Sed ŝi certas ke ne statas tiel. Ŝi scias distingi amikan brakumon disde enamiĝo. Lia mano ĉe ŝia talio tuŝetis ankaŭ la kokson kaj eble premus la postaĵon, se ne ĉirkaŭus ilin aliaj lernejanoj. Estas fakto; li jam havas alian. Inon, kiu ne estos patrino post du monatoj.

Pasas pluaj tagoj. Ŝi ankoraŭ ne decidis, kiel sinteni al la perfido de Filip. Ĉu konfronti lin pri tio, kion ŝi vidis, aŭ male ŝajnigi ke ŝi scias nenion kaj lasi al li malkaŝi, ĉu ilia rilato finiĝis aŭ plu daŭras? Ĉu fari skandalon en lia hejmo, antaŭ la okuloj kaj oreloj de liaj gepatroj?

Tiam intervenas Julia per telefona interparolo, dum kiu ŝi rakontas ke la bando denove ludos, sed nun en alia junulara domo kaj kun nova kantistino nomata Sigrid.

"Ŝi kantas bonege", diras Julia. "Ŝi lernas en la teatra klaso de la Latinlernejo. Filip ekkonis ŝin post tiuj teruraj murdoj. Ŝi eĉ ĉeestis en la lernejo, kiam tio okazis. Kaj por vi ĉiuokaze estus malfacile plu partopreni, ĉu ne?"

Letti ne demandas, kial ŝi ne povus partopreni. Kio do malhelpus al ŝi kanti? Sed ŝi jam komencas kompreni ke kun sia granda ventro, kaj poste eĉ pli kun sia bebo, ŝi estos ekster la ordinara vivo de siaj samaĝuloj. Ekster la muziko, ekster la amika kunestado, ekster la amo.

"Mi fajfas pri tio", ŝi diras al Julia. "Mi ĉiuokaze ne volas kanti."

Supozeble Sigrid do estas la blonda pupo, kiun ŝi vidis kun Filip sur lia lerneja korto. Eble li konsolis ŝin post la psika traŭmato de la murdoj, kaj jen la rezulto.

La lerneja semestro finiĝas. Kio okazos pri la venonta aŭtuna semestro, ŝi ankoraŭ ne povas imagi. La bebo tamen ne alvenas akurate la dektrian de junio. Ŝi vizitas la akuŝejon de la hospitalo por kontrolo. Oni aŭskultas kaj sonografias la bebon. Ĉio ŝajnas en ordo; ŝi simple devas plu pacienci iomete. Fakte ŝi sentas sin kiel ventro sur du kruroj, sed samtempe ŝi timas la akuŝon.

"Se ĝi ne komenciĝos spontane en dek tagoj, ni povos indukti ĝin", diras la hospitala akuŝistino.

"Kion signifas tio?"

"Ni donos hormonon, kiu estigos uterajn kontrakturojn kaj ekigos la akuŝon."

Tio tute ne forigas la timon de Letti, sed eĉ male plifortigas ĝin. Aliflanke ŝi ja ne povas dumvive plu portadi ĉi tiun loĝatan ventron. Iel necesos eligi la enloĝanton.

La dudekkvaran de junio la svedoj festas Somermezon per dancado, drinkado kaj aliaj plezuroj. La danoj festas la samon, kvankam iomete alie kaj sub alia nomo: Vespero de Sankta Johano. En kelkaj landoj, ankaŭ en Svedio, oni opinias ke multaj idoj estas generataj en ĉi tiu tempo. 'Sankta Johano ekmovas multajn lulilojn.' La rezulton oni tamen kutime vidas nur post naŭ monatoj, kiam la naskokvanto altiĝas.

La ĉi-jaran dudekkvaran de junio elektis la Supera Kortumo de Usono por nuligi la konstitucian rajton je abortigo. Pluraj usonaj ŝtatoj regataj de la plej konservativa dekstro tuj malpermesas aŭ tre malfaciligas abortigojn.

En la mateno de tiu sama tago komenciĝas la akuŝo de Letti per helpo de hormonpiloloj. Baldaŭ glutinte la unuan, ŝi eksentas tion, kion la akuŝistino nomas kontrakturoj aŭ naskodoloroj. Komence ili ne estas tro fortaj kaj ne venas tre ofte. Post kelka tempo ili ĉesas, kaj oni donas al ŝi novan pilolon. Marina estas kun ŝi en la akuŝejo de la Ĝenerala Hospitalo, kaj ili babilas pri diversaj aferoj.

"Sofia mesaĝis al mi foton el Gällnö. Ĉu vi volas vidi ĝin?"

"Ne", ĝemetas Letti.

"Ĉu vi rakontis al Filip ke oni hodiaŭ ekigas la aferon?"

"Ne. Tio ne tuŝas lin. Li ne devos sperti ĉi tiajn dolorojn."

"Tamen li certe ŝatus scii, ĉu ne?"

"Li kredeble estas plene okupata pri sia blondulino."

La doloroj rekomenciĝas, kaj de temp' al tempo la akuŝistino esploras, kiom la cerviko jam malfermiĝis. Ŝajne ŝi malkontentas, dirante ke ĝi ankoraŭ tute ne dilatiĝis.

"Kion fari", murmuras Letti inter du doloroj, kiam Marina donas al ŝi akvon por trinki. "Mi mem ne povas malfermi ĝin, damne."

Fakte ŝi ne certas, kio precize estas la cerviko. Kredeble oni instruis pri tio jam en la sesa klaso de la elementa lernejo, sed el tiuj lecionoj ŝi memoras ĉefe la subridadon kaj la grandan bildon de peniso kun erektiĝemaj histoj. Pri la ina anatomio ŝi memoras preskaŭ nur la strangan formon de la ovoduktoj. Sed evidente la ido devos iel trairi ŝian cervikon, kiel kamelo tra la trueto de kudrilo. Alian vojon ĝi ne trovos.

Posttagmeze la kontrakturoj ja plifortiĝas kaj venas pli ofte, sed la cerviko ankoraŭ ne volas malfermi sin. Letti pli kaj pli laciĝas kaj suferas pro la doloroj. Tiam oni ebligas al ŝi enspiri ridgason el masko dum la doloroj. La gaso donas plezuran senton kaj mildigas la doloron, sed vere ridiga ĝi ne estas. Entute ŝi ne vidas kialon ridi. Ĉio daŭras kiel antaŭe; nova akuŝistino anstataŭas la antaŭan, kies laborhoroj finiĝis. Je unu okazo vira kuracisto aperas por kontroli ion, sed li baldaŭ foriras senkomente. Cetere li ŝajnis fremdulo en ĉi tiu virina medio. Kelkfoje oni metas etan aparaton sur la pinton de ŝia ventro. Ĝi disaŭdigas la rapidajn korbatojn de la infano en la ĉambron. Sed kiam do tiu obstina subluanto konsentos forlasi la patrinan hejmon kaj eliri en la mondon? Letti jam de temp' al tempo sinkas en duonan senkonscion pro la laceco, la ripetaj doloroj kaj la neokazanta nasko.

Vespere la nova akuŝistino fine perdas la paciencon. La cerviko ja iom malfermiĝis, tamen ne sufiĉe. Ŝi ne plu aŭdigas korbatojn de la ido per la elektronika aparato sed almetas sian orelon al ligna aŭskultilo, kiu ŝajnas ia pratempa funela ŝalmo lokata sur la ventron.

"Ni devas finfine eligi tiun infanon", ŝi murmuras inter la dentoj.

Ŝi enigas plastan ileton tra la vagino kaj cerviko. Per ĝi ŝi truas la amnion, kaj tuj elfluas la akvo, la amnia likvaĵo, malsekigante la liton sub Letti. Kaj nun finfine okazas aferoj. La naskodoloroj eĉ pli intensiĝas, la akuŝistino kontente konstatas ke la vojo eksteren jam plivastiĝas, kaj post kelka tempo ŝi ordonas al Letti puŝi dum la doloro. Letti puŝas kiom ŝi kapablas, sed ŝiaj fortoj preskaŭ elĉerpiĝis, kaj la akuŝistino fojon post fojo admonas ŝin puŝi pli forte kaj poste ĉesi inter la kontrakturoj.

"Ĝi jam survojas", ŝi fine asertas, dum Letti sentas sin krevi. "La verto videblas."

Je la dekunua kaj duono, kiam aliaj svedinoj vagas sur herbejo, kolektante naŭ florojn, kiujn ili metos sub la kusenon por sonĝi pri sia onta amato, aŭ eble praktikas pli fizikajn ritojn de fekundeco, Letti faras lastan superhoman puŝon, kaj la bebo, la enloĝanto, la subluanto, la parazito fine elglitas el ŝi. La akuŝistino kaj helpflegistino esploras ĝin, elsuĉas mukon kaj iel igas ĝin kvaki kiel rano, antaŭ ol meti la violkoloran estaĵon envolvitan en tuko sur ŝian bruston.

"Jen bela knabo, via filo! Vi estis ege brava kaj kuraĝa!" Letti metas lacan manon sur la estaĵon kaj fermas la okulojn. Ĉu knabo? Devas esti eraro. Ŝi atendis knabinon. Cetere ŝi ne volas rigardi ĝin. Ŝi volas ripozi. Volonte ŝi enspirus pli da ridgaso, sed tion oni ne plu proponas.

La bebo baldaŭ ŝanĝas koloron de viola al ia pale grizflava, sed tio ne plibeligas ĝin. La vizaĝo similas tiun de kaduka maljunulino, la nigraj haroj estas ŝmiritaj, la haŭto estas falta kaj malbelkolora, la okuloj strabas al ŝi minace. Ĉu ĉi tiun gnomon ŝi volis por ke ĝi similu ŝin? Nekredeble.

Apud ŝi Marina ploras, ĉu pro feliĉo, ĉu pro la malo, Letti ne imagas.

Post kelka tempo oni denove turmentas ŝin kaj igas ŝin puŝi por eligi ian postnaskaĵon. Nur kiam jam estas mateno de nova tago, la dudekkvina, ŝi rajtas dormi.

Jam en la akuŝejo oni instigas ŝin akcepti la knabeton sur la brusto por ke li suĉu ŝiajn mamojn. Ŝi ne volas tion. Fakte ŝiaj mamoj ja iom kreskis dum la lasta tempo de la gravedeco, kaj la cicoj malheliĝis de la ordinara laktokafa koloro en ion similan al hepata pasteĉo. Sed tiuj ŝvelaĵoj ŝajne enhavas nek lakton nek ion alian, ĉar la bebo ne trovas nutraĵon suĉante ilin. Malgraŭ tio li suĉas fortege, se konsideri ke li estas tiel malgranda estaĵo. Fakte li mordas ŝiajn cicojn dolorige.

"Stultaĵo", paŭtas la helpflegistino. "Li ne povas mordi sen dentoj. Vi devas alkutimiĝi."

Sed ĝuste tio ne eblas. Ĉio estas alia ol ŝi supozis, kiam ŝi decidis naski la bebon. Li tute ne similas ŝin. Li similas neniun ajn. Ju pli la panjoj kaj la flegistinoj ripetas, kiel beleta anĝelo li estas, des pli ŝi trovas lin malgranda gnomo. Ŝi naskis monstron. Oni anstataŭigis ŝian belan knabinon per trolido. Sed ne eblas diri tion. Oni trovus ŝin freneza, se ŝi malkaŝus siajn pensojn. Do ŝi silentas.

Kaj oni sendas ŝin hejmen kun la gnomo, la monstro. Panjo Marina devigas ŝin porti lin al la aŭto per ia bebovalizo. Ŝia subventro plu doloras, kiam ŝi rigide paŝas kaj pene sidiĝas sur la sidlokon de la aŭto. Ŝi ankoraŭ ne kuraĝis rigardi, kiel ŝi aspektas tie sube. Verŝajne ĉio estas tute disŝirita.

Dum la fino de la gravedeco ŝi ĉiam pensis ke la bebo estas knabino. Tiam ŝi enpense elprovadis diversajn nomojn kaj fine decidis nomi ŝin Lea. Nun ŝi ne havas forton rekomenci por trovi knaban nomon. Plej facile estus simple nomi lin Leo.

"Jen bonega nomo!" opinias Panjo Helle. "Li certe estos vera leono. Krome tiu nomo estas facile prononcebla en ĉiuj lingvoj. Nu, krom eble japane, do estonte evitu amindumi japanojn."

"Tre amuze", respondas Letti vinagre, sen eĉ grajno da rido.

Sekve lia nomo fariĝas Leo sen tre profunda cerbumado pri aliaj ebloj. Kaj neniu eĉ sugestas ke ŝi devus peti la opinion de Filip pri tiu demando.

Dume la panjoj jam aranĝis ĉion praktikan. La bebolito staras en ŝia ĉambro, apud ŝia propra lito. Alta tablo por ŝanĝi vindaĵojn estas muntita super la lavmaŝino en la banĉambro. Boteloj kaj cicumoj troviĝas en la kuirejo, por la okazo ke ŝiaj mamoj daŭre rifuzus produkti lakton. Tamen ŝi devas plu almetadi lin al ili, por laŭeble aktivigi la laktajn glandojn. Ŝi protestas, sed la panjoj ne atentas ŝin.

"Vi komprenu ke la patrina lakto estas plej bona por li", diradas Panjo Marina.

"Kiel vi scias? Vi mem neniam mamnutris."

Marina ne ofendiĝas sed nur ridetas milde.

"Tamen estas tiel. Vi devas klopodi. Ne rezignu tiel rapide."

Sed Letti jam rezignis ĉion. Fine Panjo Helle tamen ŝanĝas sintenon kaj komencas kontraŭi la admonojn de Marina.

"Finfine la mondo plenas de homoj, kiujn oni nutris botele. Ni lasu ŝin en paco, ĉu ne? Memoru ke ŝi mem estas infano."

Dum ankoraŭ kelka tempo Marina tamen plu instigadas ke Letti klopodu mamnutri Leon, same kiel ŝi faru ĉion alian: ŝanĝu vindaĵojn, lavu, lulu, karesu kaj ĉiel prizorgu la knabeton. Fine ankaŭ ke ŝi manĝigu lin botele, ĉar ion li ja devas manĝi.

Letti tamen ne emas okupiĝi pri li. Ŝi revis fariĝi patrino de infano, kiu estas ŝia propra, sed nun ŝi tute ne sentas tiel. Ŝajnas al ŝi ke la panjoj estas la patrinoj ankaŭ de Leo, dum ŝi mem utilas al nenio. Ŝi pli kaj pli pasiviĝas, kaj dum pasas la tagoj, ŝia humoro sinkas pli kaj pli suben en profundan malgajon.

Okaze de ŝia lasta vizito en la konsultejo por gravedulinoj antaŭ la akuŝo, la akuŝistino tie fiksis kun ŝi novan rendevuon post du monatoj por kontraŭkoncipa konsilado. Nun estas tempo por tiu vizito. Letti tamen ne volas iri tien.

"Pro kio mi havu ian kontraŭkoncipilon? Mi ne plu renkontos Filipon."

Panjo Helle ridas pri ŝi.

"Do vi estos dumviva monaĥino, ĉu? Ne stultumu, sed iru tien. Ni ne povas fondi tutan infanĝardenon ĉi-hejme."

Ŝi ne havas forton kontraŭi; do ŝi iras al la konsultejo.

"Al tiel junaj knabinoj ni kutime rekomendas hormonan enplantaĵon", diras la juna akuŝistino, kiu anstataŭas la ordinaran dum la someraj ferioj. "Rigardu. Ĉi tian plastan bastoneton oni metas sub la haŭton de la brako, kaj ĝi lasas konstantan kvanton da hormono, simile kiel de kontraŭkoncipaj piloloj. La granda avantaĝo estas ke ne necesas memori ĉiutage gluti pilolon. Ĝi funkcias sen io ajn per si mem, ĝis oni forigos ĝin per simpla procedo."

Letti ne povas imagi, kial ŝi rifuzu, do ŝi permesas al la virino dabi la haŭton per anestezilo kaj poste fari trančeton kaj enŝovi la bastoneton. Poste ŝi surmetas pecon da glubendo kaj ĉio estas preta. Ekĝermos neniu gefrato de Leo, kio ajn okazos estonte. Dum momento ŝi deziras ke eblus same facile forigi la ekzistantan knabeton, sed poste ŝi forpuŝas tiun penson. Tro malfrue, troege malfrue.

Reirante hejmen de la konsultejo, ŝi fojon post fojo palpas la haŭton ĉe la interna flanko de sia maldekstra supra brako. Ŝi sentas la duonrigidan bastoneton sub la haŭto. La vundeto ankoraŭ ne doloras, eble ĉar la anestezo plu efikas. Ekde nun ŝi do povas senriske seksumi kiom ajn ŝi volas. Tamen ŝi havas nek ian ajn emon seksumi, nek ulon kun kiu fari tion. Krome ŝia pubo sendube estas tute detruita kaj neuzebla por io ajn erotika. La tuta vizito estis absurda kaj okazis nur ĉar ŝi ne havis forton diri "ne".

Oka ĉapitro

En Britio kaj Francio maljunuloj mortas pro rekorda varmego, kaj ankaŭ en Svedio oni plurloke notas temperaturon pli altan ol 34 gradoj. Regas sufoka varmo eksterdome, kaj preskaŭ sama en la apartamento, ĉar samkiel en ĉiuj svedaj loĝejoj la sola ekzistanta klimatizilo tie estas radiatoroj por hejti ĝin. Letti pli kaj pli sinkas en letargion, ĉu pro la varmo, ĉu pro tio ke Leo preskaŭ senĉese krias. Beba koliko, laŭ la panjoj. Ju pli li krias, des malpli ŝi povas helpi prizorgi lin. Baldaŭ ŝi kuŝas, ne movante sin, kun la oreloj ŝtopitaj per aŭskultilaj butonoj, el kiuj fluas ŝia preferata muziko. Temas plej ofte pri kelkaj svedaj repistinoj, kiuj plaĉas al ŝi delonge. En ŝia kapo Seluah Alsaati furioze repas 'Mia korpo mias, jam tempas kompreni'. Tamen Letti apenaŭ plu aŭdas ŝiajn vortojn. Ili fariĝis sonkuliso por superi la kriadon de la knabeto. Kaj ŝia iama propra repado nun ŝajnas aparteni al fora pasinteco, eĉ preskaŭ al alia vivo. Pri la nuna certe ne indus repi. Ĉu serĉi rimojn de bebo? Verŝajne ekzistas nur strebo. Aŭ de trolido? Eble perfido. Nu, ŝi definitive perdis la kapablon rimigi kaj ritmigi siajn pensojn kaj sentojn.

Jen kaj jen Marina devigas ŝin eliri kun Leo en la infanĉaro. Ŝi paŝas puŝante la ĉaron laŭ stratoj, sur parkaj vojetoj, kelkfoje eĉ laŭ la urba strando, kiu situas ne tro malproksime de ilia hejmo. Dum la ĉaro moviĝas kaj skuetiĝas, Leo ofte dormas silente. Tuj kiam ŝi haltas, li vekiĝas kaj ekkrias.

Sed post kelka tempo tio ŝanĝiĝas kaj ŝi ne plu povas promenigi lin. Unufoje, kiam ŝi subeniras kun li en la ĉaro, ŝia koro ekbatas forte kaj malregule, ŝajnas al ŝi, kaj ia pezo premas ŝian bruston, malhelpante al ŝi spiri. Ŝi ekpanikas. Ŝi ne scias kiel plu elteni. Ŝi lasas la ĉaron kun Leo surtrotuare kaj kuras supren al Marina.

"Mia koro haltas! Mi pensas ke mi tuj mortos!"

Ŝi elpremas la vortojn per ege malsonora voĉo, ĉar la aero apenaŭ sufiĉas por fari ian sonon. Tuj Marina lasas ĉion, kion ŝi havas enmane, palpas ŝian bruston kaj poste serĉas la pulson ĉe ŝia manartiko.

"Ĝi batas tute regule, Letti", ŝi diras. "Eble iom rapide. Sed kie estas Leo?"

"Sube. Sur la trotuaro."

Marina lasas ŝin kaj kuras suben por savi la knabeton. Dume Letti rondiras en la salono, ne sciante kion fari el si.

Post kiam tio ripetiĝis dufoje, la panjoj interkonsentas ke necesas serĉi profesian helpon. Oni kontaktas la junularan psikiatrion kaj ekscias ke necesos atendi almenaŭ du aŭ tri monatojn por konsultado tie. Tio ja tute ne eblas. Do Helle kaj Letti vizitas la ordinaran sancentron de Fågelbacken ne malproksime de ilia hejmo. Tie la kuracisto efektive dediĉas tempon por sufiĉe longe intervjui ŝin, dum Helle atendas apude. Krome li aŭskultas ŝiajn koron kaj pulmojn por ekskludi fizikan problemon.

"Laŭ mia prijuĝo vi suferas pro deprimo", li fine konkludas, "kaj krome pro subitaj atakoj de angoro. Kontraŭ tio mi preskribos al vi medikamentojn, kiujn vi devos gluti regule. Ankaŭ kiam la simptomoj malaperos, ne ĉesu pri la medikamentoj proprainiciate. Ĉu vi bone dormas dumnokte?"

Letti kapneas. Kiel ŝi povus dormi, kiam la trolido senĉese kriadas? Fakte neniu en la familio sukcesas dormi, sed ŝi ne havas forton klarigi tion, kaj Helle nenion diras.

La maljuna doktoro hm-as konsente, sulkas la jam faltoplenan frunton kaj klavas sur sia komputilo. Poste Letti kaj Helle forlasas la sancentron kun preskriboj de piloloj kontraŭ deprimo, aliaj kontraŭ angoro kaj triaj por dormi, uzotaj en okazo de bezono.

"Tio ja estas terura", opinias Marina, kiam ili revenas hejmen. "Ĉu la knabino vere manĝadu tiom da piloloj? Kaj ŝi eĉ ne povis renkonti psikiatron, sed nur ĝeneralan mediciniston. Mi ne komprenas ĉi tion."

Ankaŭ Letti nenion komprenas, sed laŭ Helle ŝi tamen observu la preskribojn, atendante ke ŝi iam povos konsulti junularan psikiatron. Kaj se la medikamentoj ne helpos, oni devos iri al la urĝa psikiatria konsultejo en la hospitalo.

Do Letti komencas gluti pilolojn matene kaj vespere, kaj post iom da tempo ŝi vere sentas sin pli trankvila, aŭ eble pli indiferenta pri ĉio. Ŝi tamen ne plu kuraĝas promeni sola kun Leo, sed nur de temp' al tempo kune kun la panjoj, kaj eĉ tiam ŝi ĉiam timas ke surprizos ŝin atako de la angoro.

Fine de julio finiĝas la ferioj de Panjo Marina; ekde tiam ŝi devas liberigi sin de la laboro por plu prizorgi la knabeton, kiu plu kriadas. Li krias pro malsato, ĝis oni donas al li la botelon. Kaj mallonge post la manĝo li ekkrias pro stomakdoloro. Tiel supozas Panjo Helle. Marina ne komentas tion, kaj Letti mem ne scias. Kiel oni povus ekscii, kial li krias? Ja ne eblas demandi lin. La kriado sonas al ŝi same, kio ajn estas la kaŭzo. Eble li simple plendas ĉar oni venigis lin en ĉi tiun mondon sen demandi, ĉu li tion volas aŭ ne.

Panjo Marina ne plu insistas ke Letti provu doni al li la mamon. Ŝi evidente komprenis ke tio jam delonge estus vana. Ofte ŝi provas transdoni lin kaj la botelon en ŝiajn brakojn. Letti tamen ne akceptas lin. Tiam Marina reprenas la knabeton sed sidiĝas kun li apud Letti, tiel ke ŝi devas stariĝi kaj foriri.

Unufoje Letti eliras sola de la hejmo por viziti la amikinon Julia. Ankaŭ Alice estas tie, kaj ilia eksa samklasanino Felicia. Sed tiuj knabinoj ne plu estas ŝiaj veraj amikinoj. Ili scivolas pri la bebo, demandas kiu vartas lin kaj kial ŝi ne estas kun li. Kredeble ili trovas ŝin senrespondeca. Fakte ili komprenas nenion; ili ne scias kia estas bebo. Ĉiel Letti sentas ke ŝi ne plu apartenas al ilia rondo. Ne eblas rekoni ilin de la tempo, kiam ŝi du el ili estis ŝiaj intimaj amikinoj kaj la tria enviata populara samklasano. Ŝi jam perdis la senton pri ĉio pasinta sed ricevis nenion novan. Nenion krom la knabeto.

Post kelka tempo ŝi forlasas la hejmon de Julia, foriras de la knabinoj kaj ekpromenas hejmen tra la urbo. Ŝi transiras kelkajn stratojn, kiujn ŝi ne konas, preteriras domegojn tute fremdaspektajn, ekhezitas pri la vojo. La mallonga distanco inter ŝia hejmo kaj tiu de Julia ŝajne kreskegis. Kutime ŝi neniam pensas pri la vojo; la piedoj orientiĝas per si mem. La stratnomojn ŝi ne memoras, krom de la propra strato kaj eble de iu ĉefstrato. Sed kiel retrovi tiujn? Ŝi vagas trafe-maltrafe de strato al strato. Ankaŭ la homoj aspektas fremde. Ili ne similas ordinarajn homojn sed estas altaj, maldikegaj, senvizaĝaj. Ŝi sentas ke la angoro komencas kapti ŝin, kaj samtempe ŝi eliras el si mem kaj kaj rigardas sin de ekstere, de supre. Kiu estas tiu eta homo, tiu formiko, kiu paŝas tie sube inter altaj domegoj sur la trotuaro de nekonata strato en nekonata urbo? Ŝi ne konas ŝin. Ŝi ne konas sin. Kie ŝi estas? Kien ŝi malaperas? Ĉio estas nebulo ne travidebla.

Ŝi volus peti helpon de pasantoj sed ne kuraĝas. Pri kio ŝi petu ilin? Cetere, la homoj, kiuj preterpasas ŝin, rigardas ŝin time kaj iras laŭ kromvojo ĉirkaŭ ŝi. Eble ŝi mem fariĝis monstro post kiam ŝi elpuŝis el si la trolidon.

Post longa vagado ŝi preteriras domangulon kaj turnas sin maldekstren. Iel tio ŝajnas ŝia strato, sed kiel ŝi povas scii tion? Nenio rekoneblas. Ŝi haltas, turnas sin en rondo, rigardas supren. Supre estas strangaformaj, timigaj nuboj, kiuj gapas al ŝi malaprobe. Trans la strato troviĝas parko kun arbegoj, kiuj minacas kapti ŝin per siaj kurbaj brakoj. Ĉu tio estas ĝusta? Ĉu antaŭe situis parko apud ŝia strato? Ial ŝi rekomencas paŝi haste, fuĝi de la minacoj en febra ritmo, kaj baldaŭ ŝi atingas stratpordon, kiu eble estas ŝia, eble ne. Necesas klavi kodon por malfermi ĝin. Ŝi ne konas la kodon. Ŝi neniam sukcesos reveni hejmen. Tamen ŝi metas la manon al la klavaro, kaj la fingroj proprainiciate premas butonon post butono. Ŝi mem faras nenion. Tio ne estas ŝia mano. Tamen sonas bipo kaj ŝi povas malfermi la pordon kaj supreniri laŭ la ŝtuparo.

Eĉ hejme la sento de malrealeco ne forlasas ŝin. Ŝi glutas dormigilon kaj sukcesas endormiĝi, sed vekiĝante meze de la nokto ŝi sentas ĉion absolute fremda kaj horora, kaj plej fremda estas ŝi mem, ŝia abomena korpo, ŝia alienita menso kaj entute ŝia plena ekzisto. Ŝi rondiras tra la apartamento laŭte parolante al tiu nekonata memo, vekante la panjojn kaj Leon, ne sciante kion fari el si. Fine, je la kvara kaj duono matene, Panjo Helle devas veturigi ŝin al la hospitalo kaj sonorigi ĉe la urĝa psikiatria konsultejo. Post kelka tempo oni enlasas ilin, sed poste ili devas atendi horojn, dum kiuj Letti ne kapablas sidi senmove, kaj Helle plurfoje devas malhelpi al ŝi frakasi seĝon kaj klopodi ataki la pordon, tra kiu ili envenis, kiu nun tamen estas ŝlosita.

Fine aperas kuracisto. Ŝi estas juna malalta virino, kiun Helle rigardas skeptike, sed kiu parolas tre koncentrite al Letti kaj sukcesas konvinki ŝin sidi senmova kaj rakonti, kiel ŝi sentas sin. La interparolo daŭras eble dek kvin minutojn, dum kiuj la doktoro intense aŭskultas.

"Mi ne scias kiu mi estas. Mi ne rekonas min. Ĉio estas tute fremda kaj stranga. Nenio estas konata. Mi ne restas en mia korpo sed ie ekstere. La kapo volas krevi en pecojn, kaj la cerbo elfluos. Homoj kaj arboj kaj ĉio ajn minacas min. Estas ege timiga sento."

Post kelkaj precizigaj demandoj, kiujn Letti klopodas respondi, kvankam ŝi ne certas kion signifas la vortoj, la kuracisto preskribas pliajn pilolojn.

"Tio, kion vi spertas, nomiĝas psikozaj simptomoj", ŝi diras. "Ĉi tio estas medikamento, kiu forigos ilin. Sekvu ĉi tiun dozon, kaj se viaj simptomoj restos post semajno, telefonu ĉi tien, kaj ni adaptos la dozon."

Do ankoraŭ pli kreskas la sortimento de piloloj, kiujn glutas Letti ĉiutage. Post kelka tempo la timiga eksterreala sento efektive mildiĝas kaj fine pli-malpli malaperas. Ankaŭ la angoro kun korbatado kaj malfacila spirado ne plu revenas, kaj ŝia humoro ne estas tiel profunde malgaja. Evidente la medikamentoj efikas. Ŝi ne plu spertas la suferigajn psikajn fenomenojn. Fakte ŝi nun jam sentas preskaŭ nenion. Ŝi apenaŭ rimarkas ke la tagoj pasas. La knabeton ŝi malmulte atentas. Ŝi aŭdas lian kriadon kvazaŭ tra dika ekrano el ia ĵeleo. Lin prizorgas la panjoj, ne ŝi. Preskaŭ neniam ŝi memoras ke ŝi estas lia vera patrino, kaj la panjoj estas liaj avinoj.

Panjo Marina do ankoraŭ ne povas rekomenci sian laboron. Tio alportas ekonomian ŝarĝon por la familio, des pli ĉar Anton denove estas senlabora post mallonga tempo kiel bicikla liveranto de pretaj pladoj. Kompenson de la publika asekuro por prizorgi infanon povas ricevi nur la gepatroj, ne la avino. Sed ĉar Letti neniam havis atentindan laborenspezon, ŝia kompenso de tiu asekuro estas sur la minimuma nivelo. Feliĉe Helle plu laboras en sia kopenhaga muzeo, vojaĝante nun jam ĉiutage inter la landoj, kaj ŝia dana salajro estas relative alta kompare kun la svedaj prezoj, ĉefe dank' al kreskanta valuta diferenco inter la du malsamaj kronoj.

Unu tagon telefonas Vilma al Letti por inviti ŝin al sabata festeto ĉe kelkaj konatoj.

"Mi ne scias", diras Letti senentuziasme. "Mi estas laca, kaj mi ne konas ilin."

"Vi ŝatos ilin. Mi ĵuras. Ili estas tri mojosaj knabinoj kaj unu knabo, kiuj kunloĝas en somerdomo en Bunkeflo. Ili estas veganoj, kiuj mem kultivas legomojn kaj ofte iras al manifoj. Do tute laŭ via gusto, ĉu ne? Ĉu ne via panjo povas varti la bebon? Aŭ vi kunportu lin. Mi ŝatus vidi lin."

Letti ne volas iri. Ŝi ne plu havas guston por io ajn. Mankas al ŝi forto por festi. Ŝi diras "ne, dankon".

Sed poste Panjo Helle persvadas ŝin rekonsideri la aferon. Ŝi devas iam fari ion. Provi ĉu tamen eblas amuziĝi. Kuraĝi ion.

"Pro viaj medikamentoj tamen gravas eviti alkoholon", ŝi aldonas.

Do Letti retelefonas al la amikino kaj sciigas ke ŝi venos. Sabate posttagmeze ŝi iras buse kun Vilma kaj ties nova koramiko Abdifatah. Poste ili devas paŝi sub intensa suno kelkcent metrojn de la bushaltejo, kaj la celo ne estas precize somerdomo, kiel diris Vilma, sed malnova kaj iom neflegita biendomo, kiu nun situas sufiĉe maloportune inter ŝoseoj, fervojo, kampoj kaj industriaj konstruaĵoj. Piedirante tien, ili ŝajnas al Letti kurioza triopo: la nigrahaŭta maldika knabo en hela vesto el verda ĉemizo kaj kakia ŝorto, la pala Vilma, iom pli alta ol sia koramiko, laŭ sia kutimo nigre vestita, kaj ŝi mem, malalta, bruna, en pantalono kaj ĉemizo hazarde prenitaj sen konsidero al la koloro. Dume Vilma babilas pri sia laboro kiel persona asistanto de junulo suferanta pro tre grava aŭtismo.

"Li kapablas praktike nenion, tamen estas ege kontentiga sento, kiam mi rimarkas ke mi helpas lin pri io."

Laŭ Letti tiu laboro ŝajnas simili vartadon de granda bebo, sed ŝi ne diras tion al Vilma.

Kiam ili alvenas, la kvar loĝantoj bonvenigas ilin per glacie malvarma sed senalkohola punĉo. La seriozmiena malhelblonda

Alva kaj la rufa diketa Freja ambaŭ ŝajnas proksimume dudek-
kvinjaraj, dum la sveltaj kaj blondaj Ella kaj Noel impresas iom
pli junaj. Post la punĉo Alva ĉiĉeronas ilin tra la domo. Letti sek-
vas la aliajn de ĉambro al ĉambro kun la jam malplena glaso en-
mane, sed ŝi ne rimarkas tre multe de tio, kio ĉirkaŭas ŝin. Ŝi kon-
centriĝas ĉe si mem kaj timas denove sperti ian senton de fremd-
eco.

En la salono sidas tri aliaj gastoj, kaj kiam ili ĉiuj kolektiĝas tie,
ĉar tro varmas eksterdome, oni babilas. Letti strebas respondi,
kiam oni parolas al ŝi, sed pri kio temas ĉio, ŝi ne scias. Oni manĝas
ian mikspoton el legomoj kaj kikeroj; ĝi estas bongusta, kaj kun
ĝi oni trinkas senalkoholan bieron. Ŝajne ĉi tiuj gejunuloj ne ŝatas
alkoholon, do la admono de Panjo Helle estis superflua. Tial ŝi
surpriziĝas, kiam ili post la manĝo aperigas ilojn nekonatajn al
ŝi, kaj Ella diras:

"Ĉu vi jam provis ridgason?"

"Ĉu ridgason?" surprize ekkrias unu el la gastoj.

"Ne timu, ĝi estas tute sendanĝera kaj laŭleĝa", klarigas Alva.
Kelkaj el la gastoj gaje laŭdas la iniciaton.

"Letti certe ja konas ĝin, ĉu ne?" diras Vilma, turniĝante jen
al ŝi, jen al la aliaj. "Oni ne kredus tion, sed ĉi tiu knabineto jam
naskis bebon kaj estas patrino. Ĉu tiam vi ricevis ridgason, Letti?"

Ŝi kapjesas.

"Tamen ĝi ne multe helpis", ŝi flustras.

Ella plenblovas balonon per gastubo, kaj poste la balono estas
sendata de persono al persono, por ke oni enspiru la gason el ĝi.

"Ĉu ne eblas enspiri rekte el la tubo?" demandas Abdifatah.

"Tro riske", diras Ella. "Vi eble ŝvelus kiel balono."

Letti ridas, imagante la maldikan knabon balonforma. Ŝi reko-
nas la agrablan senton de la ridgaso, sed ĉi tiel ĝi estas multe pli
intensa. Kompreneble, nun ŝi ne havas monstron, kiu volas eliri el
ŝia ventro kaj disfendi ŝian pubon. Kaj neniu helpflegistino porci-
umas la gason. Do nun ĝi donas puran ĝuon. Ŝi enspiras fojon
post fojo kaj ne volas ĉesi, sed fine Alva decidas ke jam sufiĉas.
Ĉi tie la gaso meritas sian nomon, ĉar kelkaj el la festantoj ŝajne
ŝvebas en alia mondo kaj ne povas ĉesi rideti aŭ eĉ laŭte ridi.

"De kie vi akiris tiun gastubon?" scivolas Vilma post ioma sobriĝo.

"El reta butiko de diversaj festaj aferoj. Mi donos al vi la adreson."

"Ĉu oni vendas tion malkaŝe?"

"Certe. Estas tute laŭleĝe. Kaj senriske. Oni uzas ĝin ankaŭ por ŝaŭmigi kremon. Fakte la gaso kemie konsistas el oksigeno kaj... nu, mi forgesis. Ia alia 'geno', mi pensas."

"Ĉu hidrogeno?" diras unu el la gastoj. "Tio ja farus akvon, ĉu ne?"

Kaj oni ridas denove. Neniu bone komprenas la kemion de la afero, sed tio tute ne estas bezonata por ĝui ĝin.

Dum la plua kunestado Letti sentas sin pli bone ol delonge. Ŝi ne multe parolas sed ĝuas la trankvilan etoson, ne nur la plezuran efikon de la ridgaso, kiu sufiĉe rapide ĉesas. Kaj oni lasas ŝin plimalpli en paco.

Unufoje Freja ja demandas pri Leo.

"Ĉu estis ŝerco aŭ vero ke vi havas infanon?"

Letti sulkas la brovojn.

"Estas vero, sed mi ne volas paroli pri tio."

Do oni respektas ŝian volon kaj plu babilas pri temoj pli facilaj, kiel la enlanda politiko kaj la venontaj elektoj, kie la konservativuloj volas kunlabori kun la popolisma partio kun nazia kaj rasisma origino. Aŭ la klimatŝanĝo, kiu kaŭzas la rekordan varmegon ĉi-somere. Aŭ la pandemio, kiu ŝajne neniam tute finiĝos. Aŭ la plenforta milito, kiu ruinigas landon ne tre malproksime en Eŭropo.

La festo okazas posttagmeze kaj frue vespere, do ankoraŭ estas plena taglumo kaj eĉ ruĝa brilo de la subiranta suno super la kampoj kaj la aŭtovojo, kiam Letti, Vilma kaj Abdifatah je la naŭa vespere reiras al la bushaltejo.

"Revenu helpi nin rikolti, se plaĉos al vi", vokas post ili Alva el la pordo. Kaj Letti pensas ke tion ŝi eble ja povus fari, se ŝi iam havus sufiĉan forton.

Naŭa ĉapitro

Ankoraŭ estas aŭgusto, kaj Marina plu vartas la nepon, forestante de sia biblioteka laboro. La familia ekonomio ne estas brila, sed oni elturniĝas iele-trapele. De temp' al tempo Marina plu klopodas persvadi Lettin zorgi kaj interesiĝi pri sia filo, sed ŝi plu rifuzas eliri sola kun li. Do ili promenas kune, ŝovante la ĉaron tra parkoj kaj laŭ la strando. Ĉiufoje, kiam ili haltas, lia kriado rekomenciĝas same kiel antaŭe. Ne eblas paŭzi por kafumi aŭ bani sin en la maro. Ili mem pli-malpli alkutimiĝis al la sono, sed Marina diras ke ŝi ne eltenus la rigardojn de aliaj homoj, kiuj eble scivolus, kio mankas al la bebo. Maksimume ili povas halteti por aĉeti glaciaĵojn, kiujn ili poste lekas promenante. Ankaŭ por Marina ĉi tio ja estas nova sperto en la vivo; ŝi neniam vartis propran suĉinfanon. Kiam ŝi adoptis la gefratojn Antônio kaj Letícia, li aĝis sep jarojn kaj ŝi du kaj duonon.

Kompreneble ankaŭ Helle kaj fojfoje eĉ Anton iom vartas la novan familianon. Sed plejparte okupiĝas pri li Marina.

"Verŝajne li pensos ke vi estas lia patrino", seke komentas Anton unu vesperon.

Dumlonge Marina portadis lin ĉe la brusto per beba portotuko, plenumante diversajn mastrumajn taskojn en la hejmo.

"Tute ne", ŝi kontraŭas. "Kiam Letti resaniĝos, li certe vidos ke ŝi estas lia patrineto. Sed ni ĉiuj helpos ŝin, ĉu ne?"

"En Danio, kaj sendube ankaŭ en Svedio", komentas Helle, "multaj infanoj en pli fruaj epokoj kreskis, pensante ke la avino estas ilia patrino, dum la veran patrinon ili konis kiel grandan fratinon."

"Ĉu vere? Kial do?" demandas Anton.

"Ĉar oni pensis ke estas hontinde, kiam senedza junulino naskas infanon. Komreneble en la plej multaj okazoj oni simple geedzigis la du pekintojn por solvi la problemon."

Anton ekridas. Evidente tiu iama epoko por li same fremdas kiel alia planedo de la universo.

"Tio estus absurda", li diras. "Tia stulta bebeto kiel Letti ne povus edziniĝi."

"Nu", klarigas Helle, "necesis peti apartan permeson por geedziĝi neplenaĝa. Sed tian permeson oni ĉiam ricevis, se la knabino gravediĝis. Estis grave savi la honoron."

Aŭdante tion, Anton skuas la kapon nekredeme sed ne plu komentas la aferon.

Meze de aŭgusto alvojaĝas Moa por viziti ilin. Dum la pasinta Somermezo ŝi denove post dujara pandemia paŭzo reĝisoris la subĉielan teatraĵon sur la insulo Gällnö. Kompreneble la familio de Letti ĉi-foje ne povis iri tien, pro la samtempa naskiĝo de Leo.

"Ĝi ne estis grandega publika sukceso", diras Moa, "sed gravas rekomenci ĉiajn kulturajn iniciatojn. Mi pensas ke homoj iom dekutimiĝis ĉeesti en tiaj spektakloj. Bedaŭrinde nia trupo perdis du aktorojn, kiuj devis eki pri aliaj laboroj por vivteni sin."

Ŝi admiras la knabeton malgraŭ lia kolika kriado kaj klopodas revivigi la amikecon kun Letti. Sed tio ne tre prosperas al ŝi. Letti ne kapablas multe interesiĝi pri tio, kion la amikino diras aŭ faras. Ŝi plu vegetas kvazaŭ en ia duona paralizo kaj vidas la mondon tra membrano, kiu paligas kaj dampas ĉion. Eĉ kiam Moa parolas pri sia teatra trupo kaj ties aktorado, Letti ne povas vere interesiĝi pri ŝiaj vortoj. Ĉio pri teatro kaj aktoroj nun ŝajnas tre fora mondo. Fakte Moa pli ofte interparolas kun Anton, kvankam ili ne havas multajn komunajn interesojn. Kaj ankaŭ Helle enmiksiĝas, kiam la diskuto tuŝas arton.

"Ĉu vi povas montri novajn pentraĵojn?" demandas Moa. "Mi ankoraŭ tre ŝatas tiun, kiun vi donacis al mi, kiam mi abituris."

"Ho", surpriziĝas Helle, "ĉu vi vere plu konservas ĝin? Nu, mi lastatempe ne multe pentras. Mi ne volas ke la apartamento aspektu kiel galerio."

"Vi devus vendi iom."

"Kredu-nekredu, mi fakte sukcesis vendi manplenon dum kelkaj jaroj. Ĉefe en Danio. La svedoj trovas ilin tro kiĉaj."

"Stultaĵo! Ili estas mirindaj."

Post tio Helle eligas kelkajn bildojn el vestejo, kiun ŝi uzas kiel arto-stokejon, kaj Moa admiras ilin. La diskuto finiĝas per tio ke

Helle donacas al ŝi plian pentraĵeton, kontraŭ ŝia protesto. La bildo prezentas specon de muta naturo: bluan vazon kaj blankan bovlon kun fruktoj sur tablo; sed tra malfermita fenestro blovas ventokirlo, kiu flirtigas kurtenon kaj renversas la vazon.

"Ĝi estas absolute fascina", ekkrias Moa ravite. "Sed tian valoraĵon mi ne povas akcepti!"

"Baf! Ni ĉiuj ĝojos, se vi forportos iom da rubo."

Post kiam Moa reiris al sia hejmo en Stokholmo, alproksimiĝas la komenco de nova semestro en la gimnazio. Se Marina plu prizorgus Leon, Letti ja povus daŭrigi la studadon, kaj precipe Panjo Helle klopodas kuraĝigi ŝin al provo fari tion. Sed ŝi trovas tion tute neebla. Reveni al tiu klaso kaj tiuj instruistoj estus terure timiga sperto, kaj ŝi eĉ ne plu kapablas legi presitan tekston, ĉar la literoj kaose miksiĝas kaj forflugas de la paĝo. Ŝi sentas absolute nenian intereson pri lernado, kaj eĉ se ŝi volus daŭrigi, ŝi ne havus forton fari tion.

Intertempe Anton ricevis mesaĝon de la universitato kun informo ke li estas akceptita en la pedagogia instituto por studi kun la celo fariĝi instruisto pri desegnado, aŭ bildpedagogo, kiel oni jam nomas tiun profesion. Ĉiuj krom li mem ege surpriziĝis, eble ne tiom ĉar li estis akceptita, sed ĉar li entute volas esti instruisto.

"Nu", li diras, "laŭdire ekzistas tri bonaj kialoj por esti instruisto: junio, julio kaj aŭgusto. Tamen mi pensas ke ankaŭ la laboro povas esti sufiĉe bona. Mi ŝatus se mi mem havus pli bonan instruiston pri desegnado en la elementa lernejo."

"Vi almenaŭ devos definitive adiaŭi viajn rasistajn eksamikojn", diras Helle. "Ĉar se ne, oni baldaŭ elfosos vian historion inkluzive de la juĝafero, kaj tiam vi ne trovos laboron pri edukado de gejunuloj."

Anton levas la ŝultrojn senvorte, sed jam tio ke li ne ekkoleras signifas grandan progreson. Antaŭ kelkaj jaroj li estis kondamnita pro brulatenco kune kun du pli aĝaj nazioj, sed ĉar li estis neplenaĝa, li evitis malliberigon. Do ne mirinde ke liaj familianoj nun iom miras pri lia elekto de profesio. Fakte li ja preferus labori kiel desegnisto, eble en ĵurnalo aŭ reklamkompanio, sed ĝis nun li ne sukcesis trovi eĉ provdungon en tia laborejo.

Filip faras mallongan viziton por vidi sian filon duafoje. La unua fojo estis antaŭ monato, kiam Letti kaj li vizitis la socialan oficejon de la urbo, por ke li subskribu agnoskon ke li estas la patro de Leo. Nun li babilas nervoze pri sia venonta studado en Lund kaj tenas la filon en la brakoj nur dum minuto, post kiam oni manĝigis lin botele. Letti interŝanĝas kun li eĉ ne unu vorton, kvankam Marina klopodas vivteni ĝentilan konversacion. Evidente la iama amo tute forvaporiĝis. Restas el ĝi nur Leo.

Anstataŭe Helle pridemandas lin por ekscii, kiel okazos pri la alimento. Ĝis nun li tute ne kontribuis ekonomie al sia filo.

"Kiel mi povus pagi ion?" li diras. "Mi estos studento kaj ne havos enspezojn."

"Kaj viaj gepatroj?"

"Ili ne respondecas pri tio. Mi vivos per ŝtata monprunto por studentoj, ne per la gepatroj. Cetere Letti sola decidis naski lin. Ŝi ne demandis pri mia opinio."

"Do ni devos peti ŝtatan alimentan kompenson", konkludas Helle.

Filip ne komentas tion, sed verŝajne li estas kontenta eskapi tiel facile de sia ekonomia respondeco. Fakte, kiam li estonte havos enspezojn, la ŝtato povos postuli de li repagon, sed tio evidente nun ne zorgigas lin.

Eble la invito de Alva, ke oni venu rikolti en ilia legomĝardeno, estis nur ĝentila maniero adiaŭi la gastojn. Tamen Letti telefonas al ŝi por demandi, ĉu ŝi povus viziti ilin.

"Kompreneble! Venu, kiam vi povos. Ĉu ĉi-vespere? Aŭ sabate?"

"Diru kiam konvenas al vi."

"Sabate ni havus pli da tempo. Kaj vi povus venigi kun vi la bebon, ĉu ne?"

"Ne, tio ne eblas."

Ŝi iom senkuraĝiĝas. Ĉu ŝi estas bonvena nur kun Leo? Do ŝi devas rezigni la aferon. Tamen ŝi sabate busas suden kaj promenas sola al la iama biendomo. Jen ŝia unua sola ekskurso de tempego post la malsukcesa vizito ĉe Julia. Bedaŭrinde ŝi nun ne memoras precize, kie ŝi paŝis kun Vilma kaj Abdifatah, do ŝi misvagas kaj perdas la vojon. Ŝi devas demandi mezaĝan paron sur teraso de moderna unufamilia domo. "Jes ja, ni scias, kiuj ili estas. Iru plu laŭ ĉi tiu vojo tricent metrojn kaj poste dekstren ĉe la vico da salikoj."

Kvankam jam alproksimiĝas la fino de la somero, tamen estas varmega tago, kaj la suno brilas intense super la seka vojo kaj la kampoj ambaŭflanke. Jen kaj jen ventpuŝo levas polvon de la grundo, kaj en fora distanco sur kampo ia rikolta maŝino rampas antaŭen kun granda blanka polvonubo post si. De la alia flanko sonas senĉesa susurado de proksima aŭtovojo, kaj de temp' al tempo aŭdiĝas preterpasanta trajno survoje al aŭ de Kopenhago. Letti paŝas antaŭen, esperante ke ŝiaj fortoj sufiĉos por iam atingi la celon.

Alveninte kaj trinkinte du glasojn da akvo, ŝi tuj ricevas la taskon rikolti folibetojn, el kiuj oni poste faras bongustan torton kun tofuo kaj semoj de kukurbo. Denove la trankvila etoso ĉe la kvar gejunuloj plaĉas al Letti. Dum momento ŝi eĉ revas ke ŝi mem loĝus ĉi tie, longe for de la panjoj kaj la krianta gnomo. Sed kompreneble post kelkaj horoj ŝi devas reiri laŭ la seka sunbruligata gruza vojo al la bushaltejo kaj atendi la alvenon de verda buso por reiri en la urbon.

Kelkajn tagojn post la ekskurso al la kvar veganoj en Bunkeflo Letti eniras en alian estadon. Estas kvazaŭ ŝi trairus pordegon, kaj transe ĉio aperas en alia versio, kiu estas horora. La panjoj fariĝas rikanantaj ogrinoj, kiuj volas buĉi kaj manĝi ŝin, Leo estas malica simio, Anton aperas kiel danĝera virego kaj la apartamento malvastiĝas en groton, kies mucidaj muroj premas ŝin. Samtempe ŝi denove vidas sin mem de ekstere, se tiu amaseto el haŭto, karno kaj ostoj efektive estas ŝi. Pli verŝajne ĝi estas ia eksterterano, kiu prenis ŝian lokon. Ŝi ektimas ke ŝi faros ian malbonon al la infano kaj volus por sekureco ŝnurligi sin mem aŭ tiun eksterteranon, aŭ eĉ dehaki al si la manojn, sed tio ne eblas.

Kiam la ogrino Helle rimarkas, kio okazas al Letti, ŝi telefonas al la urĝa psikiatria konsultejo. Post atendado ŝi atingas interŝanĝi kelkajn vortojn kun kuracisto. Tiu ŝanĝas la preskribon, altigante la dozon de la kontraŭpsikoza medikamento. Sed la efiko de tiu pli alta dozo ne venas tuj, do Letti kaj la familio devas trapasi du malfacilajn tagnoktojn. Ŝi pendolas inter la terura groto plena de timigaj figuroj, kaj malkvieta dormo, dum kiu hantas ŝin pli da monstroj. Nur iom post iom ŝi revenas el tiu infero en pli normalan mondon.

Iufoje dum tiuj tagoj ŝi kredas aŭdi ke Helle klopodas telefone persvadi iun personon ke oni enhospitaligu la malsanan filinon. Tio tamen ne okazas. Letti mem ne scias, kion pensi pri tio. Eble ŝi devos fali en eĉ pli profundan abismon por veni en hospitalon.

Kiam la mondo jam pli stabile revenis al sia normala aspekto, ŝi ripozas. Ŝi kuŝas surlite en sia ĉambro tage kaj nokte. Anton ĉiutage iras al sia instituto, Helle al sia kopenhaga muzeo, Marina prizorgas Leon, kiu ankoraŭ ofte krias, sed Letti jam ne atentas liajn kriojn. Ili fariĝis parto de la ĉirkaŭanta aero. Nur kiam Marina eliras kun la knabeto, la apartamento silentiĝas, kaj tio iom maltrankviligas ŝin. Sed Marina kaj Leo kutime ne forestas longe. Entute la tagoj kaj noktoj plu pasas sendistinge en la sama densa nebulo.

Ŝi tamen memoras la viziton ĉe la kvar veganoj kiel luman kaj buntan maldensejon en la griza vepro, kiu ĉirkaŭas ŝin. Unu tagon ŝi sukcesas denove telefoni al ili kaj ricevi novan inviton. Ŝi iras en sabato, same kiel la unuan fojon. Nun Panjo Helle tamen ne kuraĝas lasi ŝin iri sola sed kontraŭ ŝia volo veturigas ŝin aŭte tien. Ŝi timas denove ne trovi la vojon, des pli ĉar la aŭtoveturo estas ege pli rapida. Fakte ili devas halti en unu loko, por ke ŝi elaŭtiĝu. Kaj mirinde ŝiaj piedoj trovas la ĝustan vojon, kvankam ŝi mem rekonas nenion el la ĉirkaŭaĵo. Do ŝi paŝas, kaj post kvindek metroj Helle reprenas ŝin en la aŭton.

"Saluton, Letti!" vokas Noel el legombedo, kie li kaŭras.

Li preskaŭ kaŝiĝis malantaŭ enormaj legomkukurboj kaj ties folioj, sed nun li rektigas siajn longajn krurojn kaj stariĝas por saluti ilin.

"Saluton, Noel", respondas Letti. "Dankon ke mi povis veni."
Ŝi faras geston al Helle malantaŭ ŝi.

"Mia panjo insistis veturigi min ĉi tien, ĉar mi estis malsana."

"Do bonvenon ankaŭ al vi!" li diras, ĵetante rigardon al Helle, dum li metas plian kukurbegon sur stakon apud si. "Mi estas Noel."

"Mi nomiĝas Helle. Jen vi havas kukurbojn por tuta vilaĝo."

"Ho, ĉu vi estas danino? Jes, sed kelkaj el ili kreskis eĉ tro grandaj. Ni kubigos kaj peklos ilin kun diversaj aliaj legomoj; poste ni eble havos por la tuta jaro."

"Ĉu ni povas helpi pri io?"

"Eble. Sed prefere demandu Ellan. Ŝi estas la legomestro."

Letti esperis ke Helle lasos ŝin tie kaj mem reiros hejmen, sed ŝi montras nenian signon de intenco foriri. Atendante la instrukcion de Ella ili ambaŭ sidiĝas sur ĝardena benko. Sed kiam aperas Ella kaj Alva, ili alportas pleton plenan de biskvitoj, glasoj kaj kruĉo da fruktosuko, kaj tiam ili ĉiuj sidiĝas ĉe tablo sub granda pirarbo.

"Ĉu via bebo estas en ordo?" demandas Alva kun iom maltrankvila mieno.

Letti nur minimume kapjesas.

"Marina, lia dua avino, prizorgas lin", klarigas Helle.

"Ha, do estas knabo. Mi forgesis. Kiel li nomiĝas?"

Ŝajne Helle atendas ke Letti respondu, sed kiam tio ne okazas, ŝi klarigas:

"Leo. Li aĝas du monatojn. Aŭ dek semajnojn. Ĉe tia novbakito oni ja kutimas kalkuli aĝon per semajnoj."

"Mi ŝatus renkonti lin", diras Alva. "Ĉu eble venontfoje? Via tuta familio ja povus viziti nin, ĉu ne?"

Ŝi turnas sin al Letti, sed tiu ŝajnigas ne rimarki tion. Anstataŭe Helle denove respondas en ŝia loko.

"Dankon, tio estus plezuro."

Post la refreŝiga trinkado de fruktosuko, kiu laŭ Ella estas farita el fragoj kaj rabarboj, oni rikoltas iom da folibetoj, kiuj jam estas grandegaj, kaj krome fazeolojn kaj karotojn.

"Elektu kelkajn el la plej grandaj karotoj, sed lasu la pli etajn plu kreski", diras Ella.

Posttagmeze ili kolektiĝas en la kuirejo, purigante kaj tranĉante legomojn. Kaj post la vespermanĝo, kiam aliĝis ankaŭ Freja el sia laboro en maljunulejo, ili ĉiuj sidas kelkan tempon babilante en la verando. Letti mem ne multe parolas, sed la voĉoj de la aliaj iel trankviligas ŝin kaj flegas ŝian fragilan senton de kontakto kun la realo. Ŝi tre ŝatus, se oni denove prezentus la ridgason, sed ŝi ne kuraĝas peti tion. Supozeble oni uzas ĝin nur en festetoj. Aŭ eble la ĉeesto de Panjo Helle malhelpas nun fari tion.

Okazas parlamentaj elektoj en Svedio, kaj samtempe elektoj de regionaj kaj lokaj politikaj gvidantoj. Letti estas tro juna por voĉdoni, kaj Helle estas dana civitano. Sed Marina matene iras al la balotejo kun Leo. Anton male ne iras tien. En la familio oni kutime ne diskutas malkaŝe la politikajn partiojn, tamen Marina demandas lin, ĉu li ne voĉdonos.

"Ne indas", li respondas. "Ili ĉiuj estas samaj."

"Al mi ŝajnas male ke ĉi-jare la kontraŭdiroj pliakriĝis."

"Tio estas nur babilo. Poste, kiam ili regos, oni ne rimarkos diferencon."

Antaŭ jaro Letti simpatiis kun la verda partio, sed nun ŝi perdis la kapablon distingi kolorojn. Ĉio fariĝis egale griza. Dum la lastaj du jardekoj la ekstremdekstra popolisma partio, kiu sin nomas svediaj demokratoj, iom post iom kreskis en ĉiu elekto. Ĝis nun ĉiuj aliaj partioj rifuzis kunlabori kun ĝi, sed antaŭ ĉi tiuj elektoj tri partioj ŝanĝis sintenon, deklarante ke ili intertraktos kun ĝi por formi plimulton por dekstra registaro, se tio eblos. Temas pri la partioj konservativa, kristana kaj liberala.

En la tutlanda elekto la rezulta nombro de voĉoj estas preskaŭ egala por tiuj kvar dekstraj partioj kiel por la kvar pli maldekstraj. Longe ŝajnas ke la socialdemokrata registaro havos ŝancon plu regi, sed kiam la voĉoj el eksterlando estas registritaj, la rezulto baskulas favore al la dekstra koalicio. Unuafoje do la partio kun nazia origino havos rektan influon al la sveda registaro.

"Denove oni vidas ke Svedio postsekvas Danion kun prokrasto de kelkaj jardekoj", ironie konstatas Helle en la sekva tago. "Sed estas interese ke svedoj loĝantaj alilande preferas registaron, kiu volas malfaciligi al alilandanoj."

Deka ĉapitro

Dum la aŭtuno plu daŭras, la patrinoj de Letti faras novajn klopodojn por igi ŝin varti sian filon, kaj ŝi mem faras kion ŝi povas por eviti tion. Samtempe okazas intertraktado de svedaj politikistoj por formi dekstran registaron. La ĉefa politika demando hodiaŭ ŝajnas esti kiel ebligi al la loĝantoj kaj kompanioj plu konsumi elektron kaj veturi aŭte same kiel antaŭe, malgraŭ la prezaltiĝoj kaŭzitaj de la manko de rusaj gaso kaj nafto en centra Eŭropo. Ĉinorde oni tre malmulte uzas tiajn fuelojn, sed ĉio estas kunligita inter la landoj, formante unu grandan komunan merkaton. Pri la klimatkrizo kaj neceso limigi la uzadon de fosilia energio neniu plu diras eĉ unu vorton. Aŭ eble iuj daŭre ripetas tion sed ne plu sukcesas veki atenton.

Dume la milito en Ukrainio ankoraŭ daŭras. Lastatempe oni parolis pri la interkonsento, kiu ebligas al kargoŝipoj kun greno forlasi ukrainajn havenojn. En la milito mem ŝajnas ke ne okazas gravaj ŝanĝoj. Oni batalas pri ĉiu kvadratmetro da tero, ruinigante la konkeratajn vilaĝojn, kun multaj mortigitaj soldatoj kaj civiluloj kiel konsekvenco. Evidente la rusaj gvidantoj subtaksis la rezistopovon de la ukrainoj, sed ĉi tia stato sendube povos daŭri dum jaroj, se nenio ŝanĝiĝos en Rusio mem.

La panjoj pli kaj pli insistas ke Letti zorgu pri Leo. Ke ŝi manĝigu lin, ŝanĝu liajn vindaĵojn, portadu lin, kiam li ploras. Ili ne plu petas ŝin eliri sola kun li, sed dumtage, kiam Marina eliras kun li en la ĉaro, kaj vespere, kiam Helle transprenas la stafetilon, ili provas persvadi ŝin akompani ilin.

"Li bezonas vidi ke lia panjo estas vi", diras Helle. "Vi mem decidis naski lin; nun vi jam estas patrino, kaj tio daŭros dumvive. Post duonjaro vi estos plenaĝa, kaj eĉ nun vi devas nepre akcepti vian respondecon."

Marina aliĝas al la admonoj.

"Eble vi elreviĝis, ĉar viaj sentoj post la naskiĝo de Leo ne estis kiel vi atendis", ŝi diras. "Verŝajne ne ekzistas ia aŭtomata patrina amo. Sed kiam vi tenos lin kaj zorgos pri li, la amo kreskos iom post iom. Mi certas pri tio. Kaj espereble tio krome helpos resanigi vin. Vidu, li estas tia senpova estaĵo, kiu tute dependas de vi."

Sed por Letti tio estas nur sensenca gurdado. Ŝi tute ne sentas ke la knabeto bezonas ŝin. Li ja havas la panjojn, aŭ pli ĝuste la avinjojn. Bone, ili ne naskis lin, sed kio do? Ankaŭ ŝin ili ne naskis! Kiom povus ŝi kontribui al la afero? Ŝi jam faris ĉion, kion ŝi povis. Eĉ pli! Ŝi portadis lin dum monatoj kaj elpuŝis lin dum damna torturo. Sed la rezulto ne estis, kiel ŝi pensis. Li ne vere estas ŝia bebo. Li estas abomena trolido, kiu aperis anstataŭ la infano, kiun ŝi atendis. Kiel li do povus resanigi ŝin?

Ŝi plu glutas siajn pilolojn ĉiutage. Ŝi supozas ke ili kaŭzas ŝiajn lacecon kaj indiferenton, kaj ankaŭ la grizecon kaj mankon de senco, kiujn ŝi sentas ĉe la realo ĉirkaŭ si, se ne paroli pri minoraj aferoj kiel la seka buŝo, la malbonodora elspiro kaj la skvameta vizaĝa haŭto. Pro laceco ŝi multe dormas dumtage, sed nokte malfacilas endormiĝi sen dormigilo. Tamen ŝi certas ke ŝi denove pli grave malsaniĝus, se ŝi rezignus la medikamentojn.

Anton ĉiutage iras al sia instituto kaj Helle al sia laboro en Kopenhago. Sed Marina kaj Letti kvazaŭ frotas unu kontraŭ la alia, kaj Leo ne lubrikas ilian rilaton. Nur devigite Letti dum momento plenumas aferojn taskatajn de Marina, kaj neniam ŝi trovas sencon en tio, des malpli plezuron. Kelkfoje eĉ Marina laciĝas de ŝia indiferento kaj jen eksplodas per riproĉoj, jen rezignas kaj lasas ŝin en paco. Al Letti tute ne gravas, kiel reagas ŝia patrino. Kiel ŝi povus zorgi pri la sentoj de iu alia, kiam ŝi mem daŭre sentas nenion?

Fine de septembro la milito en Eŭropo eĉ pli proksimiĝas. Ĉar Germanio grandparte dependas de rusa tergaso kiel fonto de energio, oni en la lastaj jardekoj konstruis du grandajn gasduktojn surfunde de la Balta maro, de la rusa Karelio ĝis la nordorienta Germanio. Nun iu krevigis ambaŭ duktojn per grandaj eksplodoj en pluraj lokoj nordoriente de Bornholmo, 150 kilometrojn de Malmö, en la sveda kaj dana ekonomiaj zonoj de la maro. Oni tuj konstatas ke temas pri sabotado, kaj ke la farinto devas esti ŝtato aŭ iu kun same potencaj rimedoj kiel ŝtato. Sed kiu faris tion? Ĉu Rusio por puni la Eŭropan Union pro la sankcioj? Ĉu iu okcidenta potenco por malutili al la ekonomio de Rusio? Aŭ ĉu Ukrainio kapablis sendi sabotistojn al la fundo de la Balta maro? Oni faras esplorojn, sed ankoraŭ neniu povas respondi tiun demandon. Certaĵo estas ke enormaj kvantoj da metano likiĝas supren tra la akvo kaj en la atmosferon, kontribuante al la varmigo de la tero. Metano, oni sciigas, estas eĉ pli efika forceja gaso ol karbondioksido.

Malgraŭ tiu timiga okazaĵo Letti nun fartas iomete pli bone ol antaŭe. La timigaj sentoj de malrealeco kaj angoro ne plu ripetiĝas. Tamen ŝi ege tediĝas de la familia vivo. La knabo restas same abomena kaj ne ĉesas krii. La panjoj siaflanke ne ĉesas admoni ŝin prizorgi la filon. Eĉ Anton konsentas kun ili, kvankam li diras malmulte. Letti ne plu eltenas resti en la apartamento kun la familio. Sed kien do rifuĝi? Ŝi telefonas al Alva.

"Ĉu mi povas tranokti ĉe vi? Mi ne scias, kiun alian mi povus peti."

"En ordo. Ni tamen ne havas vakan dormoĉambron, sed la sofo en la salono estas libera, se vi volas."

Do ŝi pakas iom da vestaĵoj kaj la pilolojn en sian dorsosakon kaj pretas ekiri. La panjoj rigardas ŝin konsternite, kiam ŝi anoncas sian foriron.

"Kia pakaĵo", miras Marina. "Ĉu vi intencas resti tie longe?"

"Mi ne scias."

Ŝi ŝanĝas buson en Hyllie kaj devas atendi tie dum kvaronhoro. Poste, piedirante sur la gruza vojo, kie ŝi ne plu misvagas, ŝi pensas ke ŝi neniam revenos al la panjoj kaj la trolido. Se ŝi ne rajtos resti ĉe Alva kaj ŝiaj amikoj, ŝi ne scias kien turni sin.

Jam en la unua vespero, kiam Letti kaj la tuta kvaropo de Bunkeflo sidas ripozante en la salono, Ella denove prezentas la ridgastubon kaj la balonon. Eble ŝi faras tion por bonvenigi Lettin.

"Ne restas multe da gaso, mi timas", ŝi diras plenblovante la balonon.

"Ne gravas", diras Noel. "Se ĝi elĉerpiĝos, mi alportos iomete da herbo."

Same kiel la antaŭan fojon Letti tre ĝuas la senton, inhalinte iom da gaso. Ĝi iel forigas la ĝenojn de la vivo. Ne, ne forigas, sed malgrandigas ilian signifon, igas ilin neglekteblaj. Kaj tamen ŝia kapo ne turniĝas, nek la stomako, kiel post tro da biero. Tiuvespere la ridgaso tute sufiĉas, kaj poste ŝi enlitiĝas sur la sofo de la salono en tre agrabla sento. Jen ŝia vera hejmo, ŝi pensas. Aŭ almenaŭ ia azilo, kiam la hejmon invadis malica fremdulo. Sed eble ne ĉiuj volas konsenti al ŝi azilon. Post du tagoj Freja demandas, kiam ŝi planas reiri hejmen. Letti iom maltrankviliĝas. Ĉu oni tiel baldaŭ elĵetos ŝin?

"Mi ŝatus resti iom, se mi rajtus. Kompreneble mi pagos pro la loĝado kaj la manĝo. Mi havas monon."

Ŝi ne diras ke temas pri la mono de la gepatra asekuro, kiun ŝi ricevas por prizorgi Leon. Tio eble igus Frejan demandi, kial ŝi ricevas tiun monon, kvankam ŝi fakte ne vartas lin.

"Kompreneble vi povas resti", diras Ella, kaj Noel kapjese konsentas.

Poste li alportas iom da mariĥuano el sia ĉambro kaj ekas fari grandan rulaĵon.

"Jen pura loke produktita eko-herbo", li diras kun aŭdebla kontenteco.

Letti neniam antaŭe vidis tiajn foliojn, sed ŝi komprenas pri kio temas. Kiam li pretigis la rulaĵon kaj ekbruligas ĝin, inhalante la fumon, ŝi rekonas la odoron de pluraj okazoj, interalie de la parka koncerto antaŭ jaro.

"Ĉu vi mem do kultivas tion?" ŝi demandas.

Li ridas.

"Ne eblas ĉi tie. Necesas kaŝita ejo kun varmo kaj intensa prilumado. Sed ni konas la kultiviston. Estas vera skania herbo. Sed prefere ne babilu pri ĝi al aliaj homoj."

Freja stariĝas kun iomete malaproba mieno.

"Mi laboros morgaŭ. Sed vi espereble ĝuos tion."

Post kiam ŝi enlitiĝis en sia ĉambro, la rulaĵo rondiras inter la restanta kvaropo. Letti iomete miras ke ili ŝatas ĉi tion, ĉar alkoholo ne estas permesita en la domo.

"Ne fumu tro multe, se vi ne kutimas", diras Ella kaj prenas la rulaĵon de ŝi, kiam ŝi volas ensuĉi pli da fumo. "Alie vi eble fartos malbone."

Sed jam post kelkaj enspiroj Letti fartas bonege. Fakte ŝi denove iel eliras el la propra korpo; ĉi-foje tio tamen ne estas timiga sed tute agrabla sperto, eĉ amuza. Ŝi sentas tion kvazaŭ ŝi demetus malbone sidantan veston. Ŝi rigardas la tutan kvaropon de supre, inkluzive sin mem, kaj sentas fortan amon al ili. Krome ili estas tiel komikaj ke ŝi laŭte ridas. Kiam la aliaj aŭdas tion, ili larĝe ridetas al ŝi. Certe ankaŭ ili amas ŝin. Neniam antaŭe ŝi fartis ĉi tiel bone. Estas granda ĝuo vivi. Ŝi volas plian fumon, plian ridgason, plian vivon, sed Ella milde malhelpas al ŝi kapti la lastan pecon de la rulaĵo. Anstataŭe ŝi kisas ŝin, enblovante sian lastan fumon en ŝian buŝon. Letti estas ege feliĉa. Eĉ kiam la fumo delonge malaperis supren al la plafono, ŝi re kaj refoje kisas Ellan, ĝis Noel ridante fortiras ŝin.

"Ne stultumu kun mia knabino, mi petas", li diras.

Tiam ŝi kisas lin anstataŭe, kaj ili ĉiuj ridas pri ŝi, ankaŭ ŝi mem.

Eĉ en la posta mateno ŝi fartas bone. Ŝi interkonsentas kun Ella, kiom ŝi pagu pro la manĝo kaj dormado sur la sofo. Pri ridgaso kaj fumado Ella diras nenion apartan. Ankaŭ ne pri la kisado. Ĉio ĉi sendube estas enkalkulita en la loĝado.

La rikolta sezono intensiĝas. Karotoj, ruĝaj betoj, la restantaj cepoj, terpomoj, terpiroj, riboj kaj du specoj de pomoj, el kiuj unu konserviĝos freŝa dum la vintro. En angulo de la ĝardeno troviĝas malgranda provizeja kelo enfosita en la teron. Tie oni konservas terpomojn kaj radikojn dumvintre. Aliajn rikoltaĵojn oni frostigos, peklos aŭ sekigos. Letti scivolas, kiel longe la rikolto efektive sufiĉos. Certe ne tutjare, sed eble dum duono de la vintro. Poste oni devos aĉeti legomojn en butiko aŭ sur vendoplaco.

Ŝi vere sentas sin hejme en la domo, kvankam ŝi ne havas propran ĉambron. Ŝi helpas laŭ kapablo pri la rikoltado kaj la konservado de la rikoltaĵo. La kvar fiksaj loĝantoj havas siajn aliajn okupojn dum partoj de la tagoj. Ella kaj Noel estas studentoj,

Freja estas helpflegistino en maljunulejo, kaj Alva estas kasistino en butiko. Iliaj horaroj varias, kaj plej ofte iu el ili estas hejme kun Letti.

Sed jam post kelkaj tagoj subite aperas Helle kun Leo sur la brako, tute neanoncite. Estas sabato kaj ĉiuj krom Freja ĉeestas en la ĝardeno. Oni salutas unu la alian, kaj Helle rezolute plantas la knabon en la brakojn de Letti, kiu staras tute senkonsila, ne sciante kion fari. Esceptokaze la knabo ne krias, kvankam li evidente ĵus vekiĝis. Li rigardas ĉirkaŭ si, eble scivolante, kien li venis.

"Nu, rigardu! Kia ĉarma bebo!" diras Alva, kaj ankaŭ Ella evidente admiras lin.

"Ĉu mi rajtas porti lin?" demandas Noel.

"Volonte."

Letti transdonas la infanon al li, mirante ke oni povas ŝati tiun malbelan trolidon.

"Kial vi ne respondas telefonvokojn?" demandas Helle. "Vi devas ne izoli vin, diable!"

Letti longe hezitas, ne sciante, kion respondi.

"Mi ne volas paroli kun iu ajn", ŝi fine diras. "Ĉiuj nur diras al mi, kion mi faru. Neniu komprenas ke mi simple ne povas."

"Ĉiuokaze ni ŝatus scii, kiam vi revenos hejmen."

Letti turnas al ŝi la dorson kaj eniras en la domon por sidiĝi sur sia sofo. Sed Helle postsekvas ŝin.

"Nu? Kiam vi intencas reveni?"

"Mi nun loĝas ĉi tie."

"Ĉu vere? Sed mi povas informi vin ke via hejmo plu estas ĉe viaj patrinoj kaj filo. Tie estas via domicilo. Dum vi restas neplenaĝa, Marina kaj mi decidas, kie vi loĝu."

Letti levas la ŝultrojn. De ekstere ekaŭdiĝas la bone konata kriado de la knabeto. Helle eliras por repreni lin. Kiam ŝi revenas enen, ŝi duafoje lasas lin en ŝiajn brakojn. Li plu krias, kaj Letti skuetas lin supren-suben por kvietigi lin. Tio ne helpas.

"Li verŝajne malsatas", diras Helle.

"Nu, kaj do? Mi ne havas lakton por li!"

"Mi kunportis pulvoron."

"Bone. Do, jen la kuirejo."

Letti montras perkape al la kuireja pordo, dum ŝi provas redoni la knabon. Helle tamen ŝajnigas ne rimarki tion sed eliras, kaj Letti restas kun la krianta filo en la brakoj. Dum momento ŝi timas ke Helle simple lasos lin ĉi tie kaj mem foriros. Sed poste ŝi memoras ke Marina neniam akceptus tion.

Alva envenas kaj rigardas ŝin.

"Kio mankas al li?"

Letti denove levas la ŝultrojn, sed tio verŝajne ne videblas pro la embaraso kun la knabo.

"Mi ne scias."

Helle revenas kun paketo da arta patrina lakto en unu mano kaj botelo en la alia. Ŝi trankvile paŝas en la fremdan kuirejon, serĉante ion.

"Venu, Letti. Vi faru ĉi tion. Ĉu ekzistas elektra akvoboligilo?"

Letti hezite iras en la kuirejon kun la knabo, kiu daŭre ne ĉesas krii.

"Mi ne povas miksi tion kaj samtempe porti lin", ŝi diras.

Helle staras senmova, rigardante ŝin.

"Ĉu ne? Amaso da patrinoj devas fari tion. Metu lin sur la ŝultron kaj uzu la alian manon por kirli la pulvoron."

Ŝi paŭzas kaj plu rigardas ŝin.

"Nu, lasu do. Donu lin al mi, kaj vi miksos. Legu sur la paketo, se vi ne memoras parkere. Kaj ne varmigu ĝin tro. Ne pli ol korpan varmon."

Pasis kelkaj horoj. Helle jam foriris kun Leo. Letti sidas silenta sur sia sofo. La aliaj rondiras kaj nur de temp' al tempo parolas mallaŭte inter si.

Alva venas sidiĝi apud ŝin.

"Aŭskultu, Letti. Ĉu vi povas klarigi, kial vi ne volas esti kun via infano? Ĉu pro la kriado? Li ja estas ĉarma bebo, kaj kiam vi donis al li la botelon, li ne kriis."

Ŝi ne povas respondi por klarigi. Ŝi nur kapneas mute.

"Ĉu temas pri lia patro?" demandas Alva.

Letti rigardas ŝin surprizite.

"Kiel do?"

"Nu, mi pensis ke eble io, kio okazis inter lia patro kaj vi, povus esti la kialo ke vi ne volas... ke vi ne povas varti Leon. Sed la infano ja ne kulpas, kio ajn okazis. Li estas senkulpa, ĉu ne?" Letti denove kapneas.

"Tute ne temas pri lia patro. Mi fajfas pri li. Li estas idioto."

"Do pri kio temas?"

"Pri Leo. Li estas... Mi malsaniĝis, post kiam li naskiĝis."

"Mi scias. Sed vi ja prenas medikamentojn kontraŭ la malsano. Ĉu ili ne helpas?"

Letti pripensas. Kompreneble la piloloj helpas, sed ne kontraŭ la trolido. Tion ŝi tamen ne povas diri. Do ŝi silentas kaj nur denove kapneas, skuante la kapon. Subite ŝi ekploras. Jam delonge ŝi ne ploris, sed nun la varmaj larmoj fluetas laŭ ŝiaj vangoj. Alva nenion plu diras sed metas la brakon ĉirkaŭ ŝiajn ŝultrojn. Letti klinas sin al ŝi.

"Mi vo... volas resti ĉi... ĉi tie", ŝi singultas.

"Bone, bone. Vi povas resti, Letti. Ni ne elĵetos vin."

En la sekva sabato Alva matene turnas sin al Letti. Ŝi ŝajnas afliktata, aŭ almenaŭ tre serioza.

"Via panjo telefonis al mi. Ili volas veni vizite, kaj mi diris ke ili estas bonvenaj. Sed mi pensas ke vi devus ŝalti vian propran telefonon, Letti."

Ŝi ne diras, kun kiu el la panjoj ŝi parolis, sed sendube plu temas pri la persista Helle, kiu iel eksciis la numeron de Alva. Letti prokrastas respondi. Kion ŝi povus diri? Ŝi mem ne regas sian vivon.

"Ĉu vi ne povus almenaŭ provi iomete okupiĝi pri la bebo? Kiam vi alkutimiĝos, vi kredeble fartos pli bone", sugestas Alva.

Letti rigardas ŝin. Evidente ŝi komprenas nenion.

"Ĉu vi estas psikologo, aŭ kio? Tute ne estas, kiel vi pensas. Li estas la kaŭzo de mia malsano", ŝi diras.

Alva ŝajne pripensas tion dum kelka tempo.

"Mi dubas pri tio", ŝi poste diras hezite. "Kion diris via kuracisto?"

Letti klopodas memori, kion diris la juna virino en la urĝa psikiatria konsultejo. Ŝajnas ke ili renkontiĝis antaŭ longega tempo en alia vivo. Kiam tio okazis? Ĉu en aŭgusto aŭ jam en julio?

"Mi ne memoras precize. Postakuŝa psikozo, mi pensas."

Alva kapjesas penseme.

"Ĉu vi renkontos lin denove?"

"Kiun?"

"La doktoron."

"Ne estas li sed ŝi. Sed nun mi atendas mian vicon ĉe la junulara psikiatrio. Mi ne scias, kiam mi povos veni tien. Eble post monato."

"Post monato? Estas damna skandalo ke vi devas atendi tiel longe!"

"Jes", konsentas Letti, tamen sen plena konvinkiĝo, ĉar ŝi ne certas, ĉu la vizito tie vere alportos al ŝi helpon.

Ĉi-foje venas ne nur Helle kaj Leo sed ankaŭ Marina. Nur Anton ne interesiĝas pri legomkultivantaj veganoj. Letti ŝatus rifuzi akcepti la vizitantojn, sed ŝi ne havas sufiĉan energion por kontraŭstari. Leo montras escepte bonan humoron, kiam la kolektita loĝkomunumo akceptas ilin meze de pomrikoltado.

"Ĉi tiuj pomoj ne tre valoras por manĝi krudaj, sed ili donas bonegan pomkaĉon, se oni rikoltas ilin apenaŭ maturaj", diras Ella. "Sed supozeble la knabeto ankoraŭ manĝas nenion tian, ĉu?"

"Estus tro frue", respondas Marina. "Printempe ni komencos pri diversaj pureoj."

Ĉar komencas pluveti, kvankam estas nekutime varme, oni kolektiĝas en la salono. Helle ne agas same agrese kiel lastfoje, eble ĉar la ĉeesto de Marina iomete mildigas ŝian humoron. Baldaŭ oni preparas la artan lakton simile kiel antaŭ semajno. Noel, Alva kaj Freja en vicordo tenas Leon, kaj Letti povas simple sidi apude, rigardante ilin.

"Unu knabino el via gimnazia klaso venis demandi pri vi", diras Marina post kelka tempo. "Ŝi provadis telefoni, sed vi neniam respondas. Ŝi volis peri salutojn de la klaso. Evidente vi mankas al ili."

Letti ne scias kion respondi. Jam longe ŝi ne pensis pri tiuj knabinoj, nek entute pri la lernejo.

"Ĉu vi ne volas kontakti ŝin? Kiel ŝi nomiĝas... Ĉu Hedda?" Letti kapneas pli-malpli aŭtomate. Ne ŝi mem sed iu alia Letti iam konis Heddan kaj la aliajn samklasanojn.

"Nu, ŝi ĉiuokaze ĝojis vidi Leon", finas Marina sian provon veki intereson ĉe Letti pri la iama amikino.

Ŝi povus ricevi lin donace, pensas Letti, sed laŭte ŝi diras nenion.

Kiel Letti atendis, precipe Alva interesiĝas pri la knabeto kaj longe portadas lin sur la ŝultro. Dum duono de tiu tempo li plimalpli silentas, sed poste kaptas lin malsato, stomakdoloro, malkontento aŭ ĝenerala enuo. Ankoraŭ ne facilas interpreti liajn kriojn. Por eskapi Letti trovas bedon, kie kelkaj el la cepoj jam estas rikoltindaj. Kaŭrante super la cepo-tigoj ŝi plu aŭdas la aliajn interparoli.

"Vi devus havi propran bebon", diras Freja al Alva. "Videble vi sopiras tion."

Alva ridetas amarete.

"Eble jes, sed unue necesus havi ĝian patron."

Dum sia unua vizito Letti pensis ke Ella kaj Noel estas gefratoj, ĉar ŝi trovis ilin tre similaj laŭ staturoj kaj vizaĝoj. Sed pro la ridoj, kiam ŝi demandis pri tio, ŝi komprenis ke ili estas paro, kvankam oni apenaŭ rimarkas tion laŭ ilia konduto. Do li ne disponeblas por doni idon al Alva, krom se la kvar veganoj dividus ne nur legomojn. Sed pri tio ja ne eblas demandi. Cetere Alva devus esti feliĉa, dum ŝi restas libera de krianta bebo, sed tion ŝi evidente ne komprenas.

Feliĉe, la vizito de la panjoj kaj Leo ne daŭras tre longe. Baldaŭ post lia mango, kiam li endormiĝis, ili reaŭtas hejmen.

La sekvan merkredon, kiam nur Ella kaj Letti estas hejme, alvenas la herbisto, la loka kultivisto, por liveri mariĥuanon al la vegana loĝkomunumo. Li estas pli aĝa ol la kvaropo en Bunkeflo, certe pli ol tridekjara, se juĝi laŭ la aspekto. Cetere li havas longajn harojn kaj ostecajn brakojn kaj krurojn. Li estas vestita en ŝorto, kio tamen impresas ne tro strange, ĉar ĉi tiu oktobro estas nekutime varma, eĉ ĝis dek kvin gradoj ĉi-posttagmeze. Li ĵetas scivolan rigardon al Letti, prezentas sin kiel Seb kaj sidiĝas sur la sofo en maniero, kiel se li hejmus tie.

"Seb estas parenco de nia dommastro", klarigas Ella. "Kaj li mem loĝas apud Tygelsjö ne tre fore de ĉi tie."

Poste ŝi donas al li fasketon da monbiletoj, kiun li malzorge enpoŝigas en la ŝorton, ne kalkulinte ĝin, dum Ella supreniras laŭ la ŝtuparo kun saketo da herbo.

La herbisto ĵetas al Letti duan rigardon.

"Do", li diras, "ĉu ankaŭ vi estas kuniklo?"

Ŝi ne komprenas lin kaj ne scias, kion li celas.

"Karotmanĝanto. Vegano", li klarigas.

"Ne, tute ne. Nu... ĉi tie mi manĝas nur vegetaĵojn, sed alie ne."

"Mi komprenas. Ne gravas. Ĉiu manĝu, kion li volas. Kaj fumu."

Li kelkfoje kapjesas, kvazaŭ por emfazi sian propran saĝum-aĵon. Poste ili ambaŭ silentas.

"Ĉu vi mem kultivas tiun herbon?" demandas Letti, kvankam ŝi jam scias ke jes.

Li malvastigas la okulfendojn kaj ne plu kapjesas.

"Oni prefere respektu la privatecon de aliaj. Ĉu la fraŭlineto eble fuĝis de la panjo kaj paĉjo?"

Ŝi ridas pri lia parolmaniero kaj kapneas senvorte. Ella revenas sed restas staranta ĉe la kuireja pordo.

"Ĉu vi restos dum la vespermanĝo?" ŝi demandas la herbiston.

Li streĉas la brakojn, krurojn kaj dorson kaj ridetas larĝe.

"Volonte, se vi prezentos sukan bifstekon."

Ella levas la brovojn en ironia mieno kaj malaperas en la kuirejon. Seb restas ankoraŭ iom sur la sofo.

"Ĉu vi dormas kun Noel aŭ kun iu el la knabinoj?"

Ŝi saltetas. Kion li celas? Sed li nur ridas.

"Mi ŝercas. Ne timu min. Mi ne ŝovos la nazon en vian vazon. Nek ion alian. Mi ne tuŝas knabinetojn."

Ŝi volas klarigi al li ke ŝi tute ne estas knabineto. Sed kom-preneble li denove ŝercas.

"Mi dormas ĉi tie", ŝi diras. "Sur la sofo."

"Bone. Do vi kredeble ne volas ke mi restu sidanta ĉi tie. Kaj mi malsatas. Tamen ne je karotoj, sed je vera manĝo. Do, ĝis revido, krokodilido!"

Dekunua ĉapitro

La nekutima oktobra varmo daŭras. Letti pasigas multe da tempo en la ĝardeno, jen sola, jen kun la kunloĝantoj. Ankoraŭ eblas rikolti diversajn radikojn kaj aliajn legomojn. Aliaj taskoj estas elsarki trudherbojn el la bedoj, prifosi la kompoŝton kaj enterigi bulbojn por havi pli belajn florbedojn en la venonta printempo. Ĉi tie ŝi trovas la ĝardenajn taskojn pli plezuraj ol en la somera parko antaŭ jaro. Por Letti estas strange pensi tiel longe antaŭen kiel al la printempo. Ĉu ŝi tiam restos ĉi tie? Kaj se tio ne eblos, kie ŝi do loĝos? Fakte la estonteco ŝajnas al ŝi neimagebla, kvazaŭ ĝi estus trans ia mensa horizonto. Ŝi kuraĝas pensi nur pri hodiaŭ kaj morgaŭ, esperante ke ŝi almenaŭ ne tro malbonfartos dum tiuj du tagoj.

Vespere kaj kiam la vetero ne invitas al eksterdoma estado, ŝi plej ofte sidas pasive en la salono, krom okaze, kiam ŝi helpas kuiri manĝon aŭ purigi la domon. Ella provas instrui al ŝi triki, sed ŝi ne havas paciencon por tio. Pleje ŝi ŝatus ĉiuvespere inhali ridgason aŭ fumi mariĥuanon, sed ŝi bone komprenas ke tio ne eblas. La aliaj certe ne akceptus tian konduton.

Sufiĉe ofte la kvar veganoj diskutas diversajn sociajn problemojn kaj precipe la klimatkrizon, en kiu ili ĉiuj estas pli aŭ malpli engaĝitaj. Kelkfoje iuj el ili partoprenas en manifestacio por pli efikaj agoj por la klimato, kaj Letti sentas ke ŝi devus denove aktiviĝi pri tiuj aferoj. Sed ŝi ne povas. Ia enorma pezo aŭ inercio malhelpas al ŝi ekiri kun la aliaj al tiaj agadoj. Ŝi daŭre konsentas kun ili, ke urĝas savi la planedon, sed ŝi persone apenaŭ plu vivas sur ĝi. 'Vendredoj por Estonteco' ne proponas al ŝi persone ian ajn estontecon.

"Vi diris ke vi kutimis partopreni en tiuj manifoj, ĉu ne?" diras Noel. "Kial vi ne plu volas fari tion?"

Ŝi cerbumas por elfosi la plej bonan klarigon, sed ŝi trovas neniun.

"Tio estis antaŭ jaroj", ŝi diras. "Tiam mi estis pli juna kaj sana. Mi fakte ne plu havas forton por tiaj aferoj."

"Laŭ mi tia aktivado tamen donas pli da forto ol kiom ĝi rabas."

Ŝi turnas sin for de li.

"Mi simple ne kuraĝas provi. Mi timas angori, se mi irus tien."

Ĉu ŝi tion volas aŭ ne, la familio revenas al ŝi kaj ŝiaj novaj kunloĝantoj ankaŭ la sekvan semajnfinon, kaj unufoje Marina alveturas kun Leo ankaŭ en labortago por proponi al Letti akompani ilin en aŭtoekskurso. Sed ŝi rifuzas. El la kvar veganoj precipe Alva kaj Freja insistas ke ŝi pasigu tempon kun siaj panjoj kaj eĉ pli kun sia filo. Sed aliflanke ili ĉiuj ripetas ke ili ne elĵetos ŝin el la domo en Bunkeflo.

Ankaŭ la herbisto Seb revenas, ĉu por liveri herbon, ĉu sen aparta kialo. Li babilas pri diversaj aferoj sen tre atenti, ĉu la aliaj interesiĝas aŭ ne. Li mokas ilian veganismon kaj mencias vikingajn menuojn.

"Tiam oni manĝis ĉiun pecon de la bestoj, piedojn, stomakon, cerbon, medolon, kaj oni ĝojis, kiam oni havis viandon, precipe lardon kaj alian porkaĵon. Eĉ la mortintaj bataluloj frandis la virporkon Sæhrímnir, kiu renaskiĝis ĉiumatene."

Li rakontas pri la lasta viva rolludo, en kiu li partoprenis. Ĝi konsistis el vikinga batalo. Letti ne bone komprenas sed supozas ke temas pri iaspeca teatraĵo, eble simila al tiu de Moa kaj Sofia, kvankam kun pli da skermado, sed ŝajne sen spektantoj. Ŝi miras ke Seb interesiĝas pri io tia; tamen ŝi ne volas demandi pri ĝi. Kaj li baldaŭ saltas al aliaj temoj. Neatendite li proponas al Letti akompani lin al lia hejmo "por ricevi iom da vera manĝo". Tion ŝi kompreneble rifuzas. Ŝi ne volas forlasi ĉi tiun domon, kie ŝi sentas iomete pli da normaleco kaj hejmeco ol aliloke. Cetere li tre kredeble invitas ŝin ĉefe por moki la veganojn.

Sed tiun vesperon Seb simple ne foriras. Li restas, dividante kun la aliaj rulaĵon el la ĵus liverita herbo, kaj li restas sidanta sur ŝia sofo, kiam Ella kaj Noel ridante kaj karesante unu la alian supreniras al la dua etaĝo. Freja jam forlasis la domon, ĉar ŝi laboros ĉi-nokte, kaj Alva gastas ĉe siaj gepatroj en la orienta kvartalo Jägersro, do nun restas en la salono nur Letti kaj Seb. Ili iomete babilas kaj interŝanĝas opiniojn, ŝi pri la ĵusa legomrikolto, kaj li pri tio ke legomoj estas por kunikloj kaj ke homoj estas faritaj por manĝi ĉion, precipe viandon.

"Ĉu vi estas laca?" li demandas post kelka tempo. "Ne ĝenu vin. Vi povas enlitiĝi, kaj mi sidos ĉi-apude. Mi ne povas aŭti hejmen, ĉar mi fumis." Ŝi pensas ke li sendube jam antaŭe aŭtis post fumado de kanabo, sed ŝi ne disputas. Ŝi estingas la lumon, senvestigas sin kaj enlitiĝas sur la sofo. Ne pasas longa tempo ĝis ŝi sentas liajn manojn sur ŝia haŭto, kaj poste lian tutan korpon.

Seb estas maldika, preskaŭ osteca, kvankam kun iom pufa ventro, kaj sufiĉe peza. Krome li estas duoble tiel aĝa kiel ŝi. Pasis duonjaro de kiam ŝi lastfoje seksumis kun Filip; tamen ŝi tuj sentas ke ŝi pretas por ĉi tio. Ŝi eĉ fieras pro tio ke li deziras ŝin. Tamen doloras, kiam li tuj penetras ŝin sen karesoj aŭ aliaj ceremonioj, kaj ŝi ektimas ke io tie estas difektita post la akuŝo. Sed verŝajne temas ĉefe pri tio ke ŝiaj mukozoj sekas pro la medikamentoj, en la vagino same kiel en la buŝo. Do ŝi toleras la doloron kaj ĝuas ne korpe sed anime, ĉar ŝi denove povas fari ion preskaŭ forgesitan. Kaj ŝi ja havas sian subhaŭtan enplantaĵon. Estiĝos neniu nova trolido. Ŝi palpas la malmolaĵon sur la brako, dum li gruntas kaj ĝemas kaj anhelas kaj fine kvietiĝas kaj kuŝas senmove sur ŝi.

Matene ŝi vekiĝas, kiam Freja revenas de sia nokta deĵoro en la maljunulejo, kaj tiam li jam estas for. Tamen ŝi certas ke li revenos. Se ne pro io alia, do almenaŭ por liveri sian kultivaĵon. Ŝi ne scias, ĉu Ella kaj Noel rimarkis, kio okazas en la teretaĝo. Eble ne. Verŝajne ili estis plene okupataj de sia propra amorado kaj aŭdis nenion. Cetere tio tute ne gravas. Ili ĉiuokaze ne rajtus enmiksiĝi en ŝiajn privatajn aferojn.

Ŝi ne povas bone klarigi al si, kial ŝi akceptis la korpon de Seb, kiu unuavide devus esti tute indiferenta aŭ eĉ forpuŝa. Kvankam ŝi mem ne povis korpe ĝui, tamen evidente ilia kunestado estis nur fizika; kun lia psiko ŝi havas absolute nenion komunan. Sed eble ŝi ne meritas iun pli bonan. Ŝi ne plu rajtas je koramiko, ĉar ŝi fuŝis sian vivon. Iam ŝi kredis ke Filip amas ŝin, kaj ke li fakte mastras la seksumadon tiel ke li ne gravedigos ŝin. Poste ŝi antaŭvidis ke ŝi ricevos infanon, kiu similas ŝin, sed fakte ŝi elpuŝis malican trolidon. Post tio ŝi malsaniĝis, imagante aferojn, kiuj kompreneble ne estas realaj. Stulta Letti! Se tiu ne plu juna herbovendanta pigrulo pretas plenigi truon en ŝia vivo kaj en ŝia korpo, do kial kontraŭi? Li faru, kion li volas, kaj ŝi sentu dum mallonga tempo ke ankaŭ ŝi plenumas ian taskon en la mondo. Ke ŝi ne estas tiel senutila, kiel ŝi plej ofte sentas sin.

Tute kiel ŝi atendis, Seb ja revenas ankaŭ en la sekva semajno, kaj li pacience restas, atendante ke ŝi enlitiĝos. Kiam ili seksumas, aŭ pli ĝuste kiam li seksumas kun ŝi, ŝi jam sentas preskaŭ nenion. Nek doloron, nek ĝuon, nek abomenon, entute nenion, krom lia pezo, kiu premas ŝin suben sur la sofo. Sed ĝuste tiu pezo firme fiksas ŝin al la grundo kaj dum mallonga tempo malhelpas al ŝi krevi, disiĝi, forflugi, vaporiĝi. Bedaŭrinde tiu fiksado ne daŭras longe. Baldaŭ li pli kaj pli raŭke ĝemas, spasmas kaj fine eligas kelkajn bojojn aŭ gruntojn, kaj jen ĉio. Poste ĉio finiĝas. Li senmoviĝas, anhelas laŭte dum kelka tempo, rigardas ŝin kun surprizo en la okuloj, kiel ion nedifineblan, kion li hazarde trovis ie surtere kaj ne plu kapablas identigi. Poste li ruliĝas flanken, kaj la pezo forlasas ŝin. Restas nur liaj delasaĵoj, la ŝvito, spermo, salivo, kaj la memoro pri lia malglata haŭto, la jukigaj barbostoploj, lia odoro kaj varmo kaj plej multe pri lia pezo sur ŝiaj membroj, sur la brusto, ventro, koksoj, pubo. Tiam li ŝajnas al ŝi pretpansaĵo, kiu kovris teruran vundon sur ŝia korpo, sed kiun oni deŝiris tro frue, lasante la vundon nuda kaj neŝirmata.

Post kelka tempo li stariĝas, paŝas peze el la domo al sia aŭto staranta ekstere, alportas bieron, komencas aranĝi ion. Li permesas al ŝi trinki buŝplenon da biero, sed li ne vere okupiĝas pri ŝi, nek parolas kun ŝi, nek karesas aŭ entute atentas ŝin. Male, eltrinkinte la bieron li denove kuŝiĝas apud ŝi kaj baldaŭ endormiĝas ronkante. Dume ŝi ne plu servas al io ajn; tamen ŝi scias kaj fidas ke post nelonge li denove bezonos ŝin. Li estas ŝia ankro kaj pezilo, kiu tenas ŝin sekure sur la grundo sen drivi foren.

Unu vesperon Letti aŭdas televidan raporton pri elekto de prezidento en Brazilo. Per tre malgranda plimulto la brazila popolo elektis maldungi sian dekstran popoliston Bolsonaro kaj anstataŭe reelekti la maldekstrulon Lula. Tiu estas nekonata al Letti, sed dum momento ŝi memoras lian sampartianon, la prezidentinon Dilma, kiu estis ŝia favorato, kiam ŝi estis dekunujara kaj televidis la olimpiajn ludojn en Rio-de-Ĵanejro. Post mallonge ŝi tamen perdas la intereson pri tiuj aferoj. Kiel ili do koncernas ŝin? Estis nur stulte infaneca fantazio en la tempo, kiam Panjo Marina kaj ŝi revis pri la eblo iam vojaĝi al Brazilo por fari turistan restadon tie, kaj eble reviziti la orfejon 'Domo de Espero' en Guaratinguetá, 'la urbo de blankaj ardeoj'. Nun tio iĝis pli malebla ol iam ajn pro la naskiĝo de Leo. Krome ŝi mem pro sia malsano ne povus elteni tian vojaĝon, eĉ se ne estus pro li.

En la lasta sabato de ĉi tiu nekutime varma oktobro la veganoj aranĝas rikoltofeston. Posttagmeze Marina kaj Helle denove vizitas ilin kun Leo, kaj oni elterigas pastinakojn, terpirojn, la lastajn karotojn kaj rikoltas aliajn malfruajn vegetaĵojn. Vespere, kiam ŝiaj familianoj jam foriris, alvenas Vilma kaj Abdifatah, Nadine kaj aro da homoj nekonataj al Letti. Tiam oni kune kuiras egan kaserolon da lentosupo kun kareo, zingibro, pastinakoj, pomoj kaj diversaj aliaj ingrediencoj. Fariĝas tre gaja festo; la homoj vigle babilas kaj ĝuas la kunestadon, sed Letti sentas sin sufiĉe ekstera. Eĉ la muziko ludata estas de ĝenroj, kiujn ŝi ne tre aprezas, kantistinoj kiel Laleh, Molly kaj Miss Li. Cetere ŝi apenaŭ plu aŭskultas siajn iam favoratajn repistinojn. Ŝi atendas ke oni aperigu la ridgason aŭ almenaŭ dividu kanabajn rulaĵojn, sed tio ne okazas. Eble ĉeestas iuj, kiuj ne aprobus tion. Malfrue vespere ŝi jam laciĝis kaj ŝatus enlitiĝi, sed tio ne eblas, ĉar ŝia dormejo nun estas meze de la festado. Fine ŝi supreniras kaj kuŝiĝas por ripozi sur la lito de Alva.

Ŝi vekiĝas, kiam Alva skuas ŝin kaj diras en ne tre amika tono ke ŝi foriru.

"Ĉu ne baldaŭ estos tempo ke vi iru hejmen?" ŝi poste grumble aldonas.

Letti ne respondas. Ŝi ŝtuparas malsupren en la salonon. Tie la gastoj ne plu restas, sed ĉie troviĝas glasoj, tasoj kaj teleroj kun manĝorestoj. Kaj kiam ŝi volas enlitiĝi, montriĝas ke ne ĉiuj gastoj efektive hejmeniris. Sur ŝia sofo kuŝas junulo envolvita en plejdo. Ŝi rigardas lin dum momento. Li aspektas fragila kaj senkulpa, tute ne kiel Seb, kaj li dormas trankvile kiel infano. Kompreneble ŝi devus veki lin kaj peti lin foriri. Sed eble Alva kaj la aliaj loĝantoj permesis al li dormi tie. Ŝi ne havas forton por kvereli pri dormloko. Tiu nekonato eble havas saman rajton je la sofo kiel ŝi.

Cerbuminte dum kelka tempo, ŝi trenas fotelon ĝis alia fotelo kaj ekkuŝas sur ili, buliĝante kiel feto. Sed ne eblas endormiĝi. Ŝi kuŝas dumlonge tordante sin dum konfuzita pensado. Kio do estas ŝia loko en la mondo? Kion ŝi faru el si mem, el sia vivo? Kiam ŝi resaniĝos? Ĉu entute indas plu vivi?

Ŝi vekiĝas pro bruetoj de Freja, kiu preparas al si matenmanĝon en la kuirejo kaj poste foriras al sia dimanĉa laboro en la maljunulejo. Estas frua mateno nebuleta. Ŝi pene stariĝas, rektigante siajn membrojn, kaj iras ĝis la fenestro. La ĝardeno estas dense aspergita de etaj rosgutoj, kiuj glimas en la lumo de la tagiĝo. Ŝi rigardas ĝin dum kelka tempo. Ŝi scias ke ŝi devus trovi ĝin bela kaj sorĉita, sed fakte ŝi vidas nur malsekajn foliojn duonvelkajn, nigrajn arbotrunkojn, koton kaj flakojn. Anstataŭ rosgutoj ŝi vidas larmojn. Sed kion fari? Jen la realo, aŭ pli ĝuste: jen la mondo, kiun ŝi vidas ĉirkaŭ si, kaj el kiu ŝi ne kapablas eliĝi.

Ŝi forlasas la fenestron kaj ĵetas rigardon al la nekonata dormanto. Poste ŝi paŝetas en la nun malplenan ĉambron de Freja, kuŝiĝas sur ŝia lito kaj tuj reendormiĝas.

Post la venko en la parlamentaj elektoj la gvidantoj de la kvar dekstraj partioj enfermis sin en kastelo por intertrakti pri la konsisto kaj programo de nova registaro. Nun oni publikigas la rezultan kontrakton, kaj la kunloĝantoj de Letti vigle kaj sufiĉe ŝokite diskutas la novaĵojn. La plej granda el la kvaropo, la ekstremdekstra popolisma partio, ne nomumos ministrojn, sed kompense ĝia politiko dominas en la komuna programo, kaj krome ĝi lokos iajn komisarojn en la ministeriojn por kontroli ke oni ne devios de tiu interkonsentita kontrakto.

"Estas nekredeble ke la liberala partio subtenas ĉi tion kaj tamen plu nomas sin liberala", diras Noel ĉe la komuna vespermanĝo. "Tio estas falsa reklamo."

"Kaj same la kristana", diras Alva.

"Nu, de kristanoj oni povas atendi kion ajn", opinias Freja.

Ministro por klimato kaj medio en la nova registaro estos la 26-jara liberalulo Romina Pourmokhtari, kiu estas la plej juna ministro en la sveda historio. Ŝi tamen ne estros ministerion, ĉar oni malfondos tiun pri medio kaj relokos ĝiajn aferojn en la ministerion pri entreprenado gvidatan de la kristana partiestro.

"Aŭskultu, kion skribis Romina en Twitter antaŭ kvar jaroj", diras Noel kaj citas el vespera ĵurnalo aĉetita survoje hejmen. "Rasistoj ne ĉesas esti rasistoj, ĉar ili surmetas kompleton kaj ŝanĝas emblemon. La svediaj demokratoj daŭre estas rasistaj pedikoj kun naziaj radikoj."

"Kaj nun ŝi plenumos la politikon de tiuj rasistoj kaj neantoj de la klimatkrizo, kio signifos grandan malpliigon de la svedaj ambicioj pri klimato kaj medio", konstatas Ella.

"Ŝia patro venis ĉi tien kiel politika rifuĝanto el Irano", legas Noel.

"Kaj nun lia filino malhelpos al aliaj rifuĝantoj havi azilon en Svedio", diras Freja.

Letti aŭskultas ĉion ĉi kaj komprenas ilian reagon, sed ŝi ne kapablas senti emocion aŭ aflikton pro tio, kion ili diras. Ĉio ŝajnas al ŝi samtempe absurda kaj iel indiferenta, kvazaŭ ili parolus ne pri ŝia hejma Svedio sed pri ia ekzota antipoda insulo, kiu ekhavis novan reĝimon.

"Mi legis ie ke ankaŭ kiam Hitler kaptis la potencon en Germanio okazis simile", diras Ella. "La liberaluloj antaŭe kontraŭis la naziojn, sed finfine ili subtenis ilin, ĉar ili trovis la socialdemokratojn pli malbonaj."

Aŭdante tiun komenton Letti ekpensas pri Tomas, la malnova amiko de Panjo Marina. Li ĉiam kutimas prezenti longajn historiajn komparojn, kiujn lia filino Moa duonŝerce mokas, nomante ilin prelegoj aŭ predikoj. Sed nun jam pasis jaregoj, de kiam ŝi renkontis lin, kaj la mallongan viziton de Moa ĉi-somere ŝi preskaŭ ne memoras. Ĝi iel dronis en la nebulo de ŝia malsano. Subite ŝi tre sopiras la somerajn renkontiĝojn kun Moa en pasintaj jaroj, en la tempo antaŭ ol ĉio fuŝiĝis. La sunumadon sur la rokoj kaj naĝadon en la freŝa saleta akvo. La diskutojn, ŝercojn kaj moketojn pri Anton, la senton ke ĉio daŭros pli-malpli same sed alportos eĉ pli bonajn momentojn. La fidon ke ĉio eblos kaj apartenos al ili. Ĉu iam ajn estonte ŝi spertos ion similan?

Dekdua ĉapitro

Seb ne estis invitita al la rikolta festo, kaj tre verŝajne li ne aprezus ĝian lentosupon. Sed li ja revenas al la domo komence de novembro kaj denove seksumas kun Letti. Post tio ŝi trovas ke la etoso en la vegana loĝkomunumo ŝanĝiĝas. Unu tagon evidentiĝas ke la kamaradoj ne plene interkonsentas, ĉu estas bona ideo plu loĝigi ŝin en la domo. Ella kaj Noel ja pretas daŭre disponigi al ŝi la salonan sofon, kvankam ili ne tre ĝojas ke ankaŭ Seb kelkfoje kuŝas tie. Sed Alva kaj Freja jam perdis la paciencon.

"Seb ne estas bona ulo por vi", diras Alva. "Li fakte nur ekspluatas vin. Prefere reiru hejmen al via bebo."

"Kaj al viaj patrinoj", aldonas Freja.

Ŝi povas nur mute kapnei. Ili ja komprenas nenion; ili povus neniam kompreni ion ajn. Ĉu ili nun intencas konduti al ŝi kiel du pliaj panjoj?

"Vi devus trovi pli bonan flegadon", daŭrigas Alva. "Ian psikoterapion. Por ĉesi pri tiuj piloloj. Aŭ almenaŭ malpliigi la dozojn."

Ŝi scias ke tio ne eblus. Certe ne sen io alia, io pli bona. Eble la rulaĵoj de Seb estos tio, kio helpos ŝin. Nur malofte antaŭe ŝi fumis eĉ ordinaran cigaredon. Sed jam la unua kanaba rulaĵo donis tian plaĉan senton, kian ŝi antaŭe ne spertis. Do ŝi daŭrigas. La malrealeco ne forlasas ŝin, sed ĝi iel transformiĝas en plaĉan kaj pli belan varianton de la realo. Unuafoje en tre longa tempo ŝi sentas plezuron en la propra korpo. Poste, kiam ŝi nokte karesas sin mem, tio estas ĝuo, kian ŝi delonge forgesis. Eĉ la korpo de Seb, kiu dumtage estas ridinde malalloga, nokte post rulaĵo donas al ŝi ne vere ĝuon, sed almenaŭ senton de kontakto kun la stabila grundo.

Ĉio ĉi kondukas al nova turniĝo en ŝia serĉado de sia loko en la mondo. Ŝi ne scias, kiel tio efektive okazas, sed finfine ŝi forlasas la domon en Bunkeflo, sidiĝas en la kadukan aŭton de Seb kaj akompanas lin al lia malorda loĝejo kaj en lian apatian vivon. Aŭ eble lia propra vivo ne estas apatia, sed nur ŝia vivo kun li.

Ĉiel ajn, ŝi tutsimple transloĝiĝas en lian domon en la kamparo. Ne okazis interkonsento pri tio; ŝi simple akompanas lin tien kaj poste restas. Ŝiaj aĵoj enteniĝas en la dorsosako, kiun ŝi mem portas el la aŭto, post kiam li parkumis ĝin oblikve antaŭ sia domo.

"Kio fekodoras?" ŝi demandas kun sulkita nazo, piedirante la dudek paŝojn tra lia korto.

"La porkoj de la najbaro. Sed oni flaras ilin ĉefe ĉe norda vento. Plej ofte blovas el okcidento."

Ŝi rigardas en la direkto, al kiu li gestis.

"Ĉu estas porkoj en tiu fabriko?"

Li ridas.

"Fabriko, prave. Jen vi diris trafan vorton, kvankam li nomas ĝin stalo."

"Ĉu ili ne eliras de tie?"

"Nur unufoje. En la kamionon de la buĉejo."

Fakte, la porkoj de la najbaro ĉeestas ne nur en la aero ĉe norda vento, sed ankaŭ sur la teleroj de Seb. Letti devas draste ŝanĝi dieton for de la vegana menuo al ĝia rekta malo. La frostujego de Seb plenplenas de porkaĵo en formo de viando-tranĉaĵoj, kiujn li transmetas el la frosto en la ardon de la rostilo.

"Ĉu fakte tio estas viando de via najbaro?"

Seb sonigas sian henosimilan ridegon.

"Ne de li, sed de liaj porkoj. Li mem kredeble estus tro tenaca. Povas esti ke liaj infanoj havus pli molan viandon, sed li eble ne ŝatus, se ni aludus tion. Fakte la porkaĵo devus iri tra la buĉejo por kontrolo, sed tio estus tro kosta. En la kamparo najbaroj devas iom helpi unu la alian."

Letti supozas ke li ricevas tian nekontrolitan porkaĵon, kiun la najbaro dispecigis per sia bendsegilo, pagante per siaj folioj. Li kultivas ilin en la kelo, sub fortegaj lampoj, sed ŝi ne rajtas subeniri tien.

"Kion oni ne vidis, pri tio facilas silenti", li aforismas. "Mi devus havi la rajton kultivi ilin, ĉar mi bezonas ilin kontraŭ la kapdoloro. Sed en ĉi tiu feklando oni ne komprenas tion."

Se juĝi laŭ la kvantoj da sekigitaj folioj troveblaj ie-tie en la domo, li sendube suferas de ega kapdoloro.

Aliaj strangaĵoj, kiujn ŝi trovas diversloke en la domo, estas lada kasko, ia ĉemizo el feraj maŝoj, glavo pendanta surmure kaj ligna ŝildo kun ornamita fera bulo sur la mezo.

"Kio estas ĉi tio?" ŝi demandas pri la peza ĉemizo.

"Maŝkuto."

Tio ne multe helpas ŝin.

"Kaj tio?"

Ŝi levas la kaskon kaj surmetas ĝin sur sian kapon. Ĝi estas tro granda kaj malhelpas al ŝi vidi krom malsupren.

"Kasko, evidente. Vikinga kasko, kiun mi uzas en la vivaj rolludoj."

"Sed ĉu ĝi perdis la kornojn?"

Li henas kaj deprenas de ŝi la kaskon.

"Kornoj estas nur stultaĵo por futbalfanoj kaj aliaj kretenoj. Ĉi tio estas vera vikinga kasko, kaj ĝi ne havas tiajn ridindaĵojn."

"Ĉu ĝi estas aŭtenta?"

"Certe. Mi mem mendis ĝin de forĝisto en la vikinga vilaĝo de Foteviken. Ankaŭ la glavon li faris. Ĉu vi interesiĝas pri vivaj rolludoj?"

"Mi ne scias. Ĉu tio estas kiel teatraĵo?"

"Teatro estas ridinda. Rolludo estas vera. Ni ne afektas. Estas revivigo de alia epoko aŭ dimensio de la realo."

Letti rigardas la glavon surmure.

"Ĉu vi do vere batalas per tiu?"

"Certe."

"Kio okazus, se vi mortigus iun?"

Denove tondras lia hena rido.

"Tio ne okazos. Ni protektas nin. Etajn vundojn oni devas toleri. Se vi partoprenus, vi tamen ne batalus, kvankam kelkaj inoj volas fari tion. Vi povus esti valkirio. Aŭ sklavino."

"Ĉu sklavino? Tion mi ne volus. Kio estas la alia, kiun vi menciis?"

"Valkirio estas kvazaŭ diino, kiu kondukas la mortintajn batalulojn al Odino aŭ Freja kaj donas al ili medon."

Letti ekpensas pri la vegano Freja, kiu ekzilis ŝin el sia hejmo kaj tute ne prezentis medon. Nur nun ŝi memoras ke laŭ iama leciono pri religio tio estas nomo de diino. Sed ĉu ŝi ne estis la diino de amo? Ĉiuokaze la amo de Freja ne inkluzivis ŝin. "Vi ĵus diris ke neniu mortas kaj ke ne estas teatraĵo. Do vi nur ludas." "Vi ne komprenas tion. Necesas partopreni, sed antaŭe vi devus longe prepari vin kaj ekzemple mem kudri vian veston el lano." "Ĉu vi faris tion?" "Kudri estas virina tasko. En la vikinga epoko la roloj estis klaraj. Nenia transiĝado kaj gejumado, kiel hodiaŭ." Ŝi levas la ŝultrojn. Fakte la tuta afero ŝajnas al ŝi ludo de knaboj, malpli serioza ol la teatraĵo de Moa kaj Sofia. Ĉiuokaze ŝi neniam povus kudri al si veston, kaj certe la roloj de virinoj en tiu ludo ne logus ŝin.

Ŝiaj tagoj ĉe Seb pasas en pasiveco. Dum kelka tempo ŝi antaŭvidis ke liaj rulaĵoj helpos al ŝi preni malpli de la medikamentoj, la kontraŭdeprima, la kontraŭangora kaj la kontraŭpsikoza. Sed tio ne okazas. Nur la dormigilojn ŝi fojfoje ne plu glutas, pro simpla forgeso, ĉar la kanaba fumo vualas ŝin en ian agrablan staton inter dormo kaj maldormo.

Dumtage Seb ja ne estas tre alloga viro. Tridekjara, iom kalva kun kurbeta dorso. Kiam li ridegas, kio okazas ofte, videblas liaj flavetaj dentoj kaj ofte iom da nigra snuftabako sub la supra lipo. Bonŝance li ĉiutage aŭtas for al sia laborejo en Malmö, la magazeno de granda vendejo de ĉipaj diversaĵoj. Kaj tiam Letti estas sola en lia domo. Komence, se estas sune kaj ne blovas el nordo, ŝi trovas angulon ĉe la suda muro, kie eblas sidi revante en la pala sunbrilo, dum nubo el centoj da monedoj kaj unuopaj frugilegoj krozas tien-reen tra la ĉielo super ŝi. Ofte la nigraj birdoj sidiĝas amase sur la du mortintaj ulmoj antaŭ la domo, pri kiuj Seb diris ke necesos baldaŭ faligi ilin, antaŭ ol ili falos pro ŝtormo kaj frakasos la tegmenton. Sed kiam ŝi stariĝas de sia loko, ĉiuj birdoj samtempe ekflugas. Ŝi ripetas tion kelkfoje, ĝis finfine ŝi ne plu scias, ĉu ŝi igas la birdojn ekflugi, aŭ ili igas ŝin stariĝi.

Bedaŭrinde la kamparo ne estas tiel silenta, kiel ŝi atendis. El la porkostalo venas ne nur fetoro sed ankaŭ senĉesa nervoronĝa zumado de ventolilo, kaj el alia direkto aŭdiĝas ĉiama susurado de trafiko sur la aŭtovojo inter Malmö kaj Trelleborg. Kaj al tio nun aldoniĝas la raŭka grakado de la birdoj.

Kiam la aŭtuna vetero pli kaj pli griziĝas kaj malvarmiĝas, ŝi preferas restadi enlite. Nur vespere, kiam Seb revenas hejmen, ŝi ellitiĝas envolvite per felta kovrilo por esplori, ĉu li kuiros ion alian ol porkaĵon. Ŝi mem ne kuiras. Plej ofte ŝi tute ne malsatas, sed se iufoje ŝi sentas la stomakon malplena, ŝi serĉas ion ajn manĝeblan en la fridujo. Se ŝi trovas nenion, ŝi prenas bieron kaj trinkas ĝin, dum ŝi plu fosadas inter la ŝimaj tomatoj, ĝermintaj terpomoj, ŝrumpaj ĉampinjonoj kaj boteloj da keĉupo, bearnezo, remolado kaj majonezo, kies konsumdatoj pasis jam antaŭ monatoj. Ankaŭ tiu fosado iom satigas ŝin.

Vespere Seb kutimas ŝalti la televidilon sen vere spekti ion specifan. Plenigas la domon krioj kaj ridaĉoj de diversaj stultaj ludprogramoj, aŭ la sekaj novaĵraportoj pri kreskantaj inflacio kaj energioprezoj, pri laŭvica juna krimulo pafmurdita de konkuranto en la drogmerkato, kaj pri novaj militkrimoj en Ukrainio. Nun en novembro la rusaj misiloj kaj droneoj trafas precipe produktejojn kaj distribuilojn de elektro kaj trinkakvo en la urboj. Ŝajne oni volas senkuraĝigi la ukrainojn antaŭ la venonta vintro. Se oni ne sukcesas venki ilian armeon, almenaŭ eblas terori la civilulojn. Aliflanke la televidaj novaĵoj citas novan raporton de UN, laŭ kiu la planedo jam survojas al varmiĝo je 2,5 gradoj. Sed tio kredeble ne helpos la ukrainojn ĉi-vintre.

Dum kelka tempo ŝi fakte forgesas la ekziston de Leo. Ankaŭ la panjoj jam ŝajnas tre malproksimaj. Dume ŝi multe pensas pri la kvaropo en Bunkeflo kaj pri iliaj domo kaj ĝardeno. Ŝi tre bedaŭras ke ŝi perdis ilin, sed kion do fari? Ŝi ne regas sian vivon sed estas nur ia pilko, kiun aliaj ĵetas inter si kaj de temp' al tempo lasas fali sur la grundon, ĉu vole, ĉu senintence.

Ŝia seksa vivo kun Seb daŭras pli-malpli kiel antaŭe. Foje ŝi faras provon mem preni pli aktivan rolon, sed vane. Verŝajne li eĉ ne rimarkas ŝian klopodon, dum li kuŝas peze sur ŝi kaj maŝine piŝtadas enen-elen.

Unufoje li devas interrompi sian monotonan penadon pro subita tusatako. Letti turnas kaj tordas sin por eviti la elspiron kaj mukon de lia konvulsia tusado rekte en ŝian vizaĝon. Post kelkaj minutoj, kiam li jam reakiris pli-malpli normalan spiradon, li rekomencas sian aferon.

Poste, kuŝante apud li, malseka de lia ŝvito, ŝi rigardas en liajn okulojn. Ĉu li havas febron? Li ege varmas, sed tio estas kutima post lia fortostreĉo. Fakte li lastatempe pli ol kutime tusas, ŝi pensas.

"Seb, eble vi devus testi vin", ŝi proponas.

"Testi? Pri kio?"

"Nu, pro tiu tusado. Por ekscii, ĉu estas io danĝera."

"Kio do? Ĉu vi timas ftizon?" li henas. "Mi ĉiam tusas aŭtune pro la humida aero."

"Sed ĉu vi estas vakcinita?"

"Demandu mian panjon. Eble kontraŭ morbilo kaj mumpso kaj aliaj infanmalsanoj. Sed mi ne plu kredas je tiaj vakcinaj blufoj."

Tagmeze en unu griza tago Letti vidas la familian aŭton alveturi sur la korton, kaj eliras Helle. Ĉi-foje ŝi venas sola. Letti eldomiĝas sur la ŝtupareton antaŭ la enirejo. Supozeble la eksaj kunloĝantoj malkaŝis ŝian nunan loĝlokon. Ŝi ne konscias la semajntagon, sed verŝajne estas sabato aŭ dimanĉo, ĉar Helle liberas kaj Seb troviĝas en la kelo, okupata de zorgoj pri siaj plantoj.

"Do, jen vi kaŝas vin. Kiel vi fartas?"

Letti trovas ke ne indas respondi, kaj eble Helle eĉ ne atendas respondon.

"Bonvolu paki viajn aferojn. Mi veturigos vin hejmen."

Letti rigardas ŝin. Kion ŝi diris? Ĉu hejmen? Kion signifas tiu vorto?

"Mi restos ĉi tie."

"Ne, fraŭlino Aubert, vi ne restos sed venos kun mi."

Letti kapneas, turnas la dorson al Helle kaj eniras en la domon. Ŝi fermas post si la dompordon sed ne havas tempon ŝlosi, ĉar Helle ŝirmalfermas ĝin kaj enpaŝas post ŝi.

"Ne provu stultumi sed tuj paku kaj venu kun mi. Vi estas neplenaĝa, mi estas via patrino, do mi jure decidas pri vi. Punkto fina. Paku kion vi volas kunporti."

Ŝi parolas seke kaj ŝajne trankvile, kvazaŭ temus pri ia afereca traktado. Letti rigardas ŝin dum kelkaj sekundoj. Helle havas mienon pli lacan ol koleran. Sed evidente ŝi ne pretas diskuti. Cetere ne eblus persvadi ŝin rekonsideri ion ajn.

Letti malfermas la pordon de la kela ŝtuparo. Normale ĝi estas ŝlosita, sed nun Seb ne trovis necese ŝlosi ĝin post si. Li scias ke Letti ne subeniros. Ŝi tamen faras du paŝojn laŭ la ŝtupoj malsupren kaj vokas laŭte:

"Seb! Venu! Helpu min!"

Li efektive aperas surprize rapide kun tima mieno. Eble li suspektas viziton de la polico. Li supreniras, puŝas ŝin antaŭ si, kaj trairinte la pordon, li fermas ĝin malantaŭ sia dorso. Poste li rigardas la figuron de Helle, kiu staras tri metrojn antaŭ li sed tuj resaltas kelkajn paŝojn dorsen, kiam li ektusas. Post iom da peza spirado, li pene ekparolas:

"Kion vi deziras?"

"Mian filinon. Mi venigos ŝin hejmen."

Li videble pensas tri sekundojn. Poste li ridetas, montrante siajn malregulajn flavajn dentojn. Li gestas invite al la kuireja pordo.

"Bonege! Vi estas la patrino de Letti, saluton! Envenu en la kuirejon, mi petas. Kafon? Bieron? Ĉu vi malsatas? Mi tre ĝojas renkonti vin."

Helle restas staranta surloke, dum li denove gestas al la kuirejo.

"Ne, dankon", ŝi diras. "Letti pakos siajn aferojn kaj ni tuj ekiros hejmen."

"Bonege, bonege. Jen bona ideo. Do vi faru tiel, Letti, dum mi babilos ĉi tie kun via panjo."

"Mi volas resti ĉi tie."

"En ordo", li diras. "Restu kiom vi volas, sed unue interkonsentu kun via panjo."

"Vi supozeble jam scias ke ŝi estas neplenaĝa", diras Helle seke al Seb. "Do mi povus peti helpon de la sociala servo kaj de la polico."

"Prave", li denove ridetas, "sed nenecese, mi pensas. Plej bone estas interkonsenti, ĉu ne? Ŝi tamen ne estas posedaĵo, kiun vi povas kunporti kiel vi volas."

"Letti venos kun mi, aŭ vi havos aliajn vizitantojn. Oni povos loki ŝin devige en junulhejmon por protekti ŝin."

"Certe. Do, vi aŭdis tion, Letti. Plej bone fari, kiel diras la panjo, ĉu ne?" Kiel elturniĝi? Evidente ŝi ne ricevos helpon de Seb por resti ĉi tie. Ŝi ne vidas solvon. Do ŝi preteriras Sebon kaj sidiĝas ĉe la kuireja tablo.

"Mi pakos nenion."

"Bone, ne gravas", diras Seb.

Poste li iras ĝis Letti, kaptas ŝin ĉirkaŭ la talio kaj ĵetas ŝin sur sian ŝultron. Ŝi tute perpleksiĝas kaj eĉ ne faras provon kontraŭbatali. Jen do kiel ŝi forlasas lian domon, portate kiel sako da pajlo ĝis la aŭto. Tie li restas staranta, anhelante kaj tusante, dum li atendas ke Helle postsekvos kaj malfermos aŭtopordon. Tiam li senhezite enŝovas ŝin sur la malantaŭajn sidlokojn de la aŭto.

Helle diras nenion plu sed mem sidiĝas ĉe la stirilo, frapfermas la pordon kaj ekiras, stirante per unu mano kaj manipulante la sekurzonon per la alia.

"Eksidu normale kaj fiksu la zonon", ŝi diras.

Tamen ŝi ne ripetas tion, kiam Letti restas kuŝanta malantaŭ ŝi.

Ŝi ja ĝuas la eblon longe duŝi sin, ĉar la duŝejo de Seb estas iom kaduka, kaj ĝia varma akvo rapide elĉerpiĝas. Ŝi ŝatas ankaŭ la vespermanĝon, en kiu abundas legomoj. La ceteron ŝi ne tiom ŝatas: la maltrankvilan pridemandadon fare de Marina, la kriadon de Leo, kiu plu daŭras kvankam ne plu senĉese, la admonojn kaj riproĉojn de ambaŭ panjoj.

Vespere oni konstatas ke ŝi ne kunportis siajn medikamentojn. Fakte ŝi ja kunportis nenion ajn.

"Vi devos tuj reiri tien por preni ilin", diras Marina maltrankvile al Helle.

"Morgaŭ estos lundo. Tuj matene vi kaj Letti povos iri al apoteko. Supozeble vi havas preskribojn por aĉeti pliajn, ĉu ne, Letti?"

"Mi ne scias."

"Vi devas memori tion. Necesas zorgi tiujn aferojn. Sed ĉu restas nenio ĉi tie?"

Efektive oni trovas malnovajn paketojn kun kelkaj restantaj piloloj de du specoj, kaj Letti glutas tiujn. Poste ŝi enlitiĝas. Dum kelka tempo la kriado de la knabo gratas ŝian cerbon kiel raspilo aŭ rastilo, ĉar ŝi ne plu kutimas je ĝi; tamen ŝi restas kuŝanta, atendante ian ripozon.

Ŝi dormas nur jen kaj jen dum la nokto. La lastan fojon ŝi vekiĝas je la kvara. La apartamento estas silenta. Ŝi ellitiĝas, vestas sin, prenas la ŝuojn enmane kaj paŝetas el la loĝejo kaj plu malsupren al la strato, kie ŝi surmetas la ŝuojn sen laĉi ilin kaj rapidas for tra la mallumo.

De la subtera stacio Triangeln ŝi iras senbilete per la unua trajno unu stacion for, al Hyllie. Tie ŝi pasigas la tagon, unue en la fervojstacio, poste en la granda endoma butikaro, kiam ĝi malfermiĝas. Nebule ŝi memoras ke ŝi iam dancis knabinan hiphopon kun Vilma kaj Nadine en ĉi tiu ejo. Posttagmeze ŝi eliras sur la parkumejon de la butikaro. Ŝi trovas la aŭton de Seb dank' al ĝiaj multaj rustaj makuloj kaj sidiĝas surtere kun la dorso al ĝia flanko. La pavimo estas malvarma, sed la aŭtuna suno brilas super la apudaj aŭtoj kaj iomete varmigas ŝin. Ŝi fermas la okulojn kaj lasas siajn pensojn ŝvebi.

Vekas ŝin Seb.

"Stultulino", li diras. "Bone do, enaŭtiĝu. Sed mi supozas ke via panjo revenos. Ŝi aspektas sufiĉe obstina. Nu, ne gravas, dum ŝi almenaŭ ne venigos la policon. Cetere mi tute ne sciis ke vi estas danino."

Ŝi rigardas lin konsternite.

"Kia danino?"

"Nu, via panjo ja parolas dane."

"Ŝi estas danino, ne mi."

"En ordo. Kaj via paĉjo, ĉu afrikano?"

Ŝi paŭtas.

"Mi ne havas patron."

"Ĉu ne? Do eble via panjo iam havis plezurajn feriojn en Afriko. Tamen sendu al ŝi tekstmesaĝon, por ke ŝi sciu ke ĉio estas en ordo pri vi."

"Ne gravas. Se oni forportos min, mi tamen revenos. Ne eblas malliberigi min."

"Por vi eble ne gravas, sed mi ne volas ke oni traserĉu kaj priflaru mian domon. Mia hejmo estas mia kastelo."

Letti trovas lian domon sufiĉe kaduka kastelo, sed tion ŝi ne diras. Anstataŭe ŝi mesaĝas al Helle: 'Ne indas provi denove. Mi ĉiam reiros ĉi tien.'

Efektive ŝajnas ke la panjoj rezignis, krom se ili atendas helpon de la sociala servo. Pasas kelkaj bonaj tagoj ĉe Seb. La vento el okcidento forblovas la fetoron de la najbara porkostalo, kaj cetere Letti nur malofte eldomiĝas, ĉar jam estas normala novembro kun malvarmo kaj avara taglumo. Ŝi vivas en ia duonkonscia revo ĉirkaŭata de ŝirma vato, kiu dampas ĉiajn sensimpresojn kaj malrapidigas eĉ la pensojn. Ĝi ŝirmas kaj protektas ŝin de ĉiaj timigaj spertoj, eksteraj kaj internaj. Pri aliaj pli pozitivaj sensacoj aŭ plezuroj ŝi jam rezignis.

Kelkfoje, kiam ŝi vidas la vikingan glavon de Seb sur la muro, ŝi pensas ke eble tamen estus bona sperto, se ŝi dum kelka tempo povus esti iu alia persono en tute alia tempo. Fakte, se ŝi estus sklavino de vikingoj, ŝi ne bezonus mem iniciati aŭ decidi ion ajn. Oni simple farus pri ŝi, kion oni volus, kaj ŝi devus toleri tion. Sed kompreneble tio estus nur portempa stulta ludo, kaj cetere Seb diris ke oni aranĝas tiajn vivajn rolludojn ĉefe somere. Venontjare en julio li laŭdire aliĝos al ekspedicio al Anglio per drakŝipo el la dana Roskilde. Ili tamen ne estas tre imponaj vikingoj, ĉar ili timas la vintran malvarmon, ŝi pensas. Kaj cetere, sen memkudrita lana vesto ŝi estus iom mizera sklavino.

Dektria ĉapitro

Unu tagon ellitiĝante, Letti rimarkas ke elĉerpiĝis unu el ŝiaj medikamentoj. Ŝi ne plu certas, kiu speco de piloloj efikas por kio, aŭ kontraŭ kio; ŝi simple glutadas ilin laŭ rutino. La nomoj donas nenian indikon; ili povus esti io ajn, de kemiaĵo por purigi falsdentojn ĝis veneno por mortigi formikojn. Sed nun unu paketo estas malplena. Ŝi pli-malpli certas ke ŝi havas bitan preskribon por pliaj; necesas nur iri al apoteko kaj identigi sin. Sed eĉ tio ne tute facilas.

"Seb", ŝi diras vespere. "Vi devos morgaŭ iri al apoteko por mi. Unu el la piloloj elĉerpiĝis."

Li ronĝas rostitan ripaĵon antaŭ la televidilo, en kiu aro da homoj aspirantaj famon estas humiligataj en programo nomata Taskmajstro.

"Ne eblas. Faru tion mem", li respondas kaj ridegas pri aktorino, kiu envolvas sin en plastfolion.

"Mi ne povas iri urben sen vi."

"Do ellitiĝu matene kaj mi veturigos vin."

"Ne, tio ne estus bona. Kion mi faru poste dum tuta tago en la urbo?"

Fakte ŝi ĵus pasigis tagon en la granda butikaro, sed ne plaĉus al ŝi nun ripeti tion.

"Mi ne rajtus aĉeti laŭ la preskribo por vi. Necesas identigi sin."

"Vi ja rajtas, se vi kunportas ankaŭ mian identigilon, krom via propra. Tiel oni faras por malsanuloj."

Li paŭzas en sia ronĝado kaj provas forigi viandospliton el inter la dentoj, uzante ungon kiel pikilon, dum la televidaj konkursantoj ricevas novan vanan taskon.

"Morgaŭ mi ne havos tempon", li diras. "Dume vi povas gluti duoble de alia speco. Aŭ fumi iom. Cetere vi devus fini pri tiuj piloloj, kiuj tute drogas vin."

Do ŝi faras laŭ lia propono. Ŝi glutas pli multe el tiuj specoj, kiuj restas, kaj krome ŝi ekbruligas rulaĵon. Kaj komence ĉio pasas normale. Ankaŭ en la sekva tago Seb ne havas tempon iri al apoteko por ŝi. Do ŝi daŭrigas en la sama maniero.

En la tria vespero Seb staras en sia kuirejo, kie li fritas lardon kaj elladigas fabojn en tomatsaŭco, kiujn li gustumas rekte el la doso, pinĉante ilin perfingre. Letti kuŝas sur la kanapo, rigardante la ŝanĝiĝantajn bildojn sur la plafono. Ŝi neniam antaŭe rimarkis ilin. Ili prezentas strangajn figurojn, kies nomojn ŝi ne povas revoki, sed kiuj alŝvebas al ŝi kaj pasas enen-elen tra ŝia cerbo, lasante post si profundan sulkon. Ŝi palpas la kapon per la manoj sed ne trovas truon, kie la figuroj trapasis. El la kuirejo alŝvebas forta odoro de fritgraso kaj trokuirata lardo, kaj de temp' al tempo aŭdiĝas la gruntado de Seb. Ŝi ne malsatas. Ŝi eĉ ne memoras, kiam ŝi lastfoje manĝis ion. Fakte, manĝo ne necesas; ĝi estas naŭza. Ŝi ne komprenas, kial Seb obstinas plu manĝadi kiel porko. Jam la odoro trosatigas ŝin.

Subite li staras en la pordo de la salono kun forko en la mano, fritgraso ĉirkaŭ la buŝo kaj sangoruĝaj makuloj sur ambaŭ manoj. Li kuspis la ĉemizmanikojn, kaj la nigraj haregoj de liaj antaŭbrakoj elstaras de la palroza haŭto.

"Venu manĝi", li gruntas kaj montras la flavajn kojnodentojn.

Letti eksidas salte de la kanapo. Kion li diris? Ĉu ke li manĝos ŝin? Time ŝi rigardas la grasan virporkon, kiu denove gruntas kaj faras paŝon antaŭen kontraŭ ŝi. Ŝia interno solidiĝas kiel frostigita ŝtono. Li kaptos ŝin per la sangaj manoj, ŝovos la forkon en ŝin kaj mordos pecon! Li disŝiros ŝin per la dentoj! For! Ŝi devas fuĝi for!

Ŝi faligas sin de la kanapo sur la plankon kaj rampas for en la vestiblon kaj plu eksterdomen. Ŝi stariĝas, kuregas, falas, restariĝas sur manoj kaj piedoj, kaj kuras panike sub la mortintaj ulmoj, foren sur la vojon, senŝue, sencele, por eskapi de la malsata virporko, kiu certe trotos post ŝi blekante, ĉasante ŝin. Ŝiaj piedoj en nuraj ŝtrumpetoj plaŭdas en la kotaj flakoj survoje. Ŝi kuregas ĝis la bieno de la najbaro, la porkisto, preter lia porkofabriko kaj plu rekte al la loĝdomo. Ŝi stumblas sur la ŝtupareto, falas, vundas genuon, lamas plu supren, ŝirmalfermas la pordon.

"La porko! La porko! Li mortigos... li manĝos min. Mi timas liajn dentojn!"

Ŝi denove stumblas sursojle, falas kaj ekkuŝas surplanke en fremda kuirejo. Ankaŭ ĉi tie odoras de fritgraso kaj porkaĵo. Aro da okuloj strabe direktiĝas al ŝi; aro da torditaj rozaj vizaĝoj turniĝas gapante al ŝi. Ŝi vere timas morti, timegas ke oni buĉos kaj disŝiros ŝin. Ankaŭ ĉi tie estas porkoj. Virporko, porkino, porkidoj. Tamen ŝi ne plu kapablas fuĝi. La porkaj piedaĉoj tretas ŝin, dispecigas ŝin per la hufoj. Ŝi restas kuŝanta, dum la plafonaj bildoj reaperas, nun jam sur la planko, en la fadenmontra ĉifontapiŝo, en ŝia kapo. Ŝi tremegas kaj faligas sin tra la planko en senfundan nigran truon, en amason da sange gluecaj porkaĵopecoj. Estas buĉejo, kaj ŝi estas besto buĉata. Ĉi tio devas esti la fino de ĉio. Jen ĉesos ŝia mizera vivo.

Iam poste oni duone puŝas, duone portas ŝin al aŭto. Viro kaj virino en uniformoj helpas ŝin sidiĝi en ĝi. Verŝajne ili estas policistoj, ne porkoj. Do ŝi eble plu vivas malgraŭ ĉio. Tio iomete trankviligas ŝin. Ili veturigas ŝin for de la porkejo. Foren, ŝi ne scias kien. La nekompreneblaj bildoj akompanas ŝin en la aŭto, kaj ŝi ne povas viŝi aŭ elkapigi ilin. Ŝi povas nur tremi kaj atendi.

Ŝi naĝas pro la vivo en nigra nebulo kiel en fumo, kiu odoras de ia kemiaĵo. Nur dum momentoj ŝi eliĝas el la mallumo en ian sterile blankan nenion, sed ŝi tuj refalas suben en la nigron. Iam poste ŝi vekiĝas sur lito en hela ĉambro. La kemia odoro plu restas, sed la fumo jam disiĝis. Sur seĝo apud la lito sidas Helle legante libron, kiun ŝi demetas, vidante ke Letti jam malfermis la okulojn.

"Kiel vi sentas vin, Letti?"

Ŝi ne povas respondi. Ŝi ne scias, kio estas senti.

"Ĉu vi rekonas min?"

Letti konsterniĝas. Kial ŝi ne rekonus Panjon Helle? Stulta demando.

"Klare", ŝi flustras tra la sensalivaj lipoj kaj provas kapjesi.

"Bone", diras Helle seke. "Laŭdire vi estis plene psikoza, kiam oni alportis vin. Do bone, ke tio ŝajne pasis. Almenaŭ iom."

"Kie?" diras Letti.

"Kie kio?"

"Kie mi estas?"

"En la psikiatria kliniko de la Ĝenerala Hospitalo de Malmö."

Ŝi klopodas pripensi tion. Do en la sama loko, kie oni ekzamenis ŝin antaŭ... ŝi ne scias kiom da tempo, sed iam en alia vivo. Kaj kie oni preskribis al ŝi pilolojn.

"Vi sendube devos resti ĉi tie dum kelka tempo. Oni volas elprovi novajn medikamentojn. Aŭ aliajn dozojn; mi ne scias. Kaj vi devas iom manĝi. Vi pezas preskaŭ neniom."

"Mi ne manĝos porkaĵon!" time ekkrias Letti.

Helle mallonge ekridas.

"Ĉu ne? Nu, ion vi devos manĝi por ne tute malaperi."

"Mi ne reiros."

"Kien?"

"Al la po..."

Ŝi interrompas sin. Ĉu Seb fakte fariĝis virporko? Tio nun ŝajnas iom stranga. Kaj la najbaraj porkoj. Ĉu ŝi fakte vidis ilin? Eble ili estis nur bildoj sur la plafono aŭ ie ajn. En ŝia kapo.

"Mi ne reiros", ŝi ripetas sen specifi.

Fakte ŝi ne scias, kien iri. Do eble estos en ordo resti en la hospitalo.

"Mi telefonos al Marina", diras Helle. "Por diri ke ŝi povas veni viziti vin kun Leo."

Letti denove ektimas.

"Ne", ŝi diras.

Iel ŝajnas al ŝi ke la knabeto povus transformiĝi en porkidon. Stulta penso, sed ĝi ne lasas ŝin en paco.

"Kial ne? Kompreneble ŝi venos vidi vin."

"Panjo Marina povas veni. Sed Leo ne."

Helle rigardas ŝin silente dum kelka tempo, cerbumante.

"Nu, ni iel aranĝos tion. Mi do prenos Leon, dum Marina renkontos vin. Do restu trankvila. Ni ne estas danĝeraj. Ni estas via familio, ĉu ne?"

Ŝi ne kalkulas la tagojn en la psikiatria kliniko sed simple kuŝas tie somnole, dum jen Helle, jen Marina sidas apude, babilante ion, kion ŝi apenaŭ perceptas. Ŝi glutas la pilolojn, kiujn oni donas al ŝi, kaj manĝas la pladojn, kiujn oni prezentas. Eble eĉ pladojn el hakita porkaĵo kun terpomo kaj saŭco; ŝi ne povas identigi la manĝaĵojn sed simple maĉas kaj glutas ilin maŝine, kontenta ke almenaŭ ne plu flareblas odoro de fritgraso.

La tagoj pasas. Ŝi ellitiĝas kaj paŝetas al sidoĉambro, kie aliaj pacientoj pasigas horojn en atendo, silente aŭ babilante unu kun la alia, aŭ kun nevideblulo, aŭ eble kun si mem. Letti havas nenion por diri al iu ajn. Eĉ ne al si mem. Do ŝi baldaŭ reiras al sia lito.

Foje Helle kaj Marina jam vizitas ŝin kune, alportante ankaŭ Leon. Ŝajne ili volas rekutimigi ŝin al la familia vivo, sed ŝi sentas nur indiferenton pri ĝi. Unufoje ili diskutas novaĵojn pri la klimata konferenco de UN en Egiptio. Kiel kutime la partoprenantaj politikistoj el diversaj partoj de la mondo tre malkonsentas pri kiel agi, kiu respondecas, kiu devas pagi kaj entute kion necesas fari por kontraŭi la varmiĝon de la planedo.

"Tamen estas bone ke la riĉaj landoj finfine akceptis pagi pro la damaĝoj, kiujn ili kaŭzas al la malriĉaj", diras Marina.

"Nu, ni vidos, kio efektiviĝos el tio", diras Helle. "Mi skeptikas. Sed pri la ĉefa afero, la neceso ke oni ĉesu kaŭzi damaĝojn, oni decidis nenion. Eĉ ne unu vorto pri redukto de fosiliaj fueloj. Tion baris la naftoproduktaj ŝtatoj."

Ili ambaŭ klopodas engaĝi Lettin, la iaman klimataktiviston, en la diskuton, sed vane. Ŝi ne plu havas energion por zorgi pri energio.

Tion ja havas aliaj, tamen ne en la maniero de 'Vendredoj por Estonteco', sed en rilato al la propra monujo. Lastatempe la tarifoj de elektro en ĉi tiu suda parto de Svedio jen kaj jen saltis al rekorda alteco pro la rusa militado en Ukrainio kaj ties sekvoj. En Svedio oni tamen uzas nek gason nek nafton el Rusio por generi elektron. Ĝin oni produktas per akvoenergio, nukleaj reaktoroj kaj vento, kaj neniu el tiuj fontoj fariĝis pli kosta. Sed la eŭropaj elektroretoj estas interligitaj, do la manko de gaso en centra Eŭropo altigas la tarifojn ankaŭ ĉi-norde, kaj la elektrokompanioj aŭtomate gajnas enormajn profitojn sen ajna peno. Ĉi-jare Svedio dank' al kreskanta nombro da ventoturbinoj produktas rekordan kvanton da elektra energio kaj iĝis la plej granda eksportanto de elektro en Eŭropo. Ne nur al Letti kaj ŝiaj patrinoj sed al multaj homoj do malfacilas kompreni, kial ankaŭ la hejmaj tarifoj devas esti rekordaj. Antaŭ la parlamenta elekto ĉiuj partioj promesis rapidan monkompenson al la elektrokonsumantoj, sed nun, kiam la dekstruloj formis registaron, la plenumo de tiu promeso pro-krastiĝas ĝis iam estonte.

Ankaŭ por la familio de Letti la kosto de elektro ja kreskis, sed ĝi ne estas tre grava parto de iliaj elspezoj. Ili loĝas en aparta-mento hejtata per la urba hejtada reto, same kiel la plej multaj loĝejoj kaj lokaloj en la svedaj urboj, kaj tiu reto ne dependas de elektrotarifoj. Ankaŭ la benzinprezoj ne tre gravas al la familianoj, kiuj aŭtas preskaŭ nur en libertempaj ekskursoj, kaj kutime eĉ ne malproksimen.

Post deko da tagoj la kuracisto opinias ke ŝia psika stato jam sufiĉe stabiliĝis por permesi ke oni sendu ŝin hejmen. Fakte ŝi ne plu scias, kie ŝi hejmas, sed Helle veturigas ŝin al la apartamento, kie atendas Marina kaj Leo. Vespere ankaŭ Anton revenas hejmen de sia universitata kurso. Ŝi kuŝiĝas en sia lito, en sia ĉambro, kaj nur matene ŝi rimarkas ke Leo ne plu krias senĉese. Tio ne vere gravas al ŝi, sed Marina plurfoje mencias tion kun emfazo.

"Jen rigardu! Li eĉ ridetas, ĉu ne? Kompreneble li tre kontentas ke lia panjo revenis hejmen."

Letti trovas tion ridinda. Ne eblas nomi rideto tian grimaceton de buŝo malseka pro lakto kaj salivo. Kaj ne eblas nomi ŝin panjo. Cetere li ja ne konas ŝin. Sed ŝi nenion diras, nur forturnas la ri-gardon, prenas sian tason da matena teo kaj reiras en la liton.

Vespere eĉ Anton komentas la fakton ke Leo ne plu krias.

"Bonŝance ke jam eblas studi hejme sen orelŝtopiloj", li diras, retiriĝante al sia ĉambro.

Denove Marina klopodas persvadi ŝin promenigi Leon kune kun ŝi, kvankam la varma vetero jam ĉesis.

"Estas tro malvarme", provas Letti.

"Neniu problemo. La freŝa aero estos bonfara al ni ĉiuj, ankaŭ al vi. Necesas nur surmeti puloveron sub la jako."

Do Letti malvole vestas sin kaj surmetas paron da novaj fortikaj ŝuoj. Du paroj da ŝuoj kaj iom da vestaĵoj restas postlasitaj ĉe Seb, sed ŝi ne povus devigi sin reiri tien por preni ilin, kvankam Helle proponis sin por aŭti tien.

Finfine venas letero kun alvoko al konsultado ĉe la junulara psikiatrio. Laŭ la letero ŝi renkontos la psikologon Susana Massi.

"Finfine!" ekkrias Panjo Helle, kiam ŝi ekscias tion. "Estas skandalo ke pasis kvar monatoj."

Letti tre dubas, ĉu tia psikologo povos iel helpi ŝin, sed ŝi kompreneble iras tien. Cetere ŝi apenaŭ povus eviti tion, ĉar Marina veturigas ŝin kun Leo en la bebosidilo apude.

La konsultejo de la junulara psikiatrio situas apud la Ĝenerala Hospitalo, nur iom pli sude en la sama kvartalo. Susana estas surprize juna virino, eble tridekjara, kun malhelbrunaj haroj, granda nazo kaj okulvitroj kun fortika blua framo. Ŝi stariĝas kaj salutas ilin ĉiujn, per manpremo al Marina kaj Letti, kaj per fingro sur la nazo de Leo, kiu rigardas ŝin scivole kaj etendas la manon, verŝajne al ŝiaj okulvitroj.

"Bonege ke vi ĉiuj venis", ŝi diras. "Do, eble ni komence interparolu ĉiuj kune, kaj poste mi parolos duope kun vi, Letícia, ĉu ne?"

Marina konsentas kaj Letti diras nenion.

"Ĉu vi povas rakonti, kiel komenciĝis viaj problemoj?" diras Susana al Letti. "Ĉu kiam... pardonu, sed kiel nomiĝas la bebo?"

"Leo", diras Marina post kelksekunda paŭzo.

"Bone. Do, Letícia, kiel komenciĝis ĉio?"

Letti pripensas. Ŝi ne certas, kion celas Susana per 'ĉio', sed verŝajne ŝian malsanon. Ŝajnas al ŝi ke ĝi daŭras de ĉiam. Tamen ŝi ja scias ke iam ŝi fartis tute bone kaj antaŭvidis havi propran infanon kun sia koramiko. Ŝi scias ke tiel estis, sed ŝi ne plu povas memori, kiel ŝi sentis kaj pensis en tiu fora tempo antaŭ pli ol duonjaro.

"Mi pensas ke ĝi komenciĝis, kiam li..."

Ŝi kapsignas direkte al la knabeto.

"Ĉu kiam vi naskis Leon?"

Ŝi kapjesas.

"Vi ja estas tre juna patrino. Ĉu estis malfacila akuŝo?"

Stulta demando, pensas Letti. Kompare kun kio? Cetere, ĉu tiu nazulino mem naskis infanon?

"Jes", ŝi diras firme.

Ŝi plu rigardas Susanan, kiu renkontas ŝian rigardon per siaj nuksobrunaj okuloj kaj iomete kapjesas.

"Mi komprenas. Do estas tute eble ke la akuŝo ellasis viajn simptomojn. Sed tio signifas ankaŭ ke vi povos liberiĝi de ili, ĉu ne? Ĉu vi povas priskribi viajn problemojn per propraj vortoj?"

Letti ne scias, kion diri. Kio efektive estas ŝia problemo? Kaj kiaj vortoj estus ŝiaj propraj?

"Tio varias. Kelkfoje mi imagas timigajn aferojn. Sed plej ofte ĉio estas tute griza kaj sensenca, malbela."

"Ĉu absolute ĉio? Ĉu nenio rompas la grizon?"

Letti ekpensas pri la bona kunestado kun la veganaj kamaradoj. La ridgaso kaj la kanabaj rulaĵoj. Sed tion ŝi ne povas diri al la psikologo.

"Mi ŝatis loĝi ĉe kelkaj amikoj, kiuj kultivas legomojn. Sed ne eblis resti tie."

"Ĉu vi loĝis tie kun via infano?"

Letti kapneas senvorte.

"Do, se mi bone komprenas, vi havis pli bonajn periodojn, sed poste viaj simptomoj revenis, ĉu?"

"Jes."

Susana rigardas ŝin penseme kaj alĝustigas la okulvitrojn perfingre. Dum kelka tempo neniu diras ion.

"Nu, bone", finfine diras la psikologo. "Ĉiuokaze via stato ne estas tute senŝanĝa. Tio devas esti kuraĝiga, ĉu ne? Nun, se vi permesas, mi petos vian patrinon priskribi, kiel ŝi spertis la situacion."

Marina komencas paroli pri kiel Letti reagis al la vivo kiel patrino, ke ŝi ne volas varti la filon kaj ke ŝi kelkfoje suferas psikozajn simptomojn. Baldaŭ Letti ne plu aŭskultas sed aŭdas nur la sonon de ŝia voĉo kiel ian foran murmuradon. Post certa tempo, dum kiu Letti sinkis en ŝveban meditadon pri nenio specifa, Leo interrompas la paroladon de Marina per malkontentaj krietoj.

"Eble mi promenigu lin", diras Marina.

Susana ridetas konsente.

"En ordo. Dume mi povos iomete interparoli duope kun Letícia."

Post kiam Marina eliris el la ĉambro kun Leo, Susana rigardas Lettin esplore.

"Ĉu vi mem povas priskribi tiujn sensacojn, pri kiuj parolis via patrino?"

Letti rigardas ŝin nekomprene.

"Kion priskribi?"

"Tion, kion vi spertis. Ĉu vi sentis ke vi perdis kontakton kun la realo?"

Letti pripensas, klopodante memori.

"Verŝajne. Sed estis diversaj aferoj. Kelkfoje mi sentis ke mi estas ekster mi mem. Tiam nenio ŝajnis vere reala. Alifoje... mi ne scias. Ĉio iĝis stranga, simple. Timiga. Mi kredis ke homoj kaj aferoj estas... io alia. Ke oni minacas min. Kaj ke aferoj iel eniris mian cerbon. Sed mi ne bone memoras."

"Kiam vi spertis tiujn simptomojn, ĉu ili ŝajnis realaj, aŭ vi konsciis ke vi halucinas?"

"Mi ne povas diri. Ĉio ŝajnis malreala, tamen mi ege timis."

"Ĉu tiam vi angoris?"

"Nu... mi pensas ke jes. Sed ankaŭ alifoje."

"Ankaŭ alifoje? Do vi kelkfoje sentis angoron sen tiuj simptomoj de malrealeco, ĉu? Kiel vi sentis tiun angoron?"

Letti pripensas kaj klopodas memori.

"Mi sentis ke la koro haltas. Aŭ ke mi ne ricevas aeron. Kaj tiam mi panikis."

"Mi komprenas. Tre timiga sperto, nature. Ĉu vi scias, kio ellasis tiujn diversajn sensacojn?"

Letti senvorte kapneas. Kiel ŝi sciu tion?

"Mi demandas tion, ĉar se ni sukcesos eltrovi, kio ellasas aŭ provokas ilin, tio povos helpi vin superi ilin, mi pensas."

Letti daŭre nenion diras, sed nun ŝi kapjesas.

"Sed verŝajne neniu krom vi mem povos respondi tiun demandon", daŭrigas Susana. "Mi tamen provos helpi vin esplori tion, se vi permesos."

Nova kapjeso de Letti.

"Jes", ŝi poste sukcesas diri.

"Nu, bone", diras Susana, "do mi proponas ke vi venu unufoje semajne por interparoli kun mi. Post kelka tempo ni povos konsideri, ĉu utilos alispeca helpo. Ni havas diversajn grupajn agadojn por gejunuloj kun malsamaj specoj de problemoj, sed mi ne certas, ĉu iu el ili konvenus por via situacio. Temas ekzemple pri knabinoj kun memvunda konduto aŭ kun diversaj manĝoproblemoj. Ni povos konsideri tion post kelka tempo. Ĉu en ordo?"

Letti silentas sufiĉe longe.

"Ĉu vi povas diri, pri kio vi pensas?" demandas Susana.

"Mi ne certas, ĉu mi volas paroli pri tiuj sentoj aŭ pri la angoro. Mi preferas ne tro multe pensi pri ili."

"Ĉu vi timas ke ili revenos, se ni interparolos pri ili?"

Letti kapjesas. Susana ŝajne pripensas ion, kaj poste ŝi same kapjesas. Dum momento Letti eksentas impulson ekridi pro iliaj du alterne kliniĝantaj kapoj.

"Mi komprenas", diras Susana. "Tio eble estas natura timo. Sed mi fakte pensas male. Se vi daŭre evitos pensi kaj paroli pri tiuj spertoj, por ke ili ne revenu, tio iel signifas ke ili plu regos vin. Por superi ilin, vi devos riski alfronti ilin. Tamen mi tute ne volas puŝi vin. Ni povos reveni al tio poste. Nun mi ŝatus demandi ankaŭ pri la manĝado. Ĉu vi mem trovas ke vi manĝas sufiĉe?"

Letti ne komprenas. Kial ŝia manĝado gravas al la psikologo?

"Via patrino rakontis ke vi perdis multe da pezo", daŭrigas Susana. "Kaj laŭ via figuro tio ŝajnas tute ebla."

Letti klopodas pensi. Ŝi ne memoras sian pezon. Fakte ŝi neniam pesas sin.

"Mi ne scias. Eble."

"Bone, ne urĝas. Ni povos trakti ankaŭ tion poste. Se vi decidos vizitadi min, ni prefere komencu paroli pri via vivo ĝenerale, antaŭ viaj problemoj. Mi devos iomete ekkoni vin, ĉu ne? Ni provu ekkoni unu la alian."

Ŝi paŭzas kaj rigardas Lettin kun rideto.

"Kion vi opinias? Vi devas mem elekti, ĉu reveni aŭ ne."

Letti plu dubas, ĉu simplaj interparoloj povos iel utili aŭ helpi ŝin. Des malpli, se oni parolos pri manĝado. Aliflanke ĉi tiu juna virino plaĉas al ŝi. Ŝi ne ŝajnas timiga speco de psikologo. Kaj la fakto ke iu volas fari provon helpi ŝin, eĉ se tio nur estas profesia tasko, tamen ja estas iel kuraĝiga.

"Bone, mi revenos."

Do, ĉiun ĵaŭdon antaŭtagmeze Letti iras al la konsultejo de la junulara psikiatrio por unuhora interparolo kun la psikologo Susana. Unu plian fojon Marina veturigas ŝin; poste ŝi sola biciklas la du kilometrojn, el kiuj duono pasas tra la plej granda parko de la urbo, la sama en kiu ŝi unue kolektis printempajn observojn por sia palpema instruisto kaj poste laboris en la ĝardenista skipo, elsarkante trudherbojn. Sed ambaŭ tiuj spertoj nun ŝajnas tute fikciaj, kiel io legita aŭ spektita en filmo.

Komence ŝi rakontas al Susana pri sia infanaĝo, kiom ŝi memoras el ĝi. Poste pri la adolesko ĝis la tago, kiam ŝi decidis fariĝi patrino. Ŝi rakontas pri siaj hiphopa dancado, muzikado kaj pri la emo al teatra aktorado.

"Tio estas interesa", diras Susana. "Mi scias ke pli frue ni havis grupon da gejunuloj, en kiu oni uzis dramajn ekzercojn kiel terapian metodon. Mi povus esplori, ĉu post Novjaro eblos denove aranĝi ion tian."

Letti ne komentas tion. Ŝi ne komprenas, kiel aktorado povus helpi resanigi ŝin, sed ŝi ne volas kontraŭdiri al Susana. Jam post du konsultadoj ŝi komencas aprezi sian ĉiusemajnan horon en la psikiatria konsultejo. La vizitoj tie ŝajnas al ŝi fostoj de parapeto, laŭ kiu ŝi palpe trenas sin antaŭen. Kien, ŝi tamen ankoraŭ ne scias.

Dekkvara ĉapitro

En la tria dimanĉo de Advento venas vizitantoj al Letti. Ili estas Hedda kaj Zejnab, ŝiaj samklasanoj en la gimnazio. Jen surprizo, kvankam ŝi nun memoras ke Panjo Marina iam menciis antaŭan viziton de Hedda, kiam Letti estis en Bunkeflo.

"Mi ĝojas revidi vin!" ekkrias Hedda. "Kiel vi fartas? Vi mankas al ni ĉiuj."

Letti ne scias, kion respondi al tio. Fakte ŝi mankas ankaŭ al si mem.

"Ĉu ni povas vidi la bebon?" petas Zejnab.

Letti levas la ŝultrojn, sed Marina respondas en ŝia loko. "Kompreneble. Ĉi-momente li dormas, sed baldaŭ li vekiĝos. Ĉu vi trinkos tason da kafo? Aŭ ion alian?"

"Ne necesas, sed se vi mem kafumos, do volonte", ĝentilas Hedda.

Kaj post mallonge oni sidas en la salono kun kafo, kuketoj kaj konversacio.

"Bedaŭrinde ke vi ne povis daŭrigi dum la dua jaro de la gimnazio", diras Hedda. "Sed supozeble tio estus tro malfacila pro la knabeto."

Ŝi eble ne komprenis aŭ ne volas rekte aludi ke ne Leo sed la malsano ĉefe obstaklis tion por Letti.

"Sed postmorgaŭ la klaso aranĝos feston", rakontas Zejnab kaj glutas pecon da dana migdalkuketo. "Kaj ni ĉiuj ŝatus, se vi volus partopreni. Vi ne devus fari ion, ĉar ĉio jam estas planita. Simple alvenu por kunesti dum la vespero, ĉu ne?"

"Ni faros procesion de Sankta Lucia", diras Hedda. "Sed tio ne gravas. Estas nur ia preteksto, kaj ni faros ĝin en nova maniero, kiun vi espereble ŝatos."

Letti ne scias kiel klarigi ke ŝi ne havas forton por tia kunestado, dum kiu necesus fojon post fojo respondi al scivolaj demandoj pri ŝia filo, pri ŝia nuna vivo, pri kiam ŝi revenos al la lernejo kaj tiel plu. Tio simple estus tro granda turmento.

Bonŝance tiumomente Leo anoncas ke li vekiĝis per laŭta balbutado en ŝia ĉambro, kien la panjoj lastatempe relokis lian liton.

Marina, Hedda kaj Zejnab iras tien por levi lin, espori ĉu necesas ŝanĝi vindaĵon kaj reciproki lian balbutadon. Poste ili revenas en la salonon, kaj la planita festo estas forgesita dum kelka tempo. La du samklasaninoj alternas porti Leon kaj teni lin dum lia tagmanĝo. Nur fine, antaŭ ol foriri, ili ripetas ke Letti estos bonvena en la festo.

"Mi ne scias", ŝi diras evite. "Mi ne certas ke mi havos forton por tio. Mi estis malsana."

"Tamen nun vi resaniĝis, ĉu ne?" diras Hedda kuraĝige.

"Venu, mi petas. Estos mojose."

"Nu, ni vidu."

Poste ankaŭ la panjoj instigas ŝin partopreni en la festo de la klaso, sed finfine ŝi ne faras tion. Ŝi sentas tiun aron da knabinoj jam tro fremda kaj timiga. Ili pluvivas siajn vivojn, dum ŝi haltis kaj fiksiĝis en ia Limbo. Pri la knaboj ŝi eĉ ne pensas. Ŝi apenaŭ memoras iliajn nomojn. Ili ekzistis en ia antaŭa vivo, kiu havas nenion komunan kun la nuna.

Decembro pasas kun normala antaŭkristnaska komerco, kvankam iom malpli vigla ol kutime, ĉar granda parto de la sveda popolo spertas ŝrumpantan aĉetpovon pro la alta inflacio. En Ukrainio Rusio ĉiutage atakas la civilan infrastrukturon per misiloj kaj droneoj por senigi la loĝantojn je elektro, akvo, hospitaloj, lernejoj kaj ofte ankaŭ loĝejoj. Post kiam la ukraina armeo rekonkeris Ĥersonon en la sudo, Rusio klopodas gruzigi tiun urbon per ĉiutagaj artileriaj atakoj kaj ekstermi la malmultajn restantajn loĝantojn, kiujn ili laŭaserte volis liberigi el la vivo sub ukrainaj nazioj. Ke temis pri liberigo el la vivo entute, oni ne publike deklaris.

Marina plu vartas Leon, kiu jam pli-malpli saniĝis de sia koliko kaj nun montras pli bonan humoron. Li scivole rigardas ĉion kun entuziasmo, provante kapti kaj enbuŝigi ĉion novan, kion li trovas en la mondo, por ekkoni kaj gustumi ĝin. De temp' al tempo Letti akceptas teni lin dum minuto aŭ akompani Marinan promenante kun li, kvankam la decembra vetero kaj mallumo ne tre ofte invitas al plezura promeno.

Ĉiusemajne Letti renkontas Susanan kaj parolas kun ŝi, plej ofte pri sia vivo antaŭ la naskiĝo de Leo, do antaŭ la malsano. Mallonge antaŭ Kristnasko ŝi unuafoje de monato kaj duono vizitas siajn iamajn kunloĝantojn en Bunkeflo. Ŝi iras tien kun Helle kaj Leo, kaj ili estas akceptataj sufiĉe amike de Alva, Freja kaj Noel.

"Nu, ĉi tie okazis aferoj post via foriro", diras Alva. "Kaj eĉ pli multe okazos post Novjaro."

"Kio do?"

Ili sidas babilante en la kuirejo. Leo ĵus rondiris de brakoj al brakoj kaj momente ripozas en la sino de Alva, dum ŝi rakontas, kio okazis.

"Unue Ella kaj Noel disiĝis, kaj ŝi ekloĝis kun amikino en Lund. Poste dum kelka tempo alia knabino loĝis ĉe ni, sed ŝi ne plu restas, ĉar nia dieto finfine ne plaĉis al ŝi. Pli ĝuste ni kaptis ŝin ĉe la freŝa faro, kiam ŝi kaŝe manĝis frititajn kokidajn flugilojn. Sed la plej grava ŝanĝo estos ke ni ĉiuj baldaŭ devos transloĝiĝi de la domo."

Letti ŝokiĝas. Ĉu ili do forlasos la domon kaj la ĝardenon, la legombedojn kaj la pomarbojn?

"Ni ne plu povos pagi la elektron", klarigas Alva. "La domo ja estas malbone izolita kaj hejtata per elektraj radiatoroj. Krome niaj du malnovaj frostujoj rabas amason da elektro. Oktobro estis en ordo, dank' al la varma vetero. Sed novembro estis katastrofo. Kaj tio simple plu daŭros. Se iam venos la promesita ŝtata kompenso pro alta elektrokosto, ĝi estos pagita al la domposedanto, ne al ni. Kiel vi scias, Freja kaj mi ne havas plentempajn laborojn, kaj Noel studas. Niaj enspezoj simple ne sufiĉos."

"Do, kien vi iros?"

"Noel trovis studentan loĝejon ekde februaro. Mi provizore loĝos ĉe la gepatroj, dum mi serĉos ion propran. Kaj Freja serĉas apartamenton aŭ ĉambron ie ajn. Sed krome ni ne scias, kie stoki niajn konservitajn legomojn. Ella kunportis kiom ŝi povis, kaj krome ni provas vendi iom, sed tio ne facilas."

Ĉi tiu novaĵo impresas forte kaj tre negative al Letti. Kvankam ŝi ne plu povas esperi mem loĝi en la domo, ĝi restis por ŝi ia sekura punkto de orientiĝo. Ĝi simbolas revon pri feliĉa vivo, kiu nun krevas. "Ni tamen aranĝos belan adiaŭan feston en la dua tago de Kristnasko", diras Noel gaje. "Vi estos bonvena partopreni, Letti!" "Kaj se vi volas aĉeti legomojn, bonvolu rigardi, kio ekzistas", diras Alva, turniĝante al Helle. "Prefere frostigitajn, ĉar ni devos malŝalti unu frostujon kiel eble plej baldaŭ."

La adiaŭa festo efektive fariĝas tre sukcesa, kvankam la amaro de fino kaj disiĝo almenaŭ komence ŝvebas super ĉio kaj ĉiuj loĝantoj kaj gastoj. Male ol ĉe la invito de Hedda kaj Zejnab, Letti neniam hezitis veni ĉi tien. La veganoj ja ne konis ŝin antaŭ la malsano, do ili estas parto de ŝia nuna vegetado. Oni manĝas abundajn mikspotojn, trinkas diversajn sukojn, tizanojn kaj dekoktaĵojn. Kaj poste oni aperigas tubon da ridgaso kaj balonojn, kiuj poste rondiras inter la dudeko da ĉeestantoj.

Letti ĝuas la kunestadon. Kiel kutime ŝi mem ne multe parolas, sed la etoso, la ĉirkaŭaj interparoloj kaj la gaso igas ŝin rideti kaj senti la mondon pli amika ol aliokaze.

Vespere alvenas Seb por aliĝi al la societo, proponante kelkajn kanabajn rulaĵojn je duobla prezo ol antaŭe, "ĉar la elektra lumo jam pli kostas ol oro". Letti rigardas lin kun surpriziĝo. Post la unua momento ŝi sentas nenian timon. Li estas pli-malpli indiferenta viro sufiĉe aĝa, trivita, eĉ iomete ridinda.

"Saluton, Letti", li diras, ekvidante ŝin en distanco. "Pasis tempego. Ĉu ĉio en ordo?"

"Jes", ŝi diras senemocie. "Ĉio en ordo."

Tio ja ne estas tute vera, sed vidante lin, ŝi tamen pensas tiel. Estas en ordo ke ŝi ne plu dependas de li, kaj ke li tute ne teruras ŝin. Ŝi eĉ kapablas ridi pri li, kaj tion kaŭzas ne nur la ridgaso.

Kiam oni rondirigas rulaĵon, kaj ĝi atingas ŝin, ŝi decidas rezigni ĝin. Ne pro la prezo, sed krom la gaso kaj la amika etoso, ŝi bezonas nenion pluan. Precipe nenion, kio povus memorigi al ŝi la tempon kun Seb kaj la porkoj.

Kvankam ŝi ne plu timas Sebon, ŝi evitas proksiman kontakton kun li. Anstataŭe ŝi tenas sin ĉe la flanko de Noel dum la fina parto de la festo, kaj tiel okazas ke ŝi restas dumnokte kun li. Estas tro mallume eksterdome por iri al la bushaltejo, se entute plu trafikas buso en ĉi tiu festotaga vespero, kaj ŝi ne volas peti aliajn gastojn ke ŝi iru kun ili. Ŝi ankaŭ ne ŝatus dormi sur la salona sofo, por la okazo ke Seb restus tie. Do ŝi alkroĉas sin al Noel, kiu ja ne plu havas Ellan, kaj li ne forpuŝas ŝin, eĉ ne el sia lito. Ili tamen ne seksumas sed nur karesetas unu la alian mane kaj poste endormiĝas.

Matene ŝi rimarkas ke Noel estas embarasita kaj Alva vinagras, do ŝi ne restadas longe sed ekiras hejmen tuj post rapida matenmanĝo. Ŝi eĉ ne proponas sin por helpi ordigi post la festo, kaj ŝajne neniu atendas ke ŝi faru tion. Dum ŝi paŝas sur la malseka vojo tra la matena krepusko al la bushaltejo, ŝi pensas ke ŝi kredeble vidis la domon kaj la tri kamaradojn la lastan fojon.

Ŝajnas ke la pandemio neniam tute finiĝos. Oni jam ĉesis maltrankvili pro ĝi, kaj tamen nova ondo da infektoj kreskis dum la aŭtuno, kaj nun la hospitaloj denove plenas de malsanuloj, kvankam la nova omikrona varianto de la koronviruso laŭdire kaŭzas pli mildan malsanon ol la antaŭaj. Tre verŝajne la aŭtuna tusado kaj febro de Seb efektive estis infekto de tiu viruso, pensas Letti, kvankam li rifuzis rekoni tion. Fakte estas pli-malpli miraklo ke ŝi mem evitis infektiĝi de li, ĉar laŭdire la vakcino ne tre efike haltigas la novan varianton de la viruso, kvankam ĝi ja protektas de grava malsaniĝo. Sed en Ĉinio subite eksplodis grandega ondo da infektoj, kio trafas precipe la maljunulojn tie, ĉar ili plejparte ne estas vakcinitaj. Laŭ la novaĵraportoj la ĉinaj funebristoj kaj tombejoj estas superŝutataj de mortintoj, el kiuj sendube multaj estas viktimoj de la pandemio. Oficiale Ĉinio tamen delonge ne raportas mortojn pro la viruso.

En Svedio disvastiĝas samtempe kun la koronviruso ankaŭ ordinara gripo, kaj krome viruso nomata RSV, kiu povas kaŭzi severan malsanon en la spirvojoj de infanetoj. Pro tio Marina iom nervozas, sed ĉar Leo apenaŭ renkontas aliajn infanojn, la risko de infektiĝo verŝajne ne estas tre granda.

En la lasta tago de la jaro la vetero ne similas normalan Silvestron. La temperaturo estas dek gradoj super nulo, kaj videblas eĉ ne floko da neĝo, nek surtere nek enaere. La televidaj novaĵoj raportas ke ne malproksime trans la Balta maro, en Pollando, estas eĉ dek naŭ gradoj, kaj en la tuta Eŭropo la jaro 2022 estis la plej varma, kiun oni registris iam ajn. Krome oni konstatis ke la klimatŝanĝo okazas plej rapide en Arkto. En la plejparto de Svedio la meza plivarmiĝo jam proksimas al du gradoj, kaj ĝi certe ne restos tie sed ankoraŭ kreskos.

Letti plu vizitadas la junularan psikiatrian konsultejon por ĉiusemajna interparolo kun la psikologo Susana Massi. Nun en la nova jaro ŝi jam komencas rakonti pri siaj psikaj problemoj post la akuŝo: la deprimiĝo, la angoraj atakoj kaj fine la strangaj sentoj de malrealeco kaj halucinoj, kiujn la kuracisto nomis psikozaj simptomoj. Ŝi tamen ne ŝatas rakonti pri ili, ĉar ŝi timas elvoki la malsanon, se ŝi parolas aŭ eĉ nur pensas pri tiuj sensacoj.

"Mi komprenas", diras Susana. "Sed mi firme kredas ke necesas paroli pri tiuj problemoj por iom post iom venki ilin. Ne indas kaŝi la kapon en sablo kiel struto."

Letti dubas, ĉu strutoj fakte kondutas tiel stulte, sed tion ŝi ne diras.

"Kaj se vi zorge prenos viajn medikamentojn, sekvante la preskribojn, viaj simptomoj devus ne reveni. Se tio tamen okazus, ni tuj petus nian kuraciston modifi viajn preskribojn."

Do Letti daŭrigas pri la piloloj kaj pri la ĵaŭdaj interparoloj. Entute ŝia vivo fariĝis sufiĉe monotona. Ŝi dormas en sia lito, matenmanĝas, kaj poste reiras al sia ĉambro, krom se Marina devigas ŝin fari ion kun Leo dum mallonga tempo. Plejparte ŝi ripozas en ia griza, seneventa estado, atendante ŝi-ne-scias-kion. Ŝi aŭdas admonojn de la panjoj sed ne vere aŭskultas ilin. Kelkfoje ŝi legas ion aŭ surfas interrete, sed nur malofte kaj dum ne tre longa tempo, ĉar nenio interesas ŝin aŭ kaptas ŝian atenton. Post tia legado aŭ spektado ŝi apenaŭ memoras ion ajn el la verko; do la tuta afero estas plejparte vana.

La mono de la gepatra asekuro plu estas pagata al ŝia konto, kaj krome ŝi ricevas ŝtatan alimentan kompenson, ĉar Filip estas studento kaj ne povas pagi ion. Li estas plenaĝulo, do liaj gepatroj ne ŝuldas pro li. Kaj ĝis nun ili montris neniun intereson pri la nepo. Eble ili opinias ke Letti iel trompis ilian filon, igante lin patro kontraŭ lia volo. Nun, kiam ŝi revenis al la panjoj, oni uzas la ricevatan monon entute por la familiaj bezonoj, ĉar Marina nenion enspezas. Aliflanke Letti mem apenaŭ elspezas ion ajn, krom por la medikamentoj. Ŝi ja manĝas, kion oni prezentas al ŝi, sed ŝi neniam eliras por amuziĝi aŭ butikumi. Ŝi surmetas la malnovajn vestaĵojn, kiuj kuŝas en tirkestoj aŭ pendas en vestoŝranko. Da ŝminko ŝi ĉiam uzadis malmulte kaj nun eĉ neniom.

De temp' al tempo la panjoj demandas ŝin, ĉu ŝi ne volas kontakti Filipon, por ke Leo renkontu sian patron. Sed ŝi ne volas eĉ pensi pri tiu perfidulo.

"Se li volas vidi lin, li scias, kie li estas", ŝi diras unufoje. Kaj alifoje: "Vi povas doni la knabon al li. Li faris lin, ĉu ne?"

Sed ĉar tiuj diraĵoj igas precipe Panjon Helle koleri, ŝi poste tute evitas respondi ion ajn, krom per nea skuado de la kapo kaj alturno de la dorso.

Komence de februaro telefonas al ŝi Noel.

"Ni jam forlasis la domon", li diras, "kaj mi ekloĝis en studenta loĝejo ĉe Thomsons väg."

"Mi ne scias, kie situas tiu strato."

"Norde de Rosengård. Apud la interna ringovojo. Mi pensis ke vi eble volas scii."

"Bone. Dankon."

"Alva konservas la plimulton de niaj restantaj legomoj en la domo de siaj gepatroj en Jägersro."

"Bone."

"Tio estas, se vi volus aĉeti iom."

"Eble. Mi demandos la panjojn."

Fariĝas paŭzo. Ŝi tenas la telefonon ĉe la orelo. Ial ŝi ne volas ŝalti la laŭtparolilon.

"Ĉu vi ŝatus viziti min?" li diras.

Ŝi pripensas.

"Eble. Se vi havas tempon."

"Jes, certe. Precipe vespere. Aŭ semajnfine."

"Bone. Mi pripensos kaj telefonos al vi, se mi volos veni."

"Mojose. Kiel vi fartas, cetere? Ĉu en ordo?"

"Jes, en ordo, mi supozas."

"Bone."

La interparolo sekiĝas kiel rivereto en dezerto. Iel ŝajnas al ŝi ke Noel en la studenta loĝejo ne estas la sama persono kiel iam en la vegana loĝkomunumo. Sed poste ŝi efektive pripensas la proponon kaj trovas ke eble tamen plaĉus al ŝi renkonti lin. Malgraŭ tio pasas pli ol semajno, antaŭ ol ŝi efektivigas la decidon.

Ŝi iom timis trovi ke lia loĝejo konsistas el ĉambro en koridora sistemo kun komuna kuirejo, ĉar ne plaĉus al ŝi renkonti lin inter aro da aliaj studentoj. Sed bonŝance ne estas tiel. Li ja havas nur unu ĉambron, sed proprajn kuirejeton kaj necesejon kun duŝejo.

"Ĉu jen viaj propraj mebloj?" ŝi demandas, vidante la diversaspektajn seĝojn, skribtablon kaj liton en la ĉambro.

"Plejparte ne. Mi pruntis tablon de Alva, seĝon kaj liton de Freja kaj tiel plu. Tio eĉ estas oportuna, ĉar ili ne scias, kien meti ilin, kaj mi ne posedas multajn aferojn. Tiu komodo kaj la lampo sur la skribtablo estas pli-malpli ĉio, kio estas mia propra. Sed ne gravas. Dum mi plu studos, tio estos en ordo."

"Kiom da tempo restos al vi?"

"Ĝis ekzameno? Almenaŭ jaro kaj duono. Sed poste necesos trovi laboron, kaj tre verŝajne mi devos komenci en ia forgesita loko meze de la plej malhela Smolando."

Letti scias ke li studas por fariĝi medioprotekta inspektisto en loka administracio, sed ŝi ne certas, kian laboron tio signifos konkrete. Eble kontroli firmaojn, kiuj poluas la naturon, aŭ inspekti kuirejojn de restoracioj. Cetere jaro kaj duono ja estas eterno da tempo. Ŝi eĉ ne kuraĝas cerbumi pri kiel ŝi mem vivos post tiom da tagoj. Apenaŭ eĉ, ĉu ŝi entute vivos.

Interparolante ili kune memorigas al si aferojn el la aŭtuno en Bunkeflo. La festojn, la rikoltadon, la kunloĝantojn Alva kaj Freja. Tamen ili evitas paroli pri Ella kaj Seb. Ankaŭ la nokton, kiam ili kuŝis unu apud la alia en lia lito, neniu el ili mencias.

Vespere Noel kuiras hejmefaritajn falaflojn kun peklitaj legomoj el la propra rikolto.

"Ĉu fakte eblas mem fari falaflojn?" ŝi surprizite ekkrias.

"Tamen ja facilas aĉeti ilin pretaj, kaj eĉ malmultekoste, ĉu ne?"

"Sed estas pli mojose mem fari ilin. Necesas nur komenci unu tagon antaŭe, trempante la kikerojn en akvo."

Letti konsterniĝas. Ŝi ne povas imagi, kiel eblus scii hieraŭ, kion oni volas manĝi hodiaŭ. Sed fakte la falafloj de Noel estas tute en ordo, preskaŭ kiel profesie faritaj.

Kiam ŝi malfermas lian fridujon, ŝi konstatas ke li ne plu estas ortodoksa vegano. Kuŝas tie peco da ordinara bovina fromaĝo kaj eĉ paketo da iaj tranĉaĵoj nomataj 'meleagra ŝinko' laŭ la surskribo. Tamen ŝi ne komentas tion. Bone ke li almenaŭ ne havas porkaĵon en sia fridujo.

Vespere ŝi ne hejmeniras. Laŭ ordono de la panjoj ŝi telefone tekstmesaĝas ke ŝi revenos morgaŭ, kaj poste ŝi enlitiĝas apud Noel. La lito ne estas vere duPersona sed sufiĉa por ili ambaŭ.

"Cent-kvin-centimetra", li sciigas, kiam iliaj korpoj neeviteble kunpuŝiĝas sub la littuko, kvankam neniu el ili estas dikulo. Kaj finfine ne eblas denove resti nur apudaj dum tuta nokto. Fakte li montriĝas tre tenera amoranto, tute ne simila al Seb. Kiaj estis Filip kaj Oliver ŝi eĉ ne volas memori. Ĉiuokaze Noel traktas ŝin kun molaj manoj kaj buŝo, sed kiam li poste penetras ŝin, li estas tute konvene malmola, kaj ŝi sentas ke ŝi retrovas en si ion delonge perditan. Nun ŝi ne estas tro seka, eble dank' al lia antaŭa lekado, do li ne dolorigas ŝin.

Poste ŝi iomete ploras, lasante la larmojn guti sur lian nudan kaj glatan bruston. Ŝi rigardas lian taŭzitan blondan hararon kaj la vizaĝon, kiu somerfine estis rozeta kun lentugoj sed nun jam vintre pala.

"Ĉu vi bedaŭras?" li maltrankvile demandas. "Tamen vi ja volis tion, ĉu ne?"

"Mi ne bedaŭras. Tute ne. Estis bone."

Fakte ŝi bedaŭras nur tiujn stultajn larmojn. Ŝi tute ne scias, pro kio ili ekfluis. Eble tutsimple pro tio ke li estis bona al ŝi.

Matene ili disiĝas; li ekiras al sia instituto kaj ŝi al la panjoj. Ne nur ĉar ŝi mesaĝe promesis tion, sed krome ĉar ŝi ne volas resti, ĝis li eble petos ŝin foriri.

Sidante en la buso ŝi cerbumas pri la afero. Ŝi sentas sin iel pli malpeza ol kutime. Temas ne pri enamiĝo, tute ne. Almenaŭ ŝi firme kredas ke ne. Sed ŝi trovas tre simple estadi kun Noel. Ŝi sentas nenian premon, neniajn postulojn. Espereble li akceptos renkonti ŝin denove post kelka tempo, ŝi pensas, elbusiĝante kaj ekpromenante la lastan parton de la vojo. Se ŝi ne tro altrudos sin, li eble volos ripeti la aferon.

Hejme en la apartamento atendas Marina kun Leo. Ŝi evidente zorgoplenas.

"Ĉu vi restis ĉe tiu junulo ĝis nun? Mi esperas ke vi prenis viajn medikamentojn. Vi certe ne volas sperti novan kolapson kiel ĉe tiu viro Seb."

"Ne zorgu. Tio ne okazos."

Ŝi volas diri ke ĉe Noel estas nek porkoj nek porkaĵo. Sed tio ja sonus stultege. Do ŝi diras nenion plu. Marina tamen ne finis siajn admonojn.

"Mi volas ke vi dormu hejme, Letti. Vi estas malsana kaj vundebla, kaj ne estas bone por vi tiel baldaŭ ĵeti vin en novan rilaton kun knabo. Mi timas ke denove okazos tia krizo kiel antaŭe."

Se Letti povus, ŝi kredeble kolerus ĉe tiuj vortoj, sed ŝi ne plu posedas tiel fortajn sentojn. Tamen ŝi tediĝas.

"Mi ne ĵetas min. Noel estas bona amiko, jen ĉio. Vi ja renkontis lin en Bunkeflo. Li ne povus vundi eĉ muŝon. Cetere Panjo Helle diris ke vi mem ĵetadis vin inter virojn, kiam vi estis juna."

"Ha, kia stultaĵo! Mi certe ne... Helle neniam dirus ion similan. Nu, krom eble ŝerce. Ĉiuokaze mi maltrankvilas pri vi. Dormu hejme, mi petas. Kaj provu denove varti Leon iomete. Vi devos iom post iom alkutimiĝi."

Al kio ŝi do alkutimiĝu? Ĉu al la trolido? Al la panjoj? Al la senfina vico da tagoj en deprima manko de io ajn ĝojiga? Aŭ al la propra nekapablo plu ĝoji, koleri aŭ iel ajn reagi, senti emociojn?

Ŝi tamen obeas kaj faras provon okupiĝi pri Leo. Nun li kapablas sidi, kvankam fojfoje li renversiĝas pro pura ekscito kaj deziro kapti ion per la manoj. Ŝi etendas al li ludilon, raslilon, pupon. Ĉiufoje li prenas ĝin, provas enbuŝigi ĝin kaj lasas ĝin fali, ĉu vole, ĉu senintence, ne eblas scii. Ŝi denove donas ĝin; li enbuŝigas kaj lasas ĝin fali. Kaj jen elĉerpiĝas la ludemo de Letti, sed tiu de Leo neniam ĉesas. Do ŝi redonas lin al Panjo Marina.

"Vi devus iom paroli kun li", proponas Marina.

"Kion diri? Li ja nenion komprenas."

"Li baldaŭ komprenos pli ol vi pensas."

Tion Letti ne kredas, sed ne indas kontraŭdiri.

"Mi estas laca. Mi devas iom ripozi."

Kaj ŝi iras al sia ĉambro por kuŝiĝi sur la liton. Bonŝance la knabeto ankoraŭ ne povas mem postsekvi ŝin.

Dekkvina ĉapitro

Ŝi faras duan viziton ĉe Noel, kaj malgraŭ la peto de Marina ŝi denove tranoktas en lia lito. Ne, tio verŝajne ne estas amo, sed ja konsolo. Ŝi rigardas lin kiel pluŝbeston, ian urseton, kian ŝi karesis kiel knabineto, kvankam ĉi tiu besto ne havas felon. Li estas precize tia ulo, kian ŝi nun bezonas. Kaj li volas nek forpeli ŝin, nek vori ŝin. Almenaŭ ĝis nun ne. Kiam ŝi poste revenas hejmen al la apartamento, Marina denove grumblas, sed tio ne gravas. Ŝi grumblu, se tio plaĉas al ŝi. Bonŝance ne estas risko ke Helle aŭ la tuta familio akompanos ŝin al Noel, kiel ili faris al la domo en Bunkeflo. Oni ne invadas studentan ĉambron dum familia ekskurso. Nu, ŝi esperas ke ne. Kun Panjo Helle ne eblas vere ekskludi ion ajn.

Meze de februaro la ŝtata instituto de meteorologio deklaras ke en Malmö laŭdifine la aŭtuno transiĝis en printempon sen intera vintro, ĉar la meza temperaturo neniam restadis sub nulo dum kvin sinsekvaj tagnoktoj. Nu, pri tio fajfas Letti kaj la ceteraj urbanoj, kiuj kutimas je tiaspeca senfrosta vintro. Dum ĝi plu daŭras kun ventoj, nebulo, pluvo kaj foje neĝpluvo, kiu dum kelkaj tagoj lasas glitigan kaĉon sur la urbaj stratoj, ŝi pli kaj pli ofte vizitas Noelon kaj ankaŭ tranoktas ĉe li. Ili kuiras kaj manĝas kune, babilante pri negravaj aferoj. Li rakontas pri siaj studfakoj, kiuj konsistas el varia spektro de juro ĝis kemio kaj biologio. Li preskaŭ neniam demandas ŝin pri ŝia vivo, kaj ŝi malofte ion rakontas. Cetere ekzistas nenio rakontinda, almenaŭ el la nuno, kiam ŝi fakte ne havas vivon. Kelkfoje ŝi parolas pri siaj ŝatokupoj antaŭ la akuŝo kaj la malsano, do en la infanaĝo: la hiphopo, la muzikado, la teatro. Nek ŝi nek Noel mencias Leon.

De temp' al tempo li proponas al ŝi iri al kinejo aŭ al koncerto, sed ŝi ĉiam rifuzas. Filmojn ŝi preferas spekti en lia loĝejo, sur lia komputila ekrano. Tie li krome ludas iom da muziko, sed nenion, kio interesas ŝin. Temas pri Victor Leksell, Daniela Rathana kaj aliaj, kies nomojn ŝi eĉ ne konas. Entute ŝi ne plu ĝuas muzikon. Li fakte demandas, kion ŝi iam kutimis aŭskulti, kaj ŝi mencias la repistinojn Seluah Alsaati kaj Maxida Märak. Tiam li elfosas ilin el la reto kaj aŭdigas ilin, sed Letti ne plu scias, kial ili plaĉis al ŝi tiuepoke. Nun ŝi tamen trovas lian zorgemon iomete kortuŝa. Ĉu ŝi do iel gravas al li?

Ĉiujaŭde ŝi plu biciklas al unuhora interparolo kun Susana. Ŝi jam delonge ŝatas tiujn konsultojn, kvankam kelkfoje ŝi devas tuŝi temojn, pri kiuj ŝi preferus silenti kaj forgesi.

"Mi scias ke la naskiĝo de via filo alportis elreviĝon kaj eble traŭmaton, ĉar vi ne povis ami lin, kiel vi atendis antaŭ la akuŝo. Sed mi ŝatus peti vin pripensi, ĉu io ĉe li tamen plaĉas al vi."

"Ne. Nenio."

"Atendu, mi diris 'pripensi', do ne respondu tuj aŭtomate, mi petas."

Do Letti pripensas.

"Nu, estas bone ke li ne plu krias senĉese."

"Bone. Kaj kion li faras anstataŭ krii, kion vi trovas pli ĉarma?"

"Li ne estas ĉarma. Li manĝas, salivumas, fekas, klopodas enbuŝigi kion li kaptas. Plej bona li estas dormante."

Susana ridetas.

"Ĉu vi iam provis kisi aŭ karesi lin?"

Letti vigle kapneas.

"Li ĉiam estas ŝmirita per io naŭza."

"Ĉu vi neniam banas lin?"

"La panjoj faras tion."

"La panjoj? Sed la panjo estas vi, ĉu ne?"

Letti elsnufas.

"Mi celas miajn patrinojn. Marina kaj Helle."

Malgraŭ tiaj fojaj vorto-skermadoj Letti aprezas la interparolojn. Sed fine de februaro Susana sciigas ke ŝi ne restos en la konsultejo de Malmö.

"Mi ricevis laboron en Stokholmo. Tio estas pli proksime al miaj familianoj kaj fianĉo, do mi transloĝiĝos tien."

Letti eĉ ne povis imagi ke ŝi havas fianĉon. Ŝi neniam menciis lin. Kompreneble, ili ne parolas pri ŝi sed pri Letti; tamen la ekscio ke ŝi havas vivon aliloke iel signifas elreviĝon. Kaj kio do okazos al Letti, se Susana ne plu restos ĉi tie?

"Fakte, post monato vi ĉiuokaze estos dekokjara, do de tiam vi devos transiri al la adolta psikiatrio. Sed ne maltrankvilu. Oni aranĝos por vi interparolojn kun iu en la konsultejo ĉe Drottninggatan, apud Värnhem. Mi ankoraŭ ne scias kiu, sed ekzistas multaj kompetentaj kolegoj tie."

Nun Letti eĉ pli konsterniĝas. Ĉi tio estas novaĵo. Ŝi tute ne konsciis ke ŝia dekokjariĝo, kiam ŝi estos plenaĝa, signifos ke ŝi ne plu sufiĉe junas por la junulara psikiatrio. Eble oni jam antaŭlonge diris tion, sed ŝi tiam ne atentis aŭ nun ne plu memoras tiun informon. Ĉiuokaze ŝi tre malĝojas pro tiu nova ŝanĝo. Iel ŝajnas al ŝi ke ne indas alkutimiĝi al io ajn, ĉar ĉiufoje ĝi senescepte baldaŭ ĉesos. Estas kiel se ŝi fojon post fojo klopodus grimpi el kavo sed denove kaj ripete glitfalus suben en la fundan ŝlimon.

Baldaŭ letera mesaĝo sciigas, kun kiu Letti estonte interparolos. Temos ne pri psikologo sed pri flegistino nomata Hanna Sundin.

"Tio certe estos bona", diras Susana en ilia lasta renkontiĝo.

"Mi iomete konas ŝin. Ŝi estas specialiĝinta pri psikiatrio kaj havas tre longan sperton de laboro kun gejunuloj, kvankam ŝi nun deĵoras en la adolta psikiatrio."

Letti mem ne multe parolas ĉi lastan fojon. Tio ŝajnas al ŝi sen-utila. Ĉio, pri kio ŝi parolis kun Susana dum monatoj, nun estos vana, forĵetita en rubujon. Ŝi sentas sin paralizita. Ĉu indos re-komenci de nulo kun nova persono, kiu eĉ ne estas psikologo?

Kiam ŝi biciklas reen tra la parko survoje hejmen, ŝi flaras la malfreŝan odoron de tero, sterko, malkomponiĝantaj folioj kaj tigoj, kiu estas la unua signo de baldaŭa printempo. La parka naturo evidente preparas sin por nova sezono kun herbo, floroj kaj foliaro. Sed kio atendos ŝin, kiam la vintro transiĝos en printempon ne nur laŭ la meteorologoj, sed ankaŭ el la vidpunkto de ordinaraj homoj? Ŝi ne scias, ĉu ŝi povas esperi ion ajn por sia propra parto.

La televidaj novaĵoj sciigas ke la Internacia Puna Kortumo de Hago ordonas aresti prezidenton Putin pro eblaj militkrimoj. Tio signifas ke oni devos aresti kaj transdoni lin al la kortumo, se li aperos en iu ajn el la 123 membro-ŝtatoj. Rusio tamen ne agnoskas la kortumon, kaj cetere nek Usono nek Ĉinio estas anoj de ĝi. Al Letti kaj Noel alia juĝafero ŝajnas pli interesa. Grupo da junaj juristoj kaj juraj studentoj vokis la svedan ŝtaton antaŭ tribunalon pro neplenumo de la promesitaj agoj por protekti la klimaton. Nun distrikta tribunalo en Stokholmo akceptis tiun asignon, kio signifas ke efektive okazos juĝa proceso. Oni kolektas monon por ĝi per amas-financado, kaj Noel konvinkas ŝin pagi ducent kronojn al la konto. Jen la unua afero, kiun ŝi faras por klimata agado de pli ol jaro. Apenaŭ eblas nomi tion aktivismo, sed ŝi almenaŭ ĝojigas Noelon.

Dume la fakulgrupo de UN pri klimato denove liveras raporton, laŭ kiu la vivstilo kaj energikonsumo de la homaro kaŭzas la okazantan klimatŝanĝon, kaj nun ege urĝas transiri al senfosilia energio por malpliigi la emisiojn de forcejaj gasoj.

"Ĉu ili nomas tion novaĵo?" ekkrias Letti malestime. "Tute ne sufiĉus malpliigi ilin. Necesas tute ĉesigi la ellasojn, sed fakte ili ne nur daŭras sed eĉ kreskas."

Dum momento ŝi sentas la indignon preskaŭ kiel iam, sed kion do fari? Ĉio jam ŝajnas al ŝi vana, kaj baldaŭ ŝi refalas en sian kutiman letargion.

Pasas semajno, dum la indiferento de ŝia nuna normaleco replenigas ŝin kiel ia vata remburaĵo. Kelkajn tagojn antaŭ sia dekoka naskiĝtago ŝi biciklas al la adreso de la adolta psikiatrio kaj unuafoje renkontas la spertan flegistinon, pri kiu parolis Susana. Ŝi aspektas pli ol kvindekjara, diketa, kun rufa hararo kaj verdaj ungoj. Ŝi salutas per firma manpremo kaj rideto.

"Mi ĝojas ekkoni vin, Letícia. Fakte mi antaŭe legis nur la plej bazajn faktojn el la pacientraporto de la junulara psikiatrio. Mi supozas ke vi preferas mem rakonti pri vi, ĉu ne?"

Tion Letti certe ne preferas. Jen ĝuste kion ŝi antaŭtimis: ke ĉio, kion ŝi jam diris, estos vana. Do ŝi respondas nenion, des pli ĉar tio ne estis vera demando. Kaj proksimume tiel daŭras la unua horo kun Hanna Sundin. Fojon post fojo Hanna ridetas kaj eldiras siajn supozojn; Letti respondas preskaŭ nur jes kaj ne, se entute ion ajn. Kiam ŝi poste biciklas hejmen, ŝi dubas, ĉu ŝi revenos tien.

La panjoj volis aranĝi naskiĝtagan feston por ŝi, sed tiun ŝi sukcesis nuligi. Nun Noel petas ŝin veni al lia loĝejo je la sepa vespere. Kiam ŝi alvenas, montriĝas ke li sen antaŭe averti ŝin invitis tien ankaŭ Alvan kaj Frejan. Li aĉetis kukon, sen kremo kaj ovoj, kompreneble, por celebri la plenaĝiĝon de Letti.

Ŝi ankoraŭ sentas elreviĝon post la vizito en la adolta psikiatrio, sed kompreneble ŝi kontentas ke la du junaj virinoj venis por festeti kun Noel kaj ŝi. La kunestado tamen okazas en iom streĉita etoso. Post la disiĝo de la loĝkomunumo la amikoj ne havas multe da komunaĵoj, pri kiuj babili. Noel aperigas longe konservitan kanaban rulaĵon el plej interne de sia komodo, sed Alva kaj Freja ne volas dividi ĝin, pro siaj morgaŭaj laboroj aŭ pro alia kialo, kaj al Letti ĝi tro memorigas ŝian tempon kun Seb, do ankaŭ Noel rezignas ekbruligi ĝin. Alva klopodas logi la aliajn al venonta klimata agado, kaj neniu ja kontraŭas tion, sed ili ankaŭ ne entuziasmas. Kaj post nelonge ŝi kaj Freja foriras, lasante la restantan paron al si mem, se ili efektive estas paro. Tio neniam estis klare eldirita. Dumnokte ili tamen ja pariĝas, kaj matene Letti faras demandon al li antaŭ ol reiri al la panjoj.

"Noel, ĉu mi povus reveni ĉi-vespere por dormi ĉi tie kelkajn pliajn noktojn? Aŭ ĉu mi tro ĝenus vian studadon?"

Li tuj respondas ridetante:

"Vi ne ĝenas, Letti. Restu kiom vi volas."

Poste li ekiras al sia instituto, kaj ŝi iras en sia direkto.

Ŝi restu kiom ŝi volas. Tio estas pli ol ŝi povis esperi. Ŝi rajtos resti ĉe li. Kaj nun ŝi jam estas plenaĝulo, do neniu povas decidi por ŝi, kie ŝi loĝu. Ŝi regas sin mem. Kompreneble ŝi scias ke la panjoj ne konsentos. Ili gurdados laŭkutime pri ŝiaj devoj: varti Leon, vizitadi la flegistinon de la adolta psikiatrio, zorge glutadi la pilolojn, iam rekomenci la gimnazian studadon kaj kredeble ankoraŭ kelkaj nepraj aferoj. Sed finfine ŝi estas plenaĝa. Ili gurdu plu; ŝi mem decidos kiel vivi sian vivon. Almenaŭ ene de la mallibereja ĉelo, kies murojn kaj kradon starigas ŝia malsano.

Kompreneble la panjoj ne rezignas siajn klopodojn revenigi ŝin al la familio. Ili baldaŭ eltrovas la adreson de Noel, kaj tagmeze en bela mardo komence de aprilo Marina aperas tie kun Leo por venigi ŝin en ekskurson. Letti ja povus rifuzi; ŝi eĉ ne devus nepre malfermi la pordon, kiam Marina sonorigas ĉe ĝi. La vero tamen estas ke ŝi enuas. Ŝi pasigas la tagojn en ĉi tiu ĉambro kaj nur malofte eliras por aĉeti manĝaĵojn. Noel de temp' al tempo proponas al ŝi akompani lin jen tien, jen aliloken, sed ŝi preskaŭ neniam akceptas.

Do, ĉu pro la enuo, ĉu pro manko de sufiĉa energio por rifuzi, ŝi eliras, sidiĝas en la aŭton kaj lasas al Marina veturigi ilin, kien ŝi volas.

"Vidu, kia bela kaj suna tago!" diras Marina. "Iom malvarmeta vento, tamen. Jen perfekta tago por aŭtoekskurso en la kamparon, ĉu ne?"

"Eble."

Ili veturas suden kun la suno en la vizaĝoj. Marina mallevas la sunvizieron de la antaŭa glaco, kaj Letti duonfermas la okulojn, bedaŭrante ke ŝi ne havas sunokulvitrojn. Baldaŭ ili forlasas la ĉefŝoseon kaj senurĝe krozas plu laŭ negrandaj vojoj orienten kaj suden inter kampoj, jen verdaj de io semita en la antaŭa aŭtuno, jen preskaŭ nigraj, ŝajne ĵus plugitaj. Dise situas biendomoj kun grandaj staloj, fojnejoj kaj remizoj. Leo preskaŭ tuj post la ekiro endormiĝis, sidante sur sia beboseĝo.

"Kien ni iras?"

"Ien ajn. Eble ni iru tiel fore suden, kiel eblas."

Efektive, post malpli ol horo Svedio finiĝas. Jen fiŝista haveneto kun kelkaj domoj, kaj poste nenio krom mara horizonto. Ili elaŭtiĝas en ĉi tiu plej suda punkto de Svedio por fari promenon en la varmiga suno kaj malvarmiga vento.

"Ĉu vi portos Leon per la beboportilo, Letti?"

"Ne, dankon."

Marina ne insistas sed mem surmetas al si la molan portilon ĉe sia brusto kaj englitigas la knabeton apenaŭ vekiĝintan, kaŝante lian kapon per dika ĉapo kun pelta rando. Poste ili nerapide vagas laŭ piediraj vojetoj, jen rigardante la senfinan maron kaj la lumturon sur la bordo, jen esplorante iajn malnovajn masonitajn fornojn por kalcini kalkon, laŭ la informtabulo. En la haveno ili rigardas vojmontrilon, kiu indikas la direktojn kaj distancojn al kelkaj lokoj dise en la mondo.

"Rigardu! De ĉi tie la plej norda punkto de Svedio pli malproksimas ol Romo." Mi ne supozis ke nia lando estas tiel longa." Letti ne respondas. Kiom tio do gravas? Ŝi ne planas vojaĝi ien, des malpli al tiuj lokoj. Kiel ŝi nun statas, logas ŝin nek Koloseo nek la noktomeza suno.

Poste ili pluiras al granda konstruaĵo kun ekspozicio kaj butiko de lokaj artaĵoj kaj art-metiaĵoj, kiujn ili rigardas dum kelka tempo.

"Ĉu vi volas aĉeti ion?" demandas Marina.

"Kion do? Mi bezonas nenion."

"Eble etan pentraĵon. Aŭ ornamaĵon. Ceramikajn tasojn? Vi povus donaci ion al Leo, kiel memoraĵon de la ekskurso."

"Ĉu al Leo? Kion li do memorus? Li simple enbuŝigus ĝin kaj lasus ĝin fali kaj difektiĝi."

Post pripensado ŝi tamen aĉetas du belajn ceramikajn telerojn por donaci al Noel. Li fakte ne posedas multe da manĝilaro. Marina aĉetas lignan ludilon al Leo: hundeton sur radoj, kiu eble amuzos lin post duonjaro.

La vendejo en iama stokejo enhavas ankaŭ etan restoracion, sed tie ŝvebas forta odoro de fritita skania ovo-patkuko kun fumaĵita lardo, kiu naŭzas Lettin. Do ili reiras al la aŭto kaj veturas al la plej proksima urbo, kie ŝi elektas picejon kiel pli bonan manĝejon. Ŝi kaj Marina dividas vegetaran picon. Leo ricevas sian bebosupon kaj krome iomete da maizpureo el bokalo, kiun Marina kunportis kaj la picobakisto bonvole varmetigis en mikroonda forno.

Reirante al Malmö Marina elektas la ĉefan aŭtovojon. Letti ne precize atentas tion, ĝis ili jam estas enurbe, kie ŝi rimarkas ke ili havas la parkon Pildammsparken dekstraflanke.

"Kien vi iras?"

"Hejmen, kompreneble."

"Sed mi reiros al la studenta loĝejo."

"Vi tamen ja povos pasigi unu vesperon hejme, ĉu ne? Ni vespermanĝos kune, kiam Helle kaj Anton alvenos."

"Mi ne malsatas. Mi ja manĝis en Trelleborg."

"Tiu mizera picoduono ne sufiĉos. Vi bezonos ankaŭ vesper-manĝon."

"Nu, kaj do? Mi faros buterpanon kun Noel."

"Sed Letti, ni ĉiuj volas renkonti vin kaj iom kunestadi."

"Ne, simple haltu kaj ellasu min ĉe iu bushaltejo."

"Ne stultumu, Letti. Ĉu vi absolute ne povas pasigi kelkajn horojn kun via familio?"

"Mi ja estis kun vi dum horoj. Nun mi estas laca."

Marina suspiras kaj stiras dekstren por ĉirkaŭiri la parkon.

"Nu, domaĝe do. Sed mi kompreneble veturigos vin. Ne necesas iri buse."

Deksesa ĉapitro

Dum la Pasko Noel vojaĝos al sia gepatra hejmo en Borås.
"Vi povus akompani min tien", li diras al Letti.
"Vi estas freneza. Kion mi farus ĉe viaj gepatroj? Tio estus damne embarasa. Mi restos ĉi tie, se mi rajtos."
Li ne insistas, do ŝi supozas ke lia propono eble ne estis sincera. Sed anstataŭe Helle devigas ŝin akompani la familion en ekskurso trans la markolon, unue al la artmuzeo Louisiana norde de Kopenhago, kaj poste al Avino Inge.
"Oni montras tre interesan, burleskan arton de nuntempa usona artistino, klarigas Helle. Mi jam vizitis ĝin, sed mi volas denove rigardi ŝiajn verkojn, kaj mi pensas ke ili impresos nin ĉiujn. Ankaŭ por Anton tio certe estos interesa sperto."
Kaj ŝi efektive sukcesas konvinki la filon kuniri en la ekskurso. Ĉi-foje ili tamen ne aŭtas sed uzas publikan transporton en formo de regionaj trajnoj.
Letti jam bone konas la muzeon, sed nun ŝi vizitas ĝin unuafoje de antaŭ la pandemio. Ŝi tamen tute ne ŝatas eniri inter la amasojn da vizitantoj en la vasta kaj iom labirinta muzea konstruaĵo, kaj la pentraĵoj ne interesas ŝin. Sed la ĉirkaŭaĵo estas tre bela kun fagoj, lageto kaj strando ĉe la markolo kun vidaĵo al la skania bordo transakve. Kaj sur la deklivaj gazonoj staras abstraktaj skulptaĵoj, kiujn ŝi memoras de antaŭaj vizitoj. Bonŝance la vetero denove estas favora; do ŝi restadas plej multe eksterdome en la suno.
Post kelka tempo Helle venigas ŝin al la teraso de la muzea kafeterio.
"Ni devas iom refortigi nin, ĉu ne? Mi proponas bieron kaj buterpanon. Vi jam estas plenaĝa kaj rajtus trinki bieron eĉ se ni estus en Svedio."
Do ili sidiĝas kune ĉirkaŭ terasa tablo, manĝante tiajn luksetajn pladojn, kiajn la danoj modeste nomas buterpanoj, dum Anton kaj Helle diskutas la pentraĵojn de la usona artistino, kaj aliajn verkojn de la muzea kolekto. Apude sidas Leo sur la gazono. Li provas gustumi la herbojn kaj baraktas por rampi, sed tio ankoraŭ ne tre prosperas al li.

"Tre baldaŭ li rampados kiel formiko, kaj poste li ekpaŝos", diras Marina. "Tiam ni devos ĉasadi lin ĉie."

"Kaj poste li ekbabilos", diras Helle. "Infano evoluas ege rapide, kaj ĉio pasas kaj ne revenos. Vi devus ne maltrafi tion, Letti. Poste vi bedaŭrus ke vi ne ĉeestis."

Sed Letti jam rezignis respondi la admonojn kaŝajn aŭ malkaŝajn de la panjoj. Incitas ŝin ke ili povas turni ĉion en riproĉon kontraŭ ŝi. Se ŝi ne plene ĉeestas, tion kaŭzas la malsano kaj la medikamentoj. Kiel do Helle povas antaŭdiri, kion ŝi bedaŭros en la estonteco? Ĉi-momente ŝi bedaŭras nur la eraregon, kiun ŝi faris, decidante naski la infanon. Tamen ŝi ne volonte pensas pri tio, ĉar ŝi hontas pro la penso ke Leo devus ne ekzisti. Tiu penso igas ŝin senti ke ŝi estas tre malbona homo.

Ankaŭ dum la posta vizito ĉe la patrino de Helle en la kopenhaga antaŭurbo Rødovre Letti apenaŭ partoprenas en la babilado. Cetere Avino Inge plej multe atentas la etan pranepon kaj lasas ŝin pli-malpli en paco. Dume Helle estas plene okupata savi la mil kaj unu ornamobjektojn de sia patrino, kiam Leo etendas ambaŭ manojn por kapti kaj gustumi ilin. Ĉi tie sur la glata salona pargeto li eĉ kapablas iom movi sin antaŭen, saltetante sur la postaĵo.

Por liberigi la avinon de kuirado oni aĉetas pretajn pladojn de proksima restoracio kaj aranĝas komunan vespermanĝon en ŝia apartamento. Poste estas tempo reiri hejmen. Kaj vespere, elirinte el la trajno en la subtera stacidomo de Triangeln en Malmö, la familianoj eniras buson de la linio numero unu en la direkto okcidenten, dum Letti sola stariĝas trans la strato por atendi la numeron 35, kiu portos ŝin en la mala direkto al la senhoma studenta loĝejo de Noel.

Malgraŭ la elreviga komenco Letti ĉiumerkrede reiras al la konsultejo de la adolta psikiatrio kaj interparolas kun Hanna Sundin. Eble tamen 'interparolas' ne estas la plej trafa vorto, ĉar ŝi mem fakte diras tre malmulte. Kaj ĉar Hanna tre paciencas atendi respondon aŭ reagon de ŝi, granda parto de la konsultoj konsistas el silentado. Tio ne ĝenas Lettin, sed ŝi surpriziĝas ke la flegistino akceptas tiujn longajn senvortajn paŭzojn.

Iom post iom tamen rimarkeblas ke Hanna legis pli multe en la pacientraporto pri Letti ol ŝi komence asertis, ĉar ŝi citas aferojn, kiujn evidente Susana notis tie, kaj petas komenton aŭ klarigon. Sed ankaŭ en tiuj okazoj Letti preferas nur mallonge konfirmi aŭ nei ke statas tiel, aldonante preskaŭ nenion novan.

Tamen ŝi plu iradas tien por aŭskulti, silenti aŭ jen kaj jen diri ion mallongan. Tio fariĝas ia stabiliga framo de ŝiaj semajnoj. La silentado en la konsulteja ĉambro meblita per brakseĝoj kaj malalta tablo, kaj kun foto de tipa skania aleo el salikoj surmure, estas trankviliga tempeto, dum kiu ŝi sentas malpli da premo de la ĉirkaŭa realo ol ekster tiu ĉambro. Post tri renkontiĝoj Hanna komencas ĉiufoje doni al ŝi taskon por plenumi antaŭ la sekva renkontiĝo. Temas pri etaj defioj, kiujn ŝi alfrontu por senti ke ŝiaj kuraĝo kaj kapablo mastri la ĉiutagan vivon iom post iom kreskas. Ekzemple ŝi iru sola al kafejo aŭ muzeo por alkutimiĝi al fremdaj homoj ĉirkaŭ si, aŭ kun Leo al butiko por aĉeti vestaĵon aŭ manĝaĵon por li. Krome ŝi hejme prizorgu ion, kion ne ordonis al ŝi Marina. Iufoje la taskoj ŝajnas al ŝi same sensencaj kiel tiuj de la televida programo Taskmajstro, kiun Seb trovis ege ridiga.

"Kantu kun via knabeto! Vi certe memoras kanzonojn, kiujn oni kantis al vi, kiam vi mem estis infano, ĉu ne? Kaj tiajn versaĵojn, kiajn oni recitas kun gestoj, tenante la bebon."

Ŝi nur kapneas. Ĉu iu iam kantis al ŝi? Ŝi ne memoras.

"Ĉu vi jam provis skrapi bananon per kulereto kaj manĝigi al li tion?"

"Eble Marina jam faris. Mi ne scias."

"Do provu tion antaŭ la venonta semajno. Ĉiuj infanoj ŝatas bananon."

Plej ofte Letti tamen ne tre atentas tiujn taskojn. Ĉiuokaze Hanna ja ne povas kontroli, ĉu ŝi plenumas ilin aŭ ne, ŝi pensas. Kaj ŝi jam estas plenaĝulo, kiu mem decidas kion fari aŭ ne fari.

Unu matenon, kiam Letti glutas siajn diversajn pilolojn, ŝi surpriziĝas trovi ke la kontraŭangoraj elĉerpiĝis. Ŝi certis ke restas bobelfolio kun deko da, sed en la paketo ŝi trovas nur la falditan paperslipon kun informoj pri kromefikoj kaj alio, kion ŝi neniam legas.

Damne, ŝi pensas. Do necesas hodiaŭ viziti apotekon. Ŝi ne volas eliri, sed ne eblas eviti tion. Ŝi ja povus morgaŭ sendi Noelon kun ŝia identigilo, sed verŝajne li dirus ke ŝi mem devas iri, same kiel diris Seb antaŭ kelkaj monatoj. En multaj rilatoj Noel estas malo de Seb; tamen ili sendube konsentus pri unu afero: ke ŝi devas mem zorgi pri siaj piloloj. Kaj eĉ se li efektive plenumus la komision, ŝi ricevus la medikamenton nur morgaŭ vespere, kaj tio estus tro malfrue. Certe Noel neniam povus transformiĝi en virporkon, sed ŝi ne volas denove sperti ke la polico devas veturigi ŝin al la hospitalo.

Do ŝi vestas sin kaj ekiras. La plej proksima apoteko situas malpli ol kilometron for en la kvartala centro de Rosengård, do ŝi povos samtempe aĉeti iom da manĝaĵoj. Tiel ŝi krome ĝojigos Noelon. Ŝi piediras laŭ granda strato. Ekzistas pli kvieta piedvojo, sed ĝi estas pli longa. Krome ŝi preferas iri laŭ strato kun aŭtotrafiko, ĉar tie estas malpli da anguloj kaŝitaj inter arbustoj kun risko trafi grupon da junuloj, kiuj volas rabi poŝtelefonojn kaj aliajn valoraĵojn de solaj gejunuloj pasantaj tie. Nu, antaŭtagmeze la risko eble ne estas grandega. Ĉiuokaze ŝi fartas pli bone apud la strato.

Post dekminuta vicatendado en la apoteko ŝi montras sian identigilon kaj diras la nomon de la piloloj. La farmaciisto serĉas en sia komputilo.

"Via preskribo ne plu validas. Vi jam aĉetis ĉiom el ĝi."

Jen ŝoko. Kiel tio eblas?

"Sed mi nepre bezonas ilin!"

"Do vi devas kontakti vian kuraciston kaj peti pri nova preskribo."

"Ĉu vi ne povas fari tion komputile?"

La virino rigardas ŝin kiel severa instruisto.

"Certe ne."

Ŝi ĵetas duan rigardon sur la ekranon.

"Ĝi venis de la sancentro de Fågelbacken", ŝi daŭrigas. "Do telefonu tien por peti renovigitan preskribon aŭ novan konsulton. Ankaŭ povas esti ke eblas peti tion per la retpaĝo de la sancentro, sed tion mi ne garantias."

Do Letti devas repaŝi al la studenta domo senpilole. Duonvoje ŝi memoras ke ŝi forgesis aĉeti manĝaĵojn, sed ŝi ne havas forton turni sin por reiri al la kvartala centro.

Reveninte en la loĝejon de Noel, ŝi ŝaltas lian komputilon kaj ekserĉas. Jes, efektive, la sancentro havas retpaĝon kun formularo, per kiu eblas peti renovigon de preskribo. Ŝi identigas sin kaj entajpas la nomon de la piloloj. Ĉar ŝi jam trovis la paĝon, ŝi petas ankaŭ pri la kontraŭdeprimaj, kvankam da ili ja restas iom.

Laŭ la retpaĝo ŝi povos post unu-du tagoj kontroli en alia paĝo, tiu de la apotekoj, kiel statas ŝiaj preskriboj, por vidi, ĉu ŝi ricevis la petitan renovigon aŭ ne.

En la sekva tago nenio ankoraŭ ŝanĝiĝis, kiam ŝi ensalutas en la apoteka retpaĝo. Sed post ankoraŭ unu malkvieta nokto kaj mateno sen la kontraŭangoraj piloloj ŝi jam trovas la novajn preskribojn tie. Ŝi tuj surmetas ŝuojn kaj jakon kaj ekiras.

Ŝi paŝas laŭ la sama strato kiel antaŭhieraŭ; tamen ĝi ne estas tute sama. Fakte ĝi tute ne estas sama. Ĉio ĉirkaŭ ŝi, la beton-fasadaj loĝdomegoj, la preterpasantaj aŭtoj, la ekfoliantaj arboj, eĉ la homoj, kiujn ŝi renkontas sur la trotuaro – ĉio estas pli klara ol kutime. La konturoj elstaras reliefe, la koloroj brilas, kvazaŭ ŝi surmetus okulvitrojn aŭ male demetus sunokulvitrojn. Eĉ la aero, kiun ŝi enspiras, estas pli klara, pli forta, pli aera. En ŝia brusto aperas malkvieta sento, kaj ŝi perceptas sian tutan korpon pli intense ol antaŭe. Ŝi sentas la premon de la pavimo sub la plandumoj de la ŝuoj, la kareson de vento kontraŭ ŝiaj vangoj kaj la varmon de printempaj sunradioj sur la hararo. Ŝi eliĝis el griza groto en realon intensan sed maltrankviligan.

Ŝi atingas la butikaron, ricevas la pilolojn kaj demandas sin ĉu tuj gluti unu el ili. Aŭ eble eĉ du-tri, por kompensi la mankintajn. Tamen ŝi ne volas fari tion en la apoteko, nek en alia lokalo de la kvartala centro. Anstataŭe ŝi iras en butikon kaj elektas manĝaĵojn iel trafe-maltrafe, preskaŭ laŭ hazardo. Ankaŭ la pakumoj de la diversaj manĝaĵoj lumas en ŝiajn okulojn en nekutima maniero, kaj la enhavo impresas iel pli manĝinda ol ordinare.

Kiam ŝi repaŝas, la nova aspekto de la mondo jam komencas esti al ŝi iomete familiara. Kaj reveninte en la loĝejon de Noel, ŝi ankoraŭ prokrastas gluti la kontraŭangoran medikamenton. Dume ŝi kuiras manĝon por si mem. Poste, kiam Noel revenas hejmen, ŝi denove kuiras por vespermanĝi kun li. Tiam ŝi klarigas, kio okazis kaj kiel ŝi perceptas ĉion.

"Eĉ la gusto de la tomatsaŭco estas pli forta ol antaŭe", ŝi aldonas. "Krom se mi subite lernis pli bone kuiri. Tio estas, pli bone varmigi la pretan saŭcon."

Li ekridas kaj kisas ŝian vangon.

"Nu, tre bone", li diras. "Ŝajne tiuj piloloj dampis ĉion, ne nur la angoron. Tamen ŝajnas al mi iom riske ĉesi pri ili tiel subite. Vi devus demandi la kuraciston, kiel fari."

"Mi ne volas paroli kun li. Mi fajfas pri la kuracistoj."

Vespere ŝi unuafoje en longa tempo komencas aktive karesi lin en la lito. Ŝi glatumas lian senharan bruston kaj sentas lian koron bati. Ĉi tio estas la knabo, kiun mi amas, ŝi pensas surprizite. Ŝi eĉ volus diri tion laŭte, sed ial ŝi konservas tiun diron por morgaŭ.

Nokte je la kvara ŝi vekiĝas kun forta angoro. Ŝi ne povas spiri, aŭ pli ĝuste, kiam ŝi spiras, ŝi ne ricevas aeron. La koro tuj haltos. Ŝi ellitiĝas kaj paŝas tien-reen en la ĉambro. Ŝi eklumigas lampeton, kaj Noel vekiĝas.

"Kio okazas?"

"Mi mo... mortas! La koro!" ŝi anhelas per seka gorĝo.

Ŝi preskaŭ ne kapablas paroli. Li ellitiĝas kaj venas brakumi ŝin. Ŝi forpuŝas lin. Li metas la manon sur ŝian bruston, maldekstre.

"Ĝi batas kiel ĝi devas. Vi simple angoras. Vi devus ne ĉesi tiel abrupte pri tiuj piloloj."

"Mi tuj prenos."

Ŝi trovas la paketon kaj englutas tri pilolojn unu post la alia, ĝis Noel haltigas ŝin.

"Tio ne estas bona, Letti. Necesas preni ilin kontinue po unu!"

Li prenas de ŝi la paketon kun piloloj kaj kaŝas ĝin enmane.

"Mi scias", ŝi respondas. "Sed mi fartas tro aĉe. Mi timas."

"Ne timu. Nenio okazos. Provu reenlitiĝi kun mi. Eble vi povus gluti dormigilon. Sed nur unu, mi petas."

Ŝi faras laŭ lia konsilo, kaj poste ili ambaŭ kuŝas enlite, brakumante unu la alian, atendante ke ŝi trankviliĝu kaj endormiĝu.

En la sekvaj tagoj ŝi prenas siajn pilolojn po unu laŭ la preskribo, kaj baldaŭ la realo reakiras sian antaŭan karakteron pale grizan, dampitan, ne tro maltrankviligan. La sperto, kiam ŝi restis sen la kontraŭangora medikamento dum tri tagnoktoj, tamen ne lasas ŝin en paco. La pli intensaj impresoj de ĉio ĉirkaŭ ŝi ja estis timigaj sed ankaŭ allogaj. Se ŝi nur povus eviti la atakojn de angoro, ŝi preferus la realon tia. Eble tiam ŝi povus sperti la alvenon de printempo kun ĝojo; ne nur flari la malfreŝajn odorojn de parka malpuraĵo, nek kalkuli kaj registri ĝermantajn speciojn, sed vere ĝui la plurnuancan verdon de ekfoliado kaj la buntajn kolorojn de ekflorado, plezuriĝi pro karesa vento kaj varmiga suno. Povus esti ke ŝi eĉ povus ŝati malpezan printempan pluveton. Sed se tio okazus je kosto de mortangoro kaj timo ke ŝia koro tuj haltos, kompreneble la prezo estus netolerebla.

"Ĉu vi pensas ke eblus ĉesi pri ili iom post iom?" ŝi demandas Noelon vespere.

"Mi supozas ke jes. Tiel oni devas fari pri tiaj medikamentoj, mi pensas. Unue malpliigi la dozon kaj poste ĉesi. Sed tion devas preskribi la kuracisto."

"Mi tamen ne ŝatas tiun maljunulon en la sancentro. Mi demandos Hannan en la psikiatrio."

Tiel ŝi faras. La flegistino en la konsultejo konsentas kun Noel, kaj pri la po-ioma malpliigo, kaj pri la neceso diskuti kun la preskribinta kuracisto. Evidente ŝi ne volas interveni en la laboron de iu alia, precipe ne de doktoro.

Tamen Letti prokrastas la aferon kaj daŭrigas kiel antaŭe pri ĉiuj malsamaj piloloj kaj pri la vizitoj ĉe Hanna Sundin. Sekrete ŝi tamen flegas la ideon iam provi tian iom-post-ioman malpliigon de la kontraŭangoraj.

Deksepa ĉapitro

Estas vendredo en la unua semajno de majo. La vetero estas nuba sed relative varma kaj senventa. Tio cetere ne gravas; Letti havas neniun kialon eliri eksterdomen. Noel rezervis dum tri horoj la komunan lavejon situantan teretaĝe en la domego, kaj ĝuste kiam ŝi malsupreniras laŭ la ŝtuparo kun du sakoj da lavotaĵoj, ŝiaj propraj kaj tiuj de li, ŝi neatendite kunpuŝiĝas kun Anton kaj nekonata junulino.

"Ha, kion faras vi ĉi tie?" ŝi ekkrias haltante sur ŝtupo meze inter la etaĝoj.

Tio estas pli multe esprimo de surprizo ol scivolo. Fakte ŝi fajfas pri tio, kion volas ŝia frato. Supozeble la ino estas lia kolego loĝanta ie en la studenta domo.

"Ni venis por paroli kun vi. Jen Natalie, mia koramikino. Nata, ĉi tio estas mia fratineto."

Letti konsterniĝas. Neniam antaŭe ŝi aŭdis pri ia koramikino. Laŭ ŝi Anton timas inojn kaj kredeble restos eterna virgulo. Ĉu li blagas? Tiu knabino aspektas tute normala, fakte beleta. Kaj ŝi eĉ ne estas blondulino, kio estus pli konforma al la iamaj idealoj de Anton, sed havas longan kaŝtane brunan hararon ĉirkaŭ la ovala vizaĝo diskrete ŝminkita. Dume ŝi konstatas sen granda intereso ke la ridinda kapra barbeto lastatempe kultivata de Anton iom densiĝis de kiam ŝi vidis lin lastfoje.

"Mi devas iri al la lavejo."

"En ordo. Ni kuniros. Ĉu mi portu?"

Jen pli kaj plej kurioze, kiel diris Alico en Mirlando. Neniam de jaregoj li montris al ŝi tian ĝentlemanan komplezon. Sed tio sendube estas nur hipokrita provo glati antaŭ tiu Natalie.

La lavejo havas du lavmaŝinojn kaj du sekigmaŝinojn, sed Letti senhezite malplenigas unu sakon post la alia kaj ŝovas la tutan enhavon en unu solan el la lavmaŝinoj.

"Atendu", diras Natalie, ŝajne ŝokite. "Ĉu vi ne specigos la vestaĵojn?"

"Kiel do specigi?"

"Laŭ materialo kaj koloro, por malsamaj temperaturoj."

La rigardo de Letti saltas inter la lavmaŝino kaj la koramikino de ŝia frato.

"Superflue. Ni lavas ĉion kune je sesdek gradoj."

"Ĉu vi ne timas ke io likos koloron sur ion blankan?"

"Ni ne havas tiajn modaĵojn."

Ŝi fermas la klapon kaj ekigas la maŝinon.

"Cetere ne gravus se io ŝanĝus koloron iomete", ŝi aldonas. Poste ili supreniras al la loĝejo. Ŝi enlasas ilin kun la sento ke ŝi devus proponi al ili ion. Ĉu kafon? Sed ŝi ne estas sperta gastiganto. Cetere, ŝi ne petis ilin veni ĉi tien. Do, ŝi simple sidiĝas kuspe sur la seĝo ĉe la skribtablo kun la brakoj sur la seĝodorso kaj lasas la gastojn mem trovi sidlokojn. Poste la triopo dum kelka tempo rigardas unu la alian, atendante en ĝena silento.

"Aŭskultu, Letti", fine ekparolas Anton. "Mi opinias ke jam estas tempo ke vi prenu sur vin iom da respondeco. Vi ne povos senfine eviti ĉion."

Letti trovas ridinde aŭdi la fraton paroli pri respondeco. Antaŭ kelkaj jaroj li mem ne estis la plej respondeca persono. Ŝi tamen ne volas tuj provoki lin, do ŝi diras nenion kaj simple plu atendas por ekscii kion li celas.

"Estis idiote ke vi decidis naski la idon", daŭrigas Anton. "Sed nun Leo delonge ekzistas, kaj li estas via infano, ne tiu de Marina. Tamen ŝi devis liberigi sin de la laboro por varti lin, kaj tio jam daŭras preskaŭ jaron. Tio ne estas en ordo."

Letti rigardas lin sub sulkitaj brovoj.

"Mi pagas al ŝi la plejparton de la mono", ŝi diras.

"Temas ne pri la mono sed pri Leo."

Ŝi ne plu povas renkonti lian rigardon sed turnas sin flanken al la komodo de Noel, sur kiu kuŝas ŝia aro da medikamentaj paketoj.

"Mi malsaniĝis", ŝi diras.

Jen ĉio. Ŝi ne vidas kialon pli senkulpigi sin. Anton levas la ŝultrojn kaj rigardas sian koramikinon kvazaŭ helpopete.

"Ni scias ke vi ne estas sana", tiam diras Natalie. "Sed ĉu ne estus pli bone, se vi iom restadus ĉe viaj familianoj kaj helpus ilin pri la knabeto? Eble vi pli bonfartus pro tio, ĉu ne?"

Letti paŭtas kaj senvorte kapneas.

"Ne eblas daŭrigi ĉi tiel", diras Anton sufiĉe bruske. "Vi kaŝas vin ĉi tie, farante nenion. Leo tute ne konas sian patrinon. Li konas Natan preskaŭ pli bone ol vin!"

"Bonege. Do vi du povas preni lin!" elsputas Letti.

"Idioto! Ĉu vi estas dekokjara aŭ okjara?"

"Atendu, Anton", intervenas Natalie. "Trankviliĝu iomete. Ni ja komprenas ke estas malfacile por vi, Letti, ĉar vi fartas aĉe. Ni simple volas helpi vin farti pli bone."

Letti rigardas ŝin dum kelka tempo, ne komprenante, kiel Anton kaj ŝi povas esti paro. Poste ŝi enspiras por ekparoli.

"Vi komprenas nenion", ŝi diras mallaŭte kaj nerapide sed kun emfazo. "Vi neniam antaŭe renkontis min kaj scias nenion pri mi. Zorgu vian propran vivon, damne!"

Fariĝas kelkatempa paŭzo, dum kiu ŝi klopodas imagi la senzorgan vivon de tiu knabino.

"Ĉu vi eĉ konas Antonon?" ŝi daŭrigas. "Vi eble ne scias ke li ekbruligis domon de ĵurnalistino ĉi tie en Malmö. Ke li estas nazio."

"Li ne estas nazio", diras Natalie. "Ĉiu povas erari, precipe junaĝe, sed oni devas kreski kaj maturiĝi. Ni simple ne kredas ke utilas al vi izoli vin ĉi tie."

"Vi fakte komprenas nenion", ripetas Letti. "Mi supozas ke Marina kaj Helle sendis vin ĉi tien. Do simple diru al ili ke mi jam estas plenaĝa kaj loĝas kie mi volas."

Anton stariĝas kaj senpacience iras tri paŝojn tien-reen en la ĉambro.

"Kial vi ne ĵetas vin sur la plankon kaj baraktas kriante? Vi kondutas kiel infano, sed vi jam havas infanon! Kresku! Se vi estas plenaĝa, do montru tion!"

"Trankviliĝu, Anton", diras Natalie duafoje, stariĝante apud lin. "Letti, ĉu vi ne povus hodiaŭ veni al komuna vespermanĝo ĉe via familio? Oni invitis ankaŭ min. Vi ja pravas ke mi ne konas vin, sed mi volonte ekkonus vin almenaŭ iomete."

Letti pripensas. Kial ŝi volus ekkoni tiun snoban koramikinon de Anton? Se ŝi reirus al la panjoj kaj Leo, ŝi eble denove pli malsaniĝus. Post la problemo pri la kontraŭangoraj piloloj ŝia restado ĉe Noel estis sufiĉe trankvila. Prefere ŝi restu ĉi tie, almenaŭ tiel longe kiel li permesos tion.

Ŝi ŝanĝas pozicion sur la seĝo, turnante al ili la dorson.

"Ne, dankon", ŝi diras. "Mi restos ĉi tie. Cetere mi devos prizorgi la lavadon."

"Sed post tio", insistas Natalie. "Dume ni povus helpi vin pri la lavado."

Letti kapneas.

"Ne. Mi ne volas tion. Mi ne bezonas helpon lavi."

Poste, kiam Anton kaj Natalie jam foriris, kaj Letti metas la lavitajn vestaĵojn en sekigmaŝinojn, ŝi iom bedaŭras ke la vizito finiĝis tiel malbone. Eble tiu Natalie eĉ estus simpatia, se ŝi nur ne enmiksiĝus en ŝian vivon.

Kiam Noel venas hejmen, ŝi rakontas al li pri la vizito. Por gajni simpation ŝi emfazas la snobecon de Natalie kaj la hipokriton de Anton.

"Ĉu vi opinias ke mi eraris?" ŝi poste demandas. "Ĉu mi devus iri al tiu vespermanĝo kaj permesi al ili gurdi siajn admonojn?"

"Hm", grakas Noel kaj komencas faldi siajn sekajn vestaĵojn, kiujn Letti alportis el la lavejo. "Mi ne scias. Faru kiel vi mem trovas bone por via sano."

Letti trankviliĝas. Bone ke li subtenas ŝin.

"Cetere", li daŭrigas, "se viaj patrinoj invitis tiun koramikinon, ĉu ne eblus inviti ankaŭ min?"

Ŝi rigardas lin konsternite sed ne scias kion respondi.

"Sed ili eble ne rigardas min kiel koramikon."

La konsterniĝo de Letti eĉ pli kreskas. Ĉu li estas ŝia koramiko? Ĉu li mem pensas tiel, kaj ĉu ŝi devus pensi same? Ili neniam uzas tiajn vortojn inter si, des malpli iam ajn prononcis la ridindan kliŝon 'mi amas vin'. Tamen lia diro iel skuas ŝin. Ŝi ja tre ŝatas lin kaj ĝojas ke li toleras ŝin ĉi tie. Sed kio krom tio? Ŝi ne kuraĝas demandi lin, nek sin mem.

"Ĉu vi do ŝatus vespermanĝi tie?"

"Kial ne? Mi neniam vizitis vian familion sed renkontis ilin nur ĉe ni en Bunkeflo. Kaj vian fraton mi eĉ ne vidis."

"Li ne estas vidindaĵo."

Noel ridas.

"Sed eble lia koramikino ja vidindas."

"Nu, se vi ŝatas modan pupon."

Fakte tio ne estas trafa priskribo de Natalie, sed ĝi iel kongruas kun la imago, kiun ŝi provis krei pri ŝi.

"Serioze, Letti, kion vi timas? Kial ne telefoni por demandi, ĉu ankaŭ mi bonvenas? Aŭ mi simple akompanos vin, kaj ni vidos, kiel ili reagos. Je kiu horo okazos tiu vespermanĝo?"

"Mi ne scias. Kiam Helle venos hejmen, mi supozas, do iam post la sesa."

"Nu, kion vi diras?"

"Mi ne volas telefoni."

"Se tio plu estas via hejmo, vi sendube rajtas tien venigi iun ajn personon kun vi, ĉu ne?"

Li metas la lastan falditan T-ĉemizon en tirkeston de sia komodo kaj ĵetas al ŝi ian instigan rigardon.

Ŝi rigardas la horloĝon de sia poŝtelefono. La deksepa kaj dudek.

"Bone do. Ni iru tien. Por ke vi povu admiri tiun inon. Ŝi fakte havas sufiĉe belajn harojn."

Li ridetas, paŝas ĝis ŝi kaj brakumas ŝin.

"Mi certas ke la viaj ege superas ilin."

Ŝi paŭte grimacas sed ne liberigas sin el liaj brakoj, do li verŝajne ne vidas tion.

La vespermanĝo fariĝas iomete kaosa. El Kopenhago Helle alportis kvin pretajn buterpanojn kun fritita plateso, salikokoj kaj kaviaro por antaŭmanĝo. Evidente ŝi kalkulis kun Letti sed ne kun Noel. Kaj supozeble Leo ankoraŭ ne komencis pri danaj buterpanoj.

"Ni povas dividi", tuj diras Letti.

Sed la eksvegano Noel tute rezignas sian duonon de la pladeto. Poste montriĝas ke la ĉefplado estas rostaĵo el ŝafida femuraĵo, kaj ankaŭ tio tro animalas por Noel, do li kontentiĝas manĝante nur salaton kaj terpoman gratenaĵon, kvankam tiu plado tute ne veganas, ĉar ĝi enhavas sufiĉe multe da kremo kaj fromaĝo. La trinkaĵoj tamen faras pli grandan sukceson: blanka vino de Chablis por la antaŭmanĝo kaj poste ruĝa Kianta vino, kiujn li ne rifuzas. Evidente ne pro li la iama loĝkomunumo abstinis pri alkoholo. "Letti", diras Marina maltrankvile. "Prefere nur gustumetu. Oni ne scias, kiel efikas alkoholo kun viaj medikamentoj."

Cetere ankaŭ Noel trinketas la vinojn sufiĉe modere, kaj kiam estas tempo por Leo manĝi sian pastinakan pureon, li petas permeson provi manĝigi lin. Al la knabeto ŝajne egalas, kiu tenas la kulereton kaj proponas al li la frandaĵon; li bonvole malfermas la buŝon kaj svingas la brakojn, sidante sur sia infanseĝo. Kaj bonŝance ekzistas sufiĉe da pureo, tiel ke almenaŭ iom el ĝi trafas en lian buŝon, krom en ties ĉirkaŭaĵon, kiam li skuas la kapon tien-reen.

Post la manĝo kaj purigo de lia vizaĝo, Leo ĝoje kaj vigle rampadas tien-reen inter la plenkreskuloj. Li videble ĝuas la ĉeeston de tiel multaj homoj, kaj precipe ke ĉiuj krom unu admiras kaj komplezas lin. Natalie postsekvas lin por savi objektojn, kiuj eble ne tolerus lian traktadon, aŭ kiuj male povus malutili al li, se li provus gluti ilin.

Dume oni komencas iomete alproksimiĝi al la temo de Letti kaj ŝia respondeco rilate al la filo. Tiam Noel faras novan proponon.

"Letti, vi ja regule vizitadas la psikiatrian konsultejon kaj regule prenas viajn medikamentojn. Ĉu ne eblus krei ian planon, tiel ke vi same regule venadus ĉi tien por pasigi tempon kun Leo kaj la familio? Se tio okazus vespere, mi mem volonte akompanus vin, almenaŭ de temp' al tempo."

La panjoj, tio estas Marina kaj Helle, ĝoje aprobas lian ideon, sed Letti ne entuziasmas. Ŝi trovas iom perfide ke li sugestas tion antaŭ ol diskuti la aferon duope kun ŝi. Tamen, ŝi pensas, se li tiel ŝatas ŝmiri la vizaĝon de la knabo per pureo, li ja povos denove fari tion. Do ŝi ne protestas, kiam oni proponas komenci per mardaj vesperoj.

"Se tio fluos glate, ja eblos iom post iom pli ampleksigi la aferon", diras Noel.

Tio tamen ŝajnas al ŝi nemotivita troigo, kaj ŝi ĵetas al li malaproban rigardon. Tamen ŝi nenion diras. Fakte ŝi ĵus komprenis ion pri la plano, kiun li lanĉis. Se ŝi unufoje semajne venos vizite ĉi tien, tio ja signifas ke ŝi rajtos longe plu loĝi ĉe li.

En la sekva merkredo, irante al la rendevuo en la psikiatria akceptejo, ŝi rimarkas novaĵon en la apuda parko. Oni starigis statuon tie. Laŭ informtabulo ĝi estas la unua statuo de vere ekzistinta virino, kiun oni starigis en la urbo Malmö. Famaj viroj ja abundas, sed skulptaĵoj de virinoj prezentas precipe anonimajn nudulinojn aŭ antikvajn diinojn. Sed ĉi tiu prezentas la redaktoron kaj politikiston Elma Danielsson, kiu estis grava gvidanto de la socialdemokrata laborista movado fine de la deknaŭa kaj komence de la dudeka jarcentoj. Tion ĉi Letti legas sur la tabulo, kaj ŝi tute perpleksiĝas de la informo ke neniu alia reala virino ĝis nun meritis statuon en la urbo, dum ĝi ŝajnas al ŝi plenplena de bronzaj viroj.

Kiel sekvo de tiu konfuziĝo ŝi alvenas malfrue al la rendevuo, sed ŝi ne volas senkulpigi sin. La kialo ja estas tro ridinda.

En la sama vespero kontaktas ŝin Vilma. Letti ne vidis ŝin post la rikoltofesto antaŭ duonjaro, sed nun ŝi telefonas kaj proponas ke ili renkontiĝu.

"Mi ŝatus paroli kun vi pri ideo, kiun mi ekhavis", ŝi diras. "Vi eble povus helpi min pri ĝi."

Letti tre dubas, ĉu ŝi povus helpi iun ajn pri io ajn. Tamen ŝi sentas etan scivolon.

"Kio do?"

"Nu, mi nun laboras en junulhejmo en Limhamn. Loĝas tie kelkaj knabinoj, kiuj aĝas inter dek tri kaj dek sep jarojn. Ili havas diversajn problemojn, familiajn, sociajn, pri drogoj, memvundado aŭ deprimo kaj angoro. Mi komencis montri al kelkaj el ili hiphopan dancadon, kaj nun mi ekpensis ke ili eble interesiĝus pri repado. Ili povus esprimi siajn sentojn verkante repaĵojn, ĉu ne? Verŝajne tio estus pli facila ol priskribi ilin dum terapia interparolo, almenaŭ por kelkaj knabinoj. Do, mia ideo estas ke vi povus veni tien kelkfoje por instrui al ili kiel fari tion. Kion vi opinias?"

Letti estas tute konsternita. Kia ideo!

"Mi ne plu verkas repaĵojn", ŝi diras.

"Sed antaŭe vi ja faris tion. Eĉ tre bonajn. Do vi certe povus inspiri niajn knabinojn. Ankaŭ pro tio ke vi havis similajn problemojn, ĉu ne? La ideo ne estas ke ili iĝu profesiaj repistoj, sed ke ili trovu ilon por trakti siajn malfacilajn spertojn kaj sentojn."

Letti ne scias kion diri. La propono timigas ŝin, sed aliflanke ŝi ŝatus renkontiĝi kun Vilma.

"Mi ŝatus diskuti tion pli multe", daŭrigas Vilma, "sed mi ne scias kie. Mi dividas ĉambron kun ulo, sed tie ne estas kvieta spaco."

"Ĉu Abdifatah?"

"Tute ne. Tio finiĝis antaŭlonge. Liaj gepatroj ne tre ŝatis min. Ili volis ke li edziĝu al somalino. Do, estas nova ulo. Sed ni loĝas kun du aliaj en duĉambra apartamento, kaj la ejo estas iom ŝtopita. Ĉu mi povus veni al vi? Ĉu vi nun loĝas ĉe la patrinoj?"

"Ne. Aŭ kutime ne. Mi plej ofte loĝas ĉe Noel el Bunkeflo. En lia studenta loĝejo."

"Ĉu kun via knabeto?"

"Ne, certe ne. Nu, venu ĉi tien, se vi volas."

Post kelkaj tagoj ili vere renkontiĝas ĉe Noel por diskuti. Vilma enpaŝas tie en sia kutima nigra vesto, alportante sian ĉiaman viglon kaj entuziasmon, sed kun nova aranĝo de la haroj, pli longaj ol antaŭe kaj ĉi-foje palroze farbitaj. Ŝi klarigas pli detale, kiel ŝi imagis la aferon, sed Letti tre hezitas. Ŝi memoras ke Helle iam minacis loki ŝin en junulhejmon, kiam ŝi venis forporti ŝin de Seb. Nun ŝi trovas la ideon renkonti aliajn knabinojn kun problemoj sufiĉe timiga. Kaj ŝi certe ne povus instrui al ili ion ajn.

"Mi eĉ ne kapablas mem verki ion", ŝi diras.

"Provu", diras Noel, kiu sidas apude, aŭskultante ilian diskuton. "Tio eble estus bona ankaŭ por vi. Povus esti pli bone ol silenti kun via psikiatria flegistino."

Ŝi tamen ne povas veni al decido, do ili disiĝas sen interkonsento, krom pri tio ke ili renkontiĝos denove post semajno.

En la sekvaj tagoj Letti cerbumas pri la ideo de Vilma. Ĉu ŝi eĉ mem povus verki repaĵon pri siaj malfacilaj spertoj kaj sentoj?

Unu tagon ŝi komencas prove klavi sur sia telefono. Rimojn, ŝi bezonas rimojn! Iam ili alfluis tute senbride kaj senĝene, sed nun ŝi devas elfosi ilin el profunda truo. Ŝajnas ke nenio ajn plu rimiĝas.

Mi paŝas en la nigro kaj ne povas trovi lumon,
mi kuŝas en kameno sed vidas nur la fumon.
For el la mallumo, tra la nokto ien,
sur nebula vojo ne sciante kien.
Mi sidas en la kavo kaj ne povas grimpi supren,
mi serĉas ian volon ĉar mi perdis mian propran...

Aĉ! Tio ja eĉ ne rimiĝas. Cetere, kial devas esti rimoj? Ŝi neniam antaŭe pensis pri tio. Iu iam decidis ke tiel estu. Sed kial do? Se la propraj sentoj ne rimiĝas, do ankaŭ la repaĵo estu senrima. Ŝi provas rekomenci tute sen rimoj.

Mi sentas ke la mondo estas griza kiel cindro,
mi paŝas kaj repaŝas sed la vivo ne finiĝas.
For el la mallumo...

Ne, kun la rimoj ankaŭ la inspiro tute forlasis ŝin kaj ŝi rezignas la aferon.

Vilma tamen revenas, kaj ŝi plu klopodas persvadi Lettin almenaŭ prove veni al la junulhejmo por renkonti la knabinojn. Ankaŭ Noel aliĝas al la kampanjo, kaj fine ŝi cedas kaj konsentas fari almenaŭ unu viziton tie.

En varma sed nuba tago ŝi biciklas tra la urbo, sekvante la indikojn de Vilma. Pasante tra kvartalo kun unufamiliaj domoj kaj ĝardenetoj, ŝi vidas la fruktarbojn flori blanke kaj rozkolore, kaj ĉie ŝi flaras odoron, kiun ŝi rekonas el aliaj printempoj. Ŝi memoras ke ĉi-sezone Panjo Marina kutimas ripeti ke "nun ni estas inter paduso kaj siringo"; do verŝajne temas pri aromo de padusoj, ĉar ŝi ankoraŭ nenie vidas florantajn siringojn. En la heĝoj, kiuj borderas la straton, sidas amaso da senĉese pepantaj birdetoj, kiuj memorigas al ŝi la iaman palpeman instruiston. Ridinde, ŝi nun pensas. Eble li nur pro eraro tuŝetis ŝin. Sed tiuokaze li devus pardonpeti, kvankam ŝi estis nur knabineto, kiu komprenis nenion. Cetere ŝi ne certas, kiom ŝi komprenas eĉ hodiaŭ.

Fine ŝi alvenas al la junulhejmo, kiu aspektas kiel ordinara familia domo inter aliaj domoj, kvankam sufiĉe granda, duetaĝa.

Vilma akceptas ŝin, prezentas ŝin al alia dungito kaj plu kondukas ŝin en ĉambron, kie sidas du knabinoj laŭaspekte proksimume dekkvinjaraj.

Vilma prezentas ilin.

"Jen do mia amikino Letti, pri kiu mi parolis. Kaj jen Stella kaj Nova. Ankaŭ Nicole devus ĉeesti, sed ŝi fartas aĉe kaj kuŝas kun kuseno super la kapo. Mi demandos ŝin denove post kelka tempo, sed dume ni simple komencu. Unue ni varmiĝu per iom da dancado."

Ŝi sonigas hiphopan ritmon per sia telefono kaj ekas movi sin. Neniu imitas ŝin.

"Venu do! Letti, ni montru, kiel ni kutimis danci! Knabinoj, ek!"

Sed nek Letti nek la du dekkvinjarulinoj moviĝas. Letti sentas egan embarasiĝon rigardante la knabinojn. Unu el ili kaŝas sin malantaŭ siaj pendantaj haroj; la alia kaŝas la manojn en la tirataj manikoj de sia svetero. Antaŭe Letti iom timis aperi inter la knabinoj de la junulhejmo, sed nun ŝajnas ke ili pli timas ŝin.

Vilma rezignas la moviĝadon kaj anstataŭe petas ke Letti klarigu, kiel ŝi verkas repaĵojn.

"Per kio vi komencas? Ĉu la vortoj, la ritmo, la rimoj, la temo aŭ kio?"

"Mi ne scias. Antaŭe ĉio simple venis al mi senpene. Sed nun... Fakte mi pensas ke mi perdis la kapablon. Mi provis verki ion, sed tio ne prosperis al mi."

Nun ŝi sentas sin ege mislokita. Kion ŝi faru ĉi tie?

"Do prezentu tion, kion vi provis verki, kaj poste ni petu Stellan kaj Novan."

"Nu, mi eĉ ne trovis rimojn. Sed poste mi ekpensis ke eble ne necesas rimoj."

"Bone. Do rime aŭ senrime. Ek, ni scivolas!"

Kaj tiel trudite Letti recitas la liniojn, kiujn ŝi elpensis antaŭ kelkaj tagoj, kaj poste ŝi repas ilin duafoje kun pli da emfazo kaj ritmo. Ĉiuj aŭskultas, kaj Vilma poste aplaŭdas.

"Mi ne povas fari tiel bone", diras Nova, eĉ pli tirante siajn manikojn.

"Tio estis nur malsukcesa komenco", diras Letti. "Necesus plilongigi ĝin."

"Do ni aŭdu provon de Nova, kaj poste de Stella", instigas Vilma.

Tamen necesas ankoraŭ sufiĉe longa petado, antaŭ ol ambaŭ knabinoj efektive recitas kelkajn liniojn. Unue Nova:

> *Neniu scias en la fundo,*
> *kiel kuraci mian vundon.*
> *Neniu ulo povas helpi*
> *redoni al mi kion perdis.*
> *Neniu vidas ja pro kio*
> *mi fariĝis jam neniu.*

Letti stariĝas kaj tiras Novan supren, por ke ŝi prezentu ĝin starante kaj moviĝante en ritmo. Do ili kune ripetas ĝin kelkfoje pli kaj pli emfaze, dum Vilma aŭdigas ritman akompanon per sia telefono. Post kelka tempo la mieno de Nova iom heliĝas, kaj ŝi forgesas tiri la manikojn, tiel ke ekvideblas ŝiaj manartikoj plenaj de cikatroj.

Poste ankaŭ Stella repas:

> *Aŭskultu min, aŭskultu min!*
> *Ne kulpigu min, ne kulpigu min!*
> *Mi scias ke mi falis,*
> *falis en truon.*
> *La vivo estis nur,*
> *nur enuo.*
> *Poste mi ne povis stariĝi.*
> *Nenio mi povis fariĝi.*

Aŭskultu min, aŭskultu min!
Ne kulpas mi, ne kulpas mi!

Ankaŭ kun ŝi Letti agas same, kaj dum kelka tempo la tuta kvaropo en la ĉambro amuziĝas kune, eĉ se la tekstoj esprimas deprimon.

"Diable", diras Letti, "vi ambaŭ verkas pli bone ol mi. Simple daŭrigu tiel, en ritmo kaj kun pli da energio. Vi devas sputi la tekston en la vizaĝon de la aŭskultantoj. Cetere mi ne povas instrui al vi ion."

Fine Vilma venigas tien ankaŭ la trian knabinon. Nicole estas diketa brunharulino, kiu nenion diras sed nur aŭskultas la aliajn. Tamen oni interkonsentas ke Letti revenu post semajno. Evidente Vilma estas tre kontenta pri ŝia vizito, kaj Letti mem ne scias, kiu helpis kiun, ĉu ŝi la dekkvinjarulinojn aŭ ili ŝin.

Laŭ la iniciato de Noel ŝi iras ĉiumarde al la apartamento kaj pasigas la vesperon kun la familio. Ŝi tamen ne vere vidas la sencon de tio. Nun ne plu eblas eviti Leon, ĉar li facile kaj rapide rampas ĉien en la loĝejo, krom se oni fermas pordon. Sed ŝi daŭre ne scias, kion fari kun li, nek kiel paroli al li. Ŝi memoras neniajn versaĵojn kun gestoj, nek kantojn. Ŝi eĉ ne povus repi al li, kiel foje proponis Helle. Bonŝance li ne tre interesiĝas pri ŝi sed preferas Panjon Marina, kaj krome li iom algluiĝas ankaŭ al Helle, Anton kaj eĉ Natalie, kiam tiu vizitas la hejmon de sia koramiko.

Ankaŭ Noel kelkfoje akompanas ŝin tien. Ŝi ne tre aprezas tion, ĉar li kondutas al ŝi tro edife, kvazaŭ li estus plia familiano kun ambicio eduki ŝin. Sed li ŝatas okupiĝi pri la knabeto, kaj tio estas bona, ĉar tiam ŝi evitas malbonan konsciencon pro tio ke ŝi mem ne faras tion. Do ŝi eltenas la vizitojn kiel ian devigan rutinon, iomete kiel la interparolojn aŭ intersilentadojn kun Hanna Sundin en la psikiatria konsultejo. Dum la horoj tie ŝi ankoraŭ ne menciis la novan kutimon kun vizitoj en la patrina hejmo. Ŝi ne volas ke Hanna faru el ili taskon, kiun ŝi devas plenumi.

Dekoka ĉapitro

Komence de junio Moa mesaĝas al Letti ke ŝi jam ekplanis la ĉijaran spektaklon sur Gällnö. 'Pli aktuala ol iam ajn', ŝi skribas. 'Venu por kunaktori!'

Tio vekas memorojn en Letti. Memoron pri la iomete kaosa teatraĵo, kiun ŝi spektis tie antaŭ kvar jaroj. La ideon ke ŝi mem povus esti unu el la aktoroj. Sed ĉio ĉi ŝajne okazis en alia vivo. Tiam ŝi ja estis infano, naiva dekkvarjarulino, sensperta, virga kaj seninfana, sena de devoj, postuloj, riproĉoj kaj admonoj de la panjoj, entute libera. Kaj ĉefe – ŝi estis sana.

Ŝi komencas klavi sur la telefono. 'Ne eblas. Mi ne estas...' Ŝi viŝas kaj ŝanĝas. 'Mi ne povas...' Kion ŝi do ne povas? Ŝi viŝas la tuton kaj rekomencas. 'Mi ne scias ĉu...' Jen ŝi haltas. Fakte ŝi eĉ ne scias, kion ŝi ne scias. Ŝi enpoŝigas la telefonon.

Kion do konsilus al ŝi la ĉiamaj konsilantoj kun siaj bonvolaj konsiloj? Nedubeble ke ŝi iru tien por kunaktori. Ŝi povas aŭdi en si la voĉon de Helle: "Diable, vi estos la primadono de la insulo!" Ankaŭ Marina kuraĝigus ŝin iri tien. Anton eble farus ian sarkasman rimarkon pri ŝia manko de kuraĝo aŭ de aktora talento, sed ankaŭ li certe proponus ke ŝi iru. Eble li eĉ mem venus tien. Tamen ne plu por salivumi pri Moa, ĉar li jam havas efektivan koramikinon, kio cetere estas nekredebla. Ankaŭ la flegistino Hanna Sundin sendube konsilus al ŝi iri tien. Ŝi eĉ transformus tion en plenumindan taskon. Kaj Vilma kompreneble puŝus ŝin tien kun la propono enkonduki iom da hiphopo inter la insulanoj de la frua dekoka jarcento.

Kaj Noel, kion li dirus? Certe la samon, ke ŝi iru. Sed ĉu li kunirus? Povas esti. Se li akompanus ŝin tien, ŝi eble povus efektive fari tion.

Ŝi profundiĝas en pensojn pri ilia rilato. Kion ŝi do signifas al li? Kaj kion li al ŝi? Ĉu ŝi tute dependas de lia subteno? Ne, tiel tamen ne statas la afero. Sed li estas ia savzono aŭ flosjako, kiu malhelpas al ŝi tute alfundiĝi. Do, kun lia helpo ŝi eble povus.

Cetere Marina sendube iros tien. Kaj se ŝi venos, ŝi alportos Leon. Eble eĉ Helle alvojaĝos, se ŝi havos feriojn. Ĉu tio estos avantaĝo, malfacilas diri. Iel Panjo Marina donas samtempe ian sekurecon kaj ĝenan memorigon pri la situacio de Letti. Avinjo Marina, ŝi eble devus pensi, kvankam tio sonus ridinde.

Ŝi elpoŝigas la telefonon kaj rigardas ĝin dum kelka tempo. Ĉu estus pli facile respondi, se Moa ĉeestus fizike antaŭ ŝi? Eble, eble ne. Kiel homoj kondutis en la antikvaj epokoj? Sendube ili skribis leterojn. 'Estimata fraŭlino. Mi bonorde ricevis vian ŝatatan leteron de la pasinta semajno kaj post serioza konsiderado venis al la firma decido ke...' Ĉu tio estus pli bona? Finfine ja temus pri la sama dilemo: decidi, kion ŝi volas kaj kion ŝi povas. Kion ŝi kuraĝas provi.

Sed ne plu eblas konsideri leterskribadon. Ŝi malfermas la tekstomesaĝan apon kaj klavas. 'Estus mojose. Mi venos se mi povos.' Poste ŝi rapide premas *Sendi*, antaŭ ol ŝi havos tempon denove viŝi.

Kiel ŝi antaŭvidis, ĉiuj homoj ĉirkaŭ ŝi efektive instigas ŝin aliĝi al la subĉiela spektaklo kaj akcepti rolon en ĝi. Ankaŭ Noel forte subtenas tiun ideon.

"Tio certe estos bona. Vi mem ĝuos la aktoradon kaj eble re-kutimiĝos interagi kun aliaj homoj. Vi bezonas iom rompi vian izoliĝon, mi pensas. Kaj eble estus bone por vi dum kelka tempo esti iu alia ol vi mem."

Letti pripensas liajn vortojn. Ĉu esti iu alia ol si mem? Kiel tio eblus, kiam ŝi eĉ ne scias, kiu ŝi mem estas?

"Sed ĉu vi akompanos min tien?"

"Mi ja ŝatus fari tion. Fakte mi neniam vizitis la insularon de Stokholmo, do tio estus interesa eĉ se ne okazus la teatraĵo. Tamen mi dubas, ĉu tio eblos."

Io kvazaŭ kunpremas la bruston de Letti. Kiel ŝi elturniĝu sen lia subteno?

"Kial ne?"

"Nu, kiel vi scias, mi ricevis laboron en Bromölla dum la somero, kaj mi komencos tie jam en la semajno antaŭ Somermezo.

Vojaĝi de tie al via insulo kaj reen en la tri liberaj tagoj verŝajne estus tro malfacile. Eĉ se tio eblus, mi restus tie nur dum tago antaŭ ol reveturi."

"Ĉu vi ne povos peti liberan tagon?"

"Certe ne antaŭ ol mi eklaboros."

"Aŭ malsaniĝi?"

"Ne, Letti. Mi devas zorgi tiun laboron. Ĝi gravos por mia ŝanco havi bonan oficon post la ekzameno."

Letti senkuraĝiĝas kaj sentas sin forlasita de li. Sed kion ŝi povus atendi? Li neniam promesis al ŝi ion ajn. Estas miraklo ke li ne jam antaŭlonge elĵetis ŝin el sia loĝejeto kaj el sia cent-kvin-centimetra lito.

"Eble iu el viaj parencoj aŭ konatoj, kiu ĉeestos tie, povus uzi telefonon por ke mi skajpe spektu la prezentadon?" li sugestas.

Ŝi pale ridetas.

"Eble. Sed tio ne helpos min."

"Dum vi aktoros, mi ne povus multe helpi vin, eĉ se mi ĉeestus fizike surloke. Sed aliokaze ni ja interparolos telefone, ĉu ne? Kondiĉe ke estas sufiĉa konekto sur tiu insulo."

"Nuntempe jes."

Ŝi reiras ankoraŭ dufoje al la junulhejmo de Vilma por helpi la knabinojn pri repado, kvankam ŝi ne scias, kiu efektive helpas kiun. Ŝia ĉefa kontribuo verŝajne estas doni iom da memfido al ili. Tamen estas mistero, de kie ŝi ĉerpas ĝin, ĉar ŝi mem havas neniom. Vilma petas sian ĉefon ke oni pagu honorarion pro tiu helpado, sed vane, kaj al Letti tio tute ne gravas. Poste komenciĝas la somero. La knabinoj havas feriojn de sia lernejo kaj povus repi ĉiutage, sed Vilma ferios, do necesas prokrasti la eventualan daŭrigon al posta okazo.

"Mi tamen ŝatus, se ni povus ĉi tie aŭ aliloke aranĝi prezentadon, kie vi ĉiuj repus viajn tekstojn antaŭ aliaj gejunuloj", diras Vilma je la lasta okazo. "Tio povus esti kuraĝigo por ĉiuj."

Letti memoras ke Vilma iam proponis repadon por la klimato, kiu tamen ne okazis. Supozeble ankaŭ ĉi tio estas tia ideo, kiu neniam realiĝos. Cetere, kiu do ŝatus aŭskulti iliajn misajn repaĵojn pri siaj mizeraj vivoj?

Ankaŭ Hanna Sundin, la psikiatria flegistino, havos somerajn feriojn. En la lasta merkredo interparolo ŝi mencias eblojn postsomerajn.

"Laŭ mi vi lastatempe estas pli stabila ol antaŭe. Se tio daŭros dum la somero, ni poste diskutu kun nia kuracisto, ĉu prove malpliigi la dozojn de viaj medikamentoj. Kaj se jes, en kiu vicordo. Tamen ne faru proprajn eksperimentojn, mi petas."

"En ordo."

Fakte Letti neniam faris intencajn eksperimentojn. La krizoj trafis ŝin tute sen ŝia propra iniciato. La samo ŝajne validas pri ĉio en ŝia vivo. Kaj tamen ŝi scias ke ŝi iam havis propran volon, eĉ fortan, ŝi kredas. Iel ĝi perdiĝis, kaj ŝi ne scias, kiel retrovi ĝin.

Lastatempe ŝi tamen komencis denove pli interesiĝi pri novaĵoj koncerne la klimatkrizon. Ne tiel ke ŝi emus aktivi en manifestacioj, sed ŝi sentas bezonon ekscii pli multe. Ĝuste nun oni timas ke Svedio spertos novan someron similan al tiu de 2018. Jam de monatoj la vetero estas tre seka en la suda duono de la lando, kie loĝas pli ol naŭdek procentoj de la popolo. Nun krome venas varma aero de sude, kaj se tio daŭros dum la tuta junio, la agrikultura produktado ege ŝrumpos. Oni eble devos buĉi pli da brutoj ol normale pro manko de furaĝo. Eĉ la arbaro, kiu kovras pliparton de la lando, suferos pro la varmo kaj seko. Denove jam okazas arbarbruloj, sed pli danĝeraj estas iaj skarabetoj, kiuj boras kanaletojn sub la ŝelo de piceoj kaj tiel mortigas ilin, precipe se la arboj jam suferas pro manko de akvo.

En Ukrainio la milito kaŭzas pli drastan ekologian katastrofon. La digo de Nova Kaĥovka en la malsupra Dnepro rompiĝis pro eksplodo, kaj enorma inundo disvastiĝas en la regiono de Ĥerson. Laŭ Ukrainio krevigis ĝin la rusaj okupantoj por malhelpi atendatan ukrainan ofensivon; laŭ Rusio male kulpas Ukrainio. Komenciĝas ampleksa humanitara agado por savi loĝantojn, kies hejmoj subakviĝis. Jen danĝera operaco, ĉar la rusa armeo pafas kontraŭ la savantoj.

Kvankam la panjoj trovas tion iomete riska, Letti insistas vojaĝi sola al Stokholmo kaj pluen al Gällnö. Panjo Marina tamen sekvos ŝin kun Leo post kelkaj tagoj, dum Helle ĉi-jare aliĝos nur pli malfrue pro sia laboro, kaj Anton tute ne iros norden sed laboros kiel bicikla liveranto kaj poste ferios en Grekio kun Natalie. Do ŝi ekiras sola de la centra stacidomo de Malmö. Montriĝas ke ŝi elektis malbonan tagon por la vojaĝo, ĉar ĉi-semajne oni faras ampleksan riparadon de la rekta trako, kaj tial necesas iri pli longan vojon tra Gotenburgo. La ses horoj kaj duono en la trajno tamen estas senproblemaj, kaj en la ŝipeto balanciĝanta sur la akvovastoj kaj markoloj inter baltmaraj insuloj ŝi unuafoje sentas ke efektive estas somero. Ŝi ne memoras, kiam ŝi lastfoje havis tiun senton.

La domo de Avino plenplenas de homoj, kaj same la gasto-dometo. Sofia, ŝiaj filoj Elvis kaj Jesper, kaj Jenny, la koramikino de Jesper, havas dormlokojn en la ĉefa domo, kaj ankaŭ Letti ricevas matracon surplanke tie. Moa kaj ŝia teatrokompanio kun-puŝiĝas en la gasto-domo. La ceteraj amatoraj aktoroj trovos loĝ-ejojn aliloke aŭ alveturos nur dumtage per la ŝipeto el Boda.

Elvis kaj Jesper ja estas ŝiaj duagradaj kuzoj, sed ili ambaŭ proksimas al tridekjara aĝo, kaj Letti malofte antaŭe renkontis ilin. Kun Jenny ŝi nun renkontiĝas la unuan fojon, sed ial ŝi ne tre scivolas pri ŝi. Ili ĉiuj loĝas en Stokholmo kaj estas anoj de la amatora teatroprojekto de Sofia. Laŭ iliaj interparoloj ŝi kom-prenas ke la kuzoj laboras en oficejoj kaj la koramikino en butiko de vestaĵoj. Jen nenio, kio interesas ŝin.

La provludoj kompreneble okazos subĉiele, sur la korto, dum la publikaj prezentadoj okazos post semajno apud la iama vilaĝa lernejo. Tiam oni alportos dudekon da ĝardenaj seĝoj tien; se venos pli da spektantoj, ili devos sidi sur propraj faldseĝoj, plej-doj surtere aŭ kion ajn ili mem alportos.

"Se venos? Kompreneble ja venos pli multaj!" ekkrias Sofia.

"Jes", konsentas Moa. "Lastjare estis preskaŭ okdek ĉe la pre-miero kaj eble sume cento ĉe la dua kaj tria prezentadoj."

"Sed tiam homoj ankoraŭ ne kutimis je tiaj aranĝoj post la pandemio. Ĉi-jare sendube venos pli da publiko."

Letti memoras kiel la iniciato debutis en 2019, je la tricentjara jubileo de la historiaj okazaĵoj. Poste ja sekvis dujara paŭzo pro la pandemio, kvankam tia eksterdoma spektaklo devus esti relative sendanĝera. Kiam oni povis rekomenci antaŭ jaro, ŝi mem kuŝis sur akuŝlito inhalante ridgason, kaj nun la prezentado jam estas firma tradicio.

"Vi vidos ke la teatraĵo ege ŝanĝiĝis de la unua jaro", diras Moa al Letti. "Kaj ĝi senĉese ŝanĝiĝas. Sofia jam aldonis rolon ankaŭ por vi, ĉu ne?"

"Kompreneble", konsentas Sofia, la ĉefa aŭtoro de la teatraĵo.

"Mi komencas dubi, ĉu mi kapablos", murmuras Letti, sidante sur la roka grundo apud la siringa arbusto, kies floroj jam plene velkis kaj kuŝas sekaj surtere.

"Kompreneble vi kunludos", insistas Moa. "Vi ja estas duonprofesia aktoro. Ĉu mi pravas aŭ ĉu mi pravas?"

"Tute ne."

Moa nur ridas pri ŝia protesto.

"Kiam alvenos Marina kun Leo, ni povos envolvi ankaŭ ilin. Almenaŭ la knabeton. Mi ege sopiras revidi lin. Imagu, jam preskaŭ unujara! Ĝuste en la Somermeza tago okazos la datreveno, ĉu ne? Ĉu li jam paŝas?"

Letti ne respondas. Efektive Panjo Marina ja diris telefone, ke li ĵus faris la unuajn ŝancelajn paŝojn sur la hejma planko. Sed Letti ne vidis tion. Vere, ŝi fajfas pri tio, ĉu li paŝas aŭ plu rampas. Kaj ĉiuokaze, sur la malebena grundo de la insulo li ne facile paŝos.

"Bonŝance lia koliko delonge pasis, ĉu ne?" daŭrigas Moa. "Do li povos partopreni, se vi tenos lin surbrake. Sofia diris ke vi estos vilaĝa junulino, kiu ricevas infanon kun rusa soldato. Tio faros interesan dilemon."

Letti daŭre diras nenion, sed nur elsnufas kaj turnas sin for.

"Ne nepre temus pri perforto", aldonas Moa. "Sur kelkaj insuloj estis amikaj rilatoj kun la rusoj, kaj naskiĝis kelkaj infanoj. Vi vidos. Ni aldonos epizodon pri tiuj aferoj. Ĉu ne, Sofia?"

"Prave. Okazis tiel ke la rusa militfloto disvastigis leteron de Petro la Granda, en kiu li proponis al la insulanoj sian protekton kaj promesis al ili pacon kaj liberecon, se ili aliĝos al li kaj rompos kun la sveda reĝino Ulrika Eleonora. Fakte li bezonis ilian helpon por piloti la rusan militfloton tra la insularo sen grundi sur la miloj da rifoj, aŭ veni en kaptilon de ia sakstrato inter la bordoj. Kaj sur iuj insuloj oni akceptis lian proponon. La sveda popolo ja de multaj jaroj suferegis pro la ĉiamaj militoj, do oni tre deziris pacon." Letti returnas sin al ili, iomete interesiĝante.

"Tio sonas kiel oferto de Putin", ŝi diras.

Moa gaje ridas.

"Bone ke vi komprenis tion. Sed ni kompreneble ne diros tion eksplicite. La spektantoj devos mem konkludi kaj fari komparojn kun la nuno. Do, vi kunludos, ĉu ne?"

Letti pripensas dum kelka tempo.

"Mi ne scias."

"Simple venu, kiam ni provludos. Vi povos mem iom formi vian rolon. Ĉio estas sufiĉe spontana kaj improviza. Ni eĉ ŝatus, se la publiko enmiksiĝus, sed tio neniam okazas kun svedaj spektantoj. Ili havas tro da inhiboj."

"Jen kion Panjo Helle kutimas ripetadi."

Letti sentas ian vibradon en sia interno. Ĉu ŝi fakte povus denove ĝui aktoradon, ludadon de rolo kune kun aliaj rolantoj? Eble. Sed ĉu eĉ antaŭ spektantoj? Ŝi dubas. Por fari tion, ŝi kredeble bezonus dum kelka tempo antaŭe gluti duoblan dozon de la kontraŭangoraj piloloj. Kaj post tio ŝi certe ne kapablus memori eĉ unu diraĵon. Do la instigado de Moa sendube vanas. Tamen la vibrado en ŝia ventro daŭras. Aŭ ĉu ŝi nur malsatas?

Post kelkaj tagoj kun varmego inter dudek kvin kaj tridek gradoj, en la dimanĉo la temperaturo malaltiĝas sub dudek gradojn. Kaj nokte eĉ falas kelkaj milimetroj da longe dezirata pluvo. La tero tamen estas tiel seka ke matene oni rimarkas nenion de la falintaj gutoj. La ŝanĝo de vetero tamen vigligas ĉiujn.

"Pli bone, se pluvas nun ol dum la premiero", diras Moa. "Sed ni aktoros, kia ajn estos la vetero."

La unua ĉefa provludo okazas lunde antaŭtagmeze, kvar tagojn antaŭ la premiero je Somermezo. Ne pluvas, kvankam estas nube kaj denove pli varme. Oni komencas prove aktori kun manuskriptoj enmane. Letti unue sidas sur la apuda rokplato, spektante la gajan kaoson. Ĉe ŝia flanko sidas Tomas, la patro de

Moa, kiu alvenis per la lasta ŝipeto hieraŭ vespere. Ankaŭ ĉi-foje li tendumas, ne plu tiom pro la pandemio, kiom pro la manko de dormlokoj endome.

"Nokte mi aŭdis la pluvon sur mia tendo", li diras. "Jen tre agrabla sono, almenaŭ se la tendo ne likas. Sed nun la tero denove tute sekas. Strange!"

Dum manĝopaŭzo aliĝas al ili Moa, kiu rolas kiel kombinita aktoro kaj reĝisoro kaj krome ludos saksofonon antaŭe kaj dum la paŭzo.

"Kiel vi trovas ĝin, Paĉjo?" ŝi demandas super sia telero da vegetara raguo.

"Nu, interesa", li respondas inter la maĉoj. "Sed espereble ĝi estos iom pli organizita antaŭ la premiero. La fadeno ne perfekte klaras al mi."

"Ne timu. Ĉio estos en ordo. Kaj vi, Letti?"

Ankaŭ ŝi maĉas karoton kaj napon antaŭ ol respondi. Tio donas al ŝi plaĉan memorigon pri la komunaj manĝoj en Bunkeflo.

"Mi ne scias. Bona, mi pensas. Sed kio poste okazis al la homoj, kiuj helpis la rusojn?"

"Vi vidos. Aŭ pli ĝuste, vi aŭdos. La svedoj ekzekutis kelkajn gvidantojn de la ŝtatperfido, sed tion ni ne povos prezenti sursceneje, krom per raporto pri la pendumado."

"Kaj la virinoj?"

"Vi celas tiujn, kiuj naskis infanojn de rusoj? Mi ne scias."

"La pastro certe ja kondamnis ilin", diras Tomas. "Sed tion li farus, de kiu ajn nacio estus la patro de la ido. Naski ekster edzineco egalis esti putino. Kaj la rusidoj certe suferis mokon kaj malestimon dum la infanaĝo. Oni nomis ilin putinidoj, kompreneble. Sed poste ili sendube fariĝis ordinaraj fiŝistoj kaj terkulturistoj sur la insuloj, aŭ laboristoj en la ĉefurbo. Ili estas prapatroj de nunaj insulanoj kaj urbanoj, kiuj tute ne scias tion. En la libro de paroĥanoj la pastro skribis nur 'patro nekonata', do ne facilus retrovi ilin, krom eble per la plej freŝa DNA-tekniko. Nu, sekvis kelkaj pacaj jardekoj antaŭ ol okazis novaj militoj, do tiu parto de la dekoka jarcento estis sufiĉe bona epoko por la popolo."

"Dankon pro la virklarigo, Paĉjo", diras Moa. "Sed ne forgesu ke vi ferias hodiaŭ. Vi ne estas en la lekciejo."

Tomas nur ridetas. Sendube li delonge kutimas je la moketoj de sia plej juna filino.

"Cetere", daŭrigas Moa, glutinte pluan maĉaĵon, "kiam vi du lastfoje renkontis unu la alian?"

Letti skuas la kapon por aludi ke ŝi ne memoras. Kiam ŝi estis infano, la familioj sufiĉe ofte renkontiĝis, kvankam ili loĝas malproksime unu de la alia. Sed delonge tio ne plu okazas tre ofte.

"Antaŭ la pandemio", diras Tomas. "Ne, pardonu. En 2020, do antaŭ tri jaroj. Sed tiam ne ĉeestis vi, Moa."

"Terure!" ekkrias Moa. "Tio ja estas jaregoj! Kaj vi neniam vidis Leon, ĉu ne, Paĉjo? Marina alportos lin ĉi-vespere, se ŝi ne maltrafos la ŝipon en Stokholmo."

Tomas kapjesas maĉante, dum Letti ne reagas, krom interne, kie denove ekvibras ia nervozeco.

"Cetere, ankaŭ mi ne vidis ilin de preskaŭ jaro", finas Moa antaŭ ol stariĝi por rekolekti la provludantojn sur la korto.

Sekvas pluraj scenoj, kies interrilatoj kaj lokoj en la ĉefa drama fadeno tute ne evidentas al Letti. Espereble Moa mem havas pli bonan superrigardon, ŝi pensas. Kaj iom post iom penetras en ŝin iom pli da optimismo pri la afero, en kiun ŝi enmiksiĝis duone senvole. Precipe imponas al ŝi la reĝisora talento de Moa. Ŝi ŝajne havas ian kombinon de aŭtoritato kaj malfermita menso, kiu inspiras ĉe la diversaĝaj amatoroj kuraĝon kaj aspiron roli en la scenoj kaj interagi kun la profesiaj aktoroj. Eble finfine ankaŭ Letti povos fari tion ne timante.

Posttagmeze Sofia enmanigas al ŝi pecon da manuskripto kun pluraj manskribe faritaj ŝanĝoj aldonitaj lastminute. La rolo de la junulino Brita-Kajsa Andersdotter estas markita por ŝi. Ĝi enhavas tri mallongajn diraĵojn. Letti hezite stariĝas kaj alproksimiĝas al la aliaj provludantoj.

"Bone", diras Moa. "Do, jen Anders, kiu estas la patro de Brita-Kajsa. En ĉi tiu sceno vi estas graveda. Vi havos kusenon sub la robo, sed tio nun ne gravas. Do, ek!"

"Kion vi faris, Filino!" laŭtlegas Elvis, rolante kiel Anders. Letti trovas sufiĉe ridinde ke la tridekjara duagrada kuzo estos ŝia patro, sed eble oni ŝminke maljunigos lin. Dume ŝi klopodas imagi ke ŝia T-ĉemizo kaj ŝorto estas lana robo remburita per kuseno. Ĉi tie ŝi almenaŭ ne devos mem kudri ĝin, kiel en la spektakloj de Seb, ŝi pensas.

"Nenion alian ol Patrino kaj vi", ŝi legas.

"Vi hontigos nin antaŭ la tuta vilaĝo!"

"Sed vi mem diris ke la caro protektos nin. Mi fidis vin, Patro."

"Malfeliĉa! Nun ĉio ja estas tute alia. La rusoj jam reiris al sia lando."

"Kaj nun tro malfruas por malfari ion ajn. Por mi same kiel por vi, Patro."

Estiĝas eta paŭzo, kiam finiĝas la sceneto.

"Bone, dankon!" krias Moa. "Tio sufiĉas. Eble iom pli da malespero ĉe vi ambaŭ, sed tio sendube venos. Nun sekvas... kio do? Ha, jes, la sceno de Petter kaj Anders. Do vi povas jam ripozi, Letti."

Vere ne necesas ripozi post tia bagatelo, sed ŝi ja povos parkerigi siajn diraĵojn, esperante ke la sceno ne estos tute ŝanĝita en ia sekva revizio. Ŝi residiĝas apud Tomas, kiu signas al ŝi kun dikfingro supren.

"Bonege!" li aldone flustras por ne ĝeni la scenon de la du fiŝistoj, la duagradaj kuzoj de Letti, kiuj kverelas pri kiu el ili persvadis la alian aliĝi al la ribelo kontraŭ la sveda reĝino.

Je la kvina kaj duono albordiĝos la lasta ŝipo el centra Stokholmo. La provludado finiĝis por hodiaŭ. Sofia kaj kelkaj volontuloj okupiĝas preparante manĝon por preskaŭ dudek homoj. Dume Tomas, Moa kaj Letti promenas al la ŝipvarfo situanta kilometron for, ĉe la suda bordo de la insulo.

"Espereble la trajno sufiĉe akuratis por ke ŝi atingu la ŝipon ĝustatempe", diras Moa paŝante sur la seka gruzo de la vojeto.

"Certe jes", diras Tomas. "Alie ŝi ja telefonus. Sed ĉu ne estus pli rapide iri buse al Boda, kiel faris mi?"

"Sendube, sed pli komfortas iri ŝipe de Stokholmo, precipe kun bebo. Aŭ kun infaneto. Diable, mi ankoraŭ imagas lin tia, kia li estis en la lasta somero. Mi estas tiel ekscitita ke mi ne povas pensi klare."

"Vi kompreneble sopiras havi propran", diras Tomas.

"Ha, kion vi blagas? Kiel tio do okazus?"

"Nu, laŭdire nuntempe jam ekzistas pluraj malsamaj manieroj..."

"Fek! Fermu la kaĉotruon, Paĉjo! Mi nun ne havas tempon por stultumi kun iaj ĝenuloj. Sed mi tre ŝatos revidi la knabeton de Letti. Certe li jam ege kreskis, ĉu ne?"

Letti kapjesas senvorte, paŝante laŭ la herbokovrita rando de la vojeto por preterlasi viron sur zumknaranta ŝarĝo-mopedo, kiu sendube survojas por renkonti familianon venontan de la urbo. Aŭ eble por akcepti varojn transportatajn per la ŝipo. Tre baldaŭ ili atingas la ŝipvarfon kaj povas gvati okcidenten super la akvo, duonfermante la okulojn kontraŭ la suno en sudokcidento. Ankoraŭ ne videblas la ŝipo, sed kvar aliaj homoj jam atendas ĝin, krom la viro sur mopedo. Estas kalme, kaj la apuda akvo apenaŭ forigas la varmon restantan de la tago. Restas ankoraŭ kvar horoj kaj duono ĝis la sunsubiro.

Ili silentas dum kelkaj minutoj.

"Ĉu ĝi malfruas?" poste diras Tomas, ŝirmante la okulojn per la mano, dum li rigardas okcidenten.

"Oni ne vidas ĝin longe antaŭe", klarigas Moa. "Nur kiam ĝi aperas de malantaŭ tiu insulo."

Ŝi gestas malprecize per la mano, kaj ili plu atendas senvorte, dum du virinoj sur la varfo babilas pri la veterprognozo por la Somermezo.

Fine oni ekaŭdas mallaŭtan motorbruon, kaj baldaŭ poste ekvideblas la blanka ŝipeto. Ĝi alproksimiĝas sufiĉe rapide kaj hupas unufoje, eble por averti homojn en boatoj kaj sur la varfo, antaŭ ol turniĝi al la albordiĝejo kaj malrapidiĝi. Kun lerta ĝiro la stiranto albordigas ĝin. Juna knabo sur la prua ferdeko almetas pasponteton kaj staras apude, proponante helpan manon al ĉiu, kiu bezonas ĝin. Sep aŭ ok personoj forlasas la ŝipon. Laste el ili venas Marina kun infanĉaro kaj valizo. La junulo helpas ŝin sekure transigi la ĉaron kaj sin mem sur la varfon. Poste li retiras la pasponteton, kaj la ŝipo senprokraste plunavigas laŭ sia itinero al aliaj insuloj.

Moa alkuras sur la varfon kaj vigle brakumas Marinan. Poste ŝi klinas sin, kaŭras apud la ĉaro por saluti la knabeton, kiu rigardas ĉion ĉirkaŭ si scivole. Ankaŭ Tomas alpaŝas por brakumi Marinan, dum Letti restas staranta surtere, atendante ke ili ĉiuj ekiru renkonte al ŝi. Sed provizore ili restas sur la trivitaj tabuloj de la ŝipvarfo.

"Kia belulo!" krietas Moa. "Saluton, Leo! Ĉu mi rajtas kisi vin?"

Dirite, farite. Ŝi ŝmacas perlipe sur la vango de la knabeto, kiu rigardas ŝin surprizite.

"Saluton, belulo!" ŝi ripetas. "Mi estas Moa. Venu do, via patrino atendas vin."

Kaj jen ili finfine forlasas la varfon kun infanĉaro, valizo kaj ĉio. La radoj kraketas kontraŭ la gruzo de la vojeto, kiam ili alproksimiĝas al Letti.

"Saluton, kara!" diras Marina. "Ĉu ĉio en ordo?"

Letti rigardas ŝin kaj poste la knabeton. Li renkontas ŝian rigardon, svingetas la brakojn kaj faras bobelojn per la buŝo.

"Kiom li similas vin, Letti!" diras Moa entuziasme. "La okuloj kaj la buŝo estas perfekte samaj! Sed la nazeton li evidente ricevis de iu alia. Tiel pintan nazon ne havas vi. Ĉiuokaze la buŝo ja estas via. Ĉu mi pravas aŭ ĉu mi pravas?"

Letti rigardas lin pli esplore ol kutime. Ĉu povas esti ke Moa pravas? Ŝi observas la brunajn okulojn kaj la buŝon de Leo. Eble jes, unuafoje ŝi vidas ke li fakte komencas iom simili ŝin. Sed ĉu do lia nazo devenas de Filip? Ĝuste nun ŝi ne povas memori la nazon de sia iama koramiko. Tio cetere plene egalas. La nazon Leo ja povus heredi de avo aŭ avino; ne eblas scii tion. Aŭ ĝi povas esti tute nova kaj unika nazo, kiu estiĝis unuafoje sur li pro ia kunpuŝiĝo aŭ mutacio de genoj. Sed la krispetaj brunaj haroj, jam sufiĉe longaj ĉe la nuko, efektive similas la ŝiajn. Kaj lia haŭto nun havas pli plaĉe helbrunan nuancon ol antaŭe, ŝajnas al ŝi.

La knabeto balbutas ion kaj faras pliajn bobelojn. Marina viŝas lian buŝon kaj mentonon, forigante salivon.

"Povas esti ke jes", diras Letti. "Sed espereble mi ne tiel bavas kiel li."

"Sabate post la teatra prezentado ni aranĝos por vi grandiozan naskiĝtagan feston", diras Moa al la knabeto. "Ho, pardonu! Ĉu tio estis sekreto?"

Leo balbutas ian misteran respondon, kaj Letti levas la ŝultrojn, pensante ke Moa kondutas ridinde, sed tion ŝi ja rajtas. Eble ŝi efektive sopiras infanon, kvankam ŝi emfaze neis tion.

Post la longa saluta ceremonio la tuta grupeto finfine ekpromenas sur la gruza vojeto direkte al la domo de Avino.

"Letti, bonvolu puŝi la ĉareton", diras Marina. "Sufiĉas al mi la valizo."

Letti ne respondas sed hezitas, kion fari.

"Lasu", tiam ekkrias Moa. "Mi volas puŝi la belulon."

Kaj sen lasi la brakon de Letti ŝi kaptas la tenilon de la infanĉaro. Samtempe Tomas ĝentlemane prenas la valizon de Marina, tiel ke ŝi tute liberiĝas de devoj. Post iom da konfuzo oni do daŭrigas la promenon, unue Marina apud Tomas kun la valizo, kaj poste Letti apud Moa kun la ĉareto. La suno brilas, birdoj kvivitas, la seka gruzo kraketas, Tomas ekrakontas ion pri la historio de Stokholmo kaj Leo faras salivajn bobelojn. Baldaŭ estos Somermezo sur la baltmara insulo.

"Diable, kiel peze estas ruligi la ĉaron tra tiu malfirma gruzo", diras Moa. "Ĉu vi iomete helpos puŝi la belulon, Letti?"

Ne-PIVaj vortoj kaj nomoj:

abituri [TS]	trapasi abiturientan ekzamenon
abituro [AC ACE LPD V]	abiturienta ekzameno
apo [BK EV3 G V]	poŝtelefona aplikaĵo aŭ programo
bipo [BA]	akuta mallonga sono de elektronika aparato
Bornholmo [BSL EDK]	*(Bornholm)* insulo en plej orienta Danio, sudoriente de Skanio
Donbaso [BK]	*(Донбас)* la baseno de Doneco en orienta Ukrainio
doso [AC EV HV KVE MG OA PBE]	cilindra ladskatolo, precipe por trinkaĵo aŭ manĝaĵo
droneo [M V]	senpilota aviadilo
falaflo [G RV V]	(arabe فلافل) kikerbulo, fritita bulo el pistitaj kikeroj kun spicoj
Gotenburgo [ACN E EDK EV G JLG RV V]	*(Göteborg)* havenurbo en sudokcidenta Svedio
gugli [BK BL G]	serĉi en Interreto per *Google* aŭ alia serĉilo
halucini [RV]	percepti halucinojn (= haluciniĝi [NPIV])
humanitara [BK G M OE RV V]	helpa kaj protekta al civiluloj, kiuj suferas pro mizero aŭ minaco
klezmero [BK G RV V]	(jide קלעזמער) muziko el popola aŝkenaza tradicio
manifo	*(slange)* manifestacio
maskoto [BL BSL V]	talismano, amuleto, simbola figuro
mojosa [BK BL BSL G OE RV V]	modernjunstila, bonega aŭ laŭ la sociaj normoj de la junularo
muskario [CM EDK EV G]	*Muscari* genro de printempaj floretoj kutime bluaj, "vinberhiacinto"
omikrono [BK G LPD RV V]	la greka litero o (= omikra [NPIV])
pandemio [BK BL EDK FD G RV V]	tutmonda epidemio
paniki [CP E EDK M OE RV]	esti en paniko (= panikiĝi [NPIV])

——198——

pedofilo [BL V]   plenkreskulo, kies seksa impulso direktiĝas al infano (= pederasto [NPIV], pedofiliulo [BK])

popolismo [BK E EDK G LPD M OE V]

politiko surbaze de simpligitaj ideoj pri interesoj de la popolo

raslilo [EV V]   instrumento aŭ ludilo kun objektetoj en ujo, kiu skuate produktas bruetan sonon

skajpi [BK G V]   telefoni interrete per komputilo (ekz. per *Skype*)

Skanio [AC ACN BSL EDK EV JLG LF PN V]   *(Skåne)* la plej suda provinco de Svedio

Smolando [EDK EV JLG V]   *(Småland)* provinco en suda Svedio, norde de Skanio

somalo [BK BSL EV FD G RV V] somaliano [NPIV]

sonografio [G RV V]   bildigo de internaj strukturoj aŭ organoj per ultrasono

stalki   daŭre gvati aŭ persekuti iun en ĝena maniero

tofuo [BK G RV V]   (= toŭfuo [NPIV]) kazeosimila manĝaĵo el sojfaboj

vegano [BK BL BSL EDK G RV V] persono manĝanta nenian animalaĵon (= vegetaĵano [NPIV])

Fontoj:

AC   André Cherpillod: NePIVaj vortoj, 1988

ACE   André Cherpillod: Konciza Etimologia Vortaro, 2003

ACN   André Cherpillod: Etimologia Vortaro de la propraj nomoj, 2005

BA   Beletra Almanako

BK   Boris Kondratjev: Esperanto-rusa vortaro, http://eoru.ru/ 2006

BL   www.bonalingvo.org

BSL   Eckhard Bick, Jens S. Larsen: Dansk-Esperanto Ordbog, 2010

CM   Carlo Minnaja: Vocabolario italiano-esperanto, 1996

CP   Claude Piron

E   Revuo Esperanto aŭ Jarlibro de UEA

EDK   Erich-Dieter Krause: Großes Wörterbuch Esperanto-Deutsch, 1999

EV   Ebbe Vilborg: Ordbok Svenska-Esperanto, 1992

EV3   Ebbe Vilborg: Lilla esperanto-ordboken, 3-a eldono, 2016

FD   Fernando de Diego: Gran Diccionario Español-Esperanto, 2003

G   Glosbe, https://glosbe.com/

JLG   Sam Owen Jansson, Fritz Lindén, Birger Gerdman: Svensk-esperantisk ordbok, 1934

LF   L. Friis: Esperanto-Dana Vortaro, 1969

LPD   J. Le Puil, J.P. Danvy k.a.: Grand Dictionnaire Français-Espéranto, 1992

M   Monato

NPIV   Nova Plena Ilustrita Vortaro, 2002

OE   La Ondo de Esperanto

PN   Paul Nylén: Esperanto-Sveda Vortaro, 1954

RV   Reta Vortaro, http://www.reta-vortaro.de/revo/

TS   Trevor Steele

V   Vikipedio